龍《ドラゴン》のささやき

時輪成

文芸社

目次

主な登場人物

浜野　高師

本名、ゼフィアス・マクシミリアン・フォン・ソラリス。大翼龍をコントロールするサイキック。大陸のドラゴンスレイヤー族、名門ソラリス家の三男だが、高師自身は万葉島で生まれた。種子島に移り、保安部飛龍部隊長となる。

ヒコミ　シグマ

高師が万葉小島の村で会った白い髪の孤児。地龍のささやきを聞き不吉な予告をしたため、村では差別されている。

ゴギョウ　ハルナ

シグマがヒミコ神社で出会った赤い髪の少女。シグマと同じく孤児で自分の出身地を探している。

ツェータ
本名、辰巳　強太。財閥たつみグループの四男。飛龍部隊の一員で高師の親友。
青柳　佐保
旧華族で上品なので佐保姫、と呼ばれている。高師を慕っている。種子島保安部のあるドラゴンセンターで働いている。
サイトー、あらし、あづま、もみじ、かのこ
ドラゴンセンターで教育を受けている、ジュニアクラスの寄宿生。シグマの級友。
ヴィクター、ヴィンセント
スレイヤー族の名門クレセント家の双子。シニアクラスの生徒。シグマにとっては上級生。
マンゴー、ドラゴンフライ、白夜
センターにいる大翼龍。

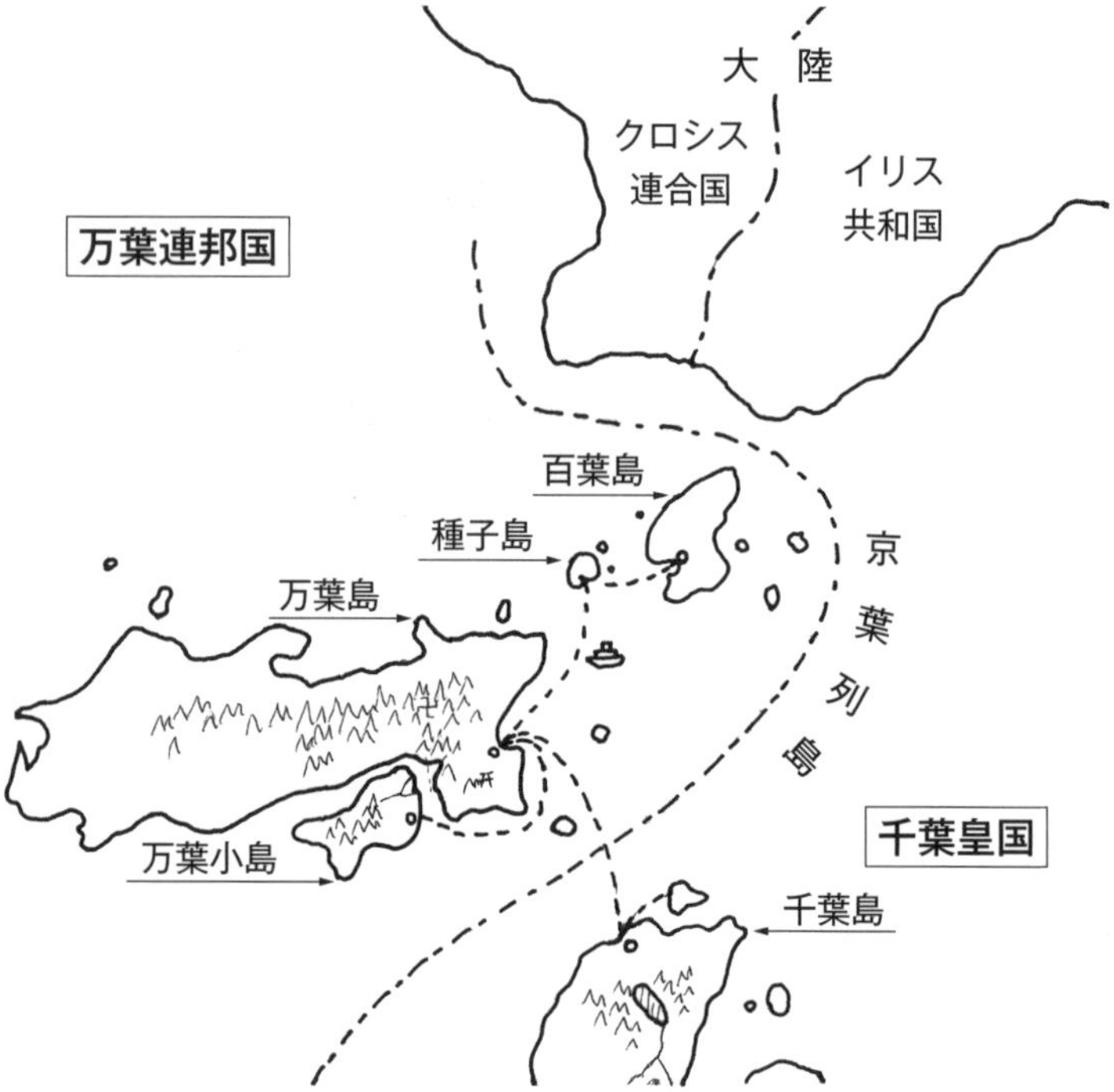
大陸
クロシス
連合国
イリス
共和国
万葉連邦国
百葉島
種子島
万葉島
京葉列島
万葉小島
千葉皇国
千葉島

種子島拡大図

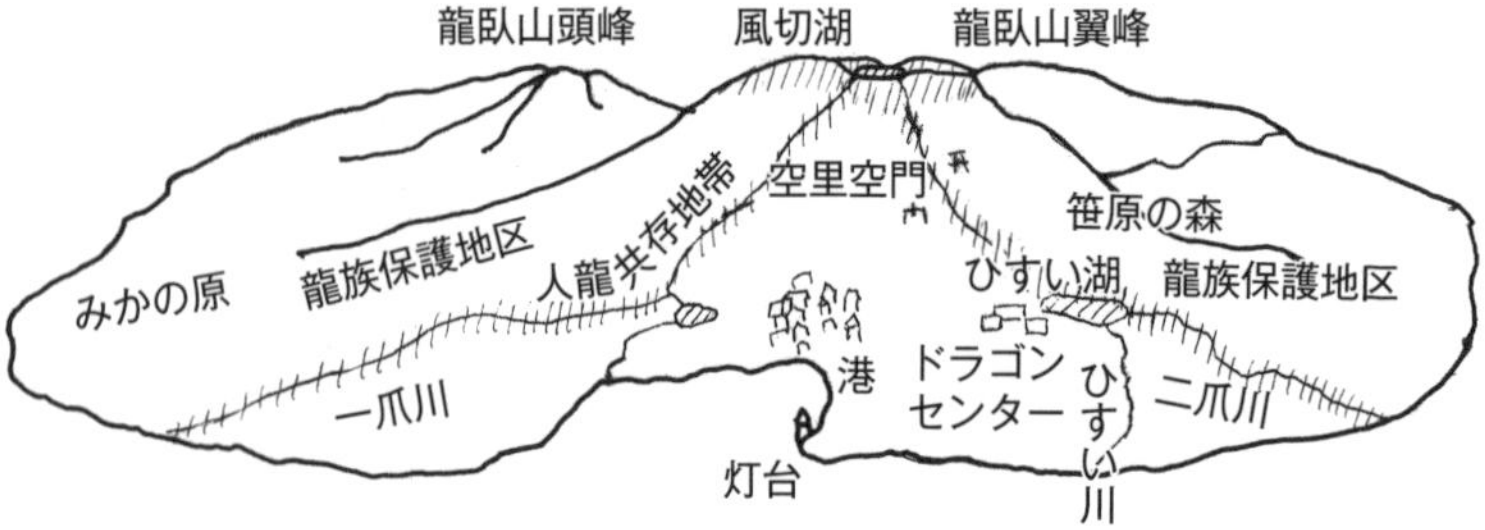
龍臥山頭峰
風切湖
龍臥山翼峰
空里空門
人龍共存地帯
笹原の森
龍族保護地区
ひすい湖
龍族保護地区
みかの原
港
ドラゴン
センター
ひすい川
二爪川
一爪川
灯台

序章

はじめに無があった。無は対称で均等で変化はなく、ただ存在していた。時すらなかったが、時のない無限が過ぎ、無が存在するという矛盾の中にかすかなゆらぎが生じた。そのゆらぎで無は対称でなくなり、いつしか形ができ、動き始めた。動くと波が立ち、大陸となった。形が動き続けると想いが生じ、想いが生じれば形は姿となった。

姿は起き上がって手があるのに気づき、ふと持ち上げると雫が滴り落ちて沢山の島となった。期せずして島ができた、姿が喜ぶと島々も嬉しくなって木々を生じ、葉を茂らせた。九十九の島々に京《けい》の葉が茂った。姿は悦に入り、ゴロリと横になった。そして色々なものに姿を変え、木々の間を這い、走り、飛ぶ夢を見た。

種子島

「ついてきちゃったじゃないか。お前が餌なんかやるからさ」ツェータは自分には関係ないよ、という調子で言った。

「餌だなんて……犬じゃあるまいし」と高師《たかし》。

無視すれば諦めるかとも思ったが、しばらくして後ろを見ると子供はやはりついてきているのだった。

「ついてきても、もう何もないよ」高師は言った。

しかし子供は黙ってそっぽを向いただけで、立ち去ろうとはしない。

お前のせいだ、マンゴーに食わせろ、とツェータは小声で高師に言ったのだが、子供はそれを聞きつけたようだった。

「マンゴーはそんなことしない」と自信たっぷりだ。その口調が高師の気を引いた。

子供は続けて、「おじさんも変わった人だね。なんで龍にマンゴーなんて名前をつけるのさ。どこにいるの？　会わせてよ」と言う。

ツェータは、ぎょっとした。大翼龍《だいよくりゅう》に馴染みのない万葉小島《まんようこじま》の村人を怖がらせないように、高師とツェータが乗ってきた大翼龍、マンゴーとドラゴンフライは村の外に待機させてある。第一、なぜマンゴーが龍だと知ってる？　よそ者の自分たちを知っているかのような口ぶり。高師がいつも言っているように、大翼龍と心話できるサイキックが大陸以外に本当にいるのか？

子供の髪はヘンに黒いが、目はオリーブ色に近い。

「お前、大陸の血が入ってるのか？」ツェータはぶっきら棒に聞いた。

「知らない。父さんも母さんもずっと前に死んだ。よく覚えてない。ばあちゃんもこの間死んだ」

「君ね、その髪、何で染めたの？　色が落ちてる」少し優しく高師は言った。

えっ、と子供は自分の髪に触れ、だめだ、こりゃ、と肩を落とした。

「目立つのは嫌だ」

「目立ちたくない？　じゃあさっきの騒ぎはなんだ？　人混みであんな悲鳴を上げていたら、目立つに決まってているじゃないか」

それで高師がなだめようとチョコレートをあげたのだ。

「うるさくて……時々、我慢できなくなる。ヒトはうるさい。雑音ばかりだ。おじちゃんたちのそばは静かだね」

「俺じゃあないよ。君はまだマンゴーの心の領域にいる。あれは優しい女だ」

高師は子供をまじまじと見つめた。

「ツェータ、お前に言ったよな。ドラゴンスレイヤーズだけがサイキックではないって。大陸では大翼龍に対抗するために発達した能力だが、その素質を持っている者はどこにでもいるはずだって。このコはその俺の推測を証明する子供だ」そう言ってから再び子供に話しかけた。

「君、名は何というの？」

「シグマ」

「なんか変わった名だな」とツェータ。

「おじちゃんだって、ツェータって」

「おじちゃんはよせ、お兄様と呼べ。ツェータはあだ名だ。強太《ごうた》というんだ」

「学校に入るまでは、ツェータが本当の名だと思ってたんだ、こいつは」と高師は付け足した。

「うるさい、文句は兄貴たちに言え。正さない親も親だが。四男はつらいんだ。四男の人生は至難の人生」

「高師……おじちゃんは……」

「俺は何と呼ばれても構わないが、気に食わなければ答えない。それよりシグマ、耳に聞こえる音と心に届くささやきを区別して、自分の心の領域を守れるようにならないといずれ気が狂うよ」

シグマは諦めたようにため息をついた。

「ばあちゃんもそう言った。僕みたいな白い髪の子は十四、五歳になると気が狂うって。父さんと母さんは僕が生贄にされるのを恐れて、それで家族で村を逃げ出したけど、そんな事しても無駄なんだって。生贄にされるんじゃなくて、狂い死にする前に龍神様に差し出して狂気から守ってもらうんだ」

「生贄？　そんな風習は万葉連邦国ができたとき、廃止されたはずだ」

ツェータは眉をひそめた。

「この万葉小島は自治島。スレイヤーズの法律を便宜上受け入れていても、田舎の風習なんてものは三十年くらいで消えはしない」高師はそうツェータに言ってからシグマを見て、

「マンゴーは大翼龍だ。喋れない彼らと心話……、つまり心を結んで会話することができる君のような者をサイキック、と呼んでいる。サイキックは放っておくと狂死する。君も狂い死にはしたくないだろう。サイキックとしての基本をメンタリングしてやろう」

「犀《さい》キック……麺足《めんた》りん？」

「メンタリング。お前のメンターになってやる……教えてやる、と言ってるんだ」

「教える？　じゃあ……高師……先生？」

「おじちゃんより格があるな」とツェータは面白そうに肘で高師を小突いた。

「おじちゃん……じゃなくてお兄ちゃんたち、万葉島《まんようとう》から来たの？　でかいね。万葉島にはドラゴンスレイヤー族がいるんだよね？　お兄ちゃんたちもそうなの？　高師先生、なんで髪の毛、半分黒くてあとは白いの？　僕、黒とトラ半分ずつの猫なら見たことあるよ」

シグマは近くの井戸で洗って白くなった髪を拭きながら、たて続けに聞いた。

「俺は猫じゃない」

憮然とした高師を見てツェータは追い打ちをかけた。

「そう言えば、お前は二月二十二日、猫の日に生まれたんじゃないか？」

「勝手にそんな日、作るな」

「俺が作ったわけじゃない」

高師はそれ以上何も言わず、ニヤニヤするツェータを迷惑そうに見た。

「俺たちは種子島《たねがしま》から来た。万葉島と百葉島《ひゃくようとう》の間にある個人所有の特別自治島だ。高師はお前が言う通りドラゴンスレイヤー族。俺は京葉人《けいよう》。たまたま背が高いだけだ。高師の髪は」

言葉につまったツェータの代わりに、「自然だ」と高師が答えた。

「こんな田舎でスレイヤー族に会えるなんて思わなかった。本物のスレイヤー？　触っていい？」

シグマはワクワクしながら聞いたが、高師の苦虫を噛み潰したような顔を見て、伸ばしていた手を引っ込めた。ツェータのニヤニヤがますます大きくなる。

シグマは気を取り直して、今度はエイッ、ヤーッと剣を振り回すような仕草をしながら聞いた。

「先生がスレイヤーなら、この万葉小島には人食いドラゴン退治に来たの？　すごいや！」

「人食いドラゴンなんて京葉諸島にはいないはずだ。大陸にもほとんど残っていない。龍に食われた、というのはたいてい事故や不注意だ。怒っている翼龍に近づく方が悪いんだよ。今は龍族を保護する国は多い。俺たちはこの村を流れる川の水質検査に来たんだ」

「川……検査？　水を調べるの？」

「そうだ」

「もっと早く来れば変わったものが見られたのに。川が赤くなって魚が沢山死んだよ。水龍《すいりゅう》も混ざってた。あいつらバカだ。地龍《じりゅう》はとっくに逃げた」

「水龍の方が縄張り意識が強いからな。川が赤くなったのはいつの話だ？」

「三週間くらい前。その前に大雨が降った。でも、地龍が逃げたのはずっと前だよ。ヒトが沢山来て彼らの住処を壊したって、怒ってた」

「壊したって、怒ってた？　どうしてわかるんだ？」ツェータが訝しげに聞いた。

大翼龍はともかく、地龍や水龍のような小龍と心話などできるはずがない。小龍には言葉と言えるようなものはない。彼らは大きさだけでなく頭の中身も違う。

「……どうしてわかるか、なんてわからない。でもそう言ったんだ、聞こえたよ。本当なんだ……嘘じゃない」だんだん声が小さくなってシグマはうつむいた。

「嘘だなんて思わない。地龍とどう交信するのかは俺にもわからないが、君には、耳に聞こえる音と心に届くささやきの区別ができてない、というのはわかる。俺ができるようにしてやるよ」

という言葉にシグマが驚いて顔を上げると、

「教えてやる、と言ったろう？」と高師は微笑んだ。

「高師、もう師匠気取りか？　ここには任務で来たんだぞ」とツェータはからかうように言ったが、すぐ真剣になって続けた。

「俺たちに水龍大量死の報告が入ったのは三日前、実際にそれが起こったのは三週間ほど前。今更、水質検査したってなにもわからないじゃないか」

「万葉連邦の一員といっても、この万葉小島は閉鎖的。外部から人が入るのを嫌う。水龍大量死を報告しただけで報奨ものだ。それにしても、この子は情報の宝庫だな」

そうツェータに言ってから「シグマ、知ってることをもっと教えてくれないかな?」と聞いた。


翌朝早く、大翼龍たちと合流してシグマの言う地龍が最初に逃げ出したという場所に向かうことになった。

「龍族との交流で重要なのは初めの挨拶。悪印象を与えると後悔するぞ」と言われシグマは緊張したようだったが、それはどうということもなく終わり、高師やツェータが出発の準備をしている間、大はしゃぎでマンゴーやドラゴンフライと遊んでいた。

「怖くないのかな。大翼龍を見る機会など今までなかったろうに」

気難しいドラゴンフライが翼を広げて、彼の名前の由来であるトンボのような模様を見せているのも驚きだ。高師はそれを見ながら、

「シグマ、遊んでばかりいないで瞑想の訓練だ。方法は昨夜、教えただろう」と言った。

はい、先生、とシグマはすぐマンゴーのそばで座禅を組んで瞑想を始めた。

なんて素直なんだ、とツェータは目を丸くした。

「ウチのセンターの、文句ばかりのガキどもに、あいつの爪の垢を煎じて飲ませたい」

「生きるか死ぬかの分かれ道、とわかっているんだろう。気が狂っていく恐怖をすでに知っている。真剣にもなるさ」

「哀れな話だ」

「初めは形を真似るだけでもいい。習慣にしろ、焦るな。先は長い」

高師はシグマに言った。


行った先はもぬけのから。鉱山のようだった。大雨で貯水池の堰が崩れて汚水が流れ出し、下流の村人に気づかれる前に逃げていったものか？

調査分析部を入れることにした。

「シグマ、昨日も少し言ったが訓練を続けたいなら一緒に種子島に来い。俺の訓練以外に義務教育も受けてもらう。そしてお前の場合はセンターで寄宿生活だ」

「義務教育？　寄宿生活？　センターって？」

シグマもさすがに不安になって聞いた。

「ドラゴンセンター。ドラゴンセンターといっても人間の子供の教育もする。ドラゴン関係の仕事につくための職業訓練の他に、一クラスだが義務教育をするジュニアクラスがある。君に歳の近い子供ばかりだ。すぐ慣れる。そこでは共同生活をするための手伝いもしてもらう。新入りは主に龍の餌の運搬かな?」

「便所掃除」とツェータが正した。

「ドラゴンセンター……龍が沢山いるの?」

「大小様々」

「行くっ!」


シグマは初めて龍に乗った。初めて飛んだ空。開放感で胸がドキドキした。

少し飛んでから高師は方向を変えて、あれが君のいた万葉小島、その隣の大きい島が万葉島、と説明してくれた。春とはいえ、風を切って飛んでいるうちにシグマは寒くなったが、高師がクローク(外套《がいとう》)を広げて包んでくれると、すぐ温まった。


やがて種子島に近づいた。日暮れだった。高い塔にはシグマが見たこともない光が灯っていた。明るいが、眩しいのとは違う、心を引き付ける光だった。シグマたちはそのそばに着陸した。

「あれは龍誘導灯。大翼龍の体内でできるドラゴンクリスタルを使って発光させている。それほど明るくないが、龍にははっきりわかる。ガス灯より維持するのも楽だ」と高師が、塔を見上げて言った。

シグマはドラゴンクリスタルなどというものは見たことも聞いたこともなかった。ばあちゃんと住んでいた万葉小島の家には、ガスもなかった。ガス灯のある家を見て、なんて明るいのだろうと羨ましかった。ばあちゃんはロウソクももったいない、と言ってめったに使わなかったので、灯りは囲炉裏の火が頼りだった。

ツェータに龍たちの世話は任せて、高師はカンティーンに行くと言って歩きだした。

万葉小島にある木造の学校に似た建物があり、その一角がカンティーンだった。シグマは入ってみて食堂だとわかった。長いテーブルがいくつも並んでいて、食事をしている者も本を読んでいる者もいた。高師はそのテーブルの一つに近づいた。

「サイトー、久しぶりだな。ちょっといいか？」

「はい？」

サイトーと呼ばれたのは、シグマよりは年上の背の高い男の子だった。

「この子、シグマ、新入りだ。規則とか必要なこと教えてやって。明日、朝食のあとで事務室に連れてきてくれる？」

「了解です、高師。任務、いかがでしたか」

「無事完了、だ。オマケ調査の方が面白い展開になるかもしれない。分析結果次第では情報部の手が必要になる。進路希望は情報部だったな？」

「できたら……」

「お前の評判は俺の耳にも入ってくるよ。頑張っているな。まだ時間があるからって、気を抜くな」

「はいっ‼」

「シグマ、サイトーはジュニアクラスの級長、わからないことは彼に教えてもらって。ともかく今夜は好きな物食って、休め。じゃあな」

高師が行ってしまうとシグマは心細くなった。

「クラスでは級長と呼んで。それ以外ではなんでもいいけど気に食わなければ答えないよ」

とサイトーは言った。

シグマは言われるままに食べ物の載った皿を取り、これまた言われるままに椅子に座った。

落ち着いて、耳に聞こえる音に集中するんだ、緊張しながらもシグマは思った。

「喋っちゃった、浜野高師と！　情報部志望って知ってた。感動だっ」

サイトーは嬉しそうだ。

「お前、浜野高師の知り合い？　どこから来たんだ？」

隣に座っていた子がシグマに声をかけてきた。

「あ、俺、あらしっていうんだ」

「僕はシグマ。先生たちが調査に来た万葉小島の村で会ったんだ。訓練してくれるっていうからついてきた」

訓練⁉　うっそー！　浜野高師、直々かよ⁉　なんで？　本当にかよ？

そばのテーブルからざわめきが上がった。シグマは初めて周りをちゃんと見た。近くにはシグマと歳の近そうな子供ばかり、十人ほど。離れたところにいる十数人はずっと年上に見えた。

「そのはずだけど……自信、なくなってきた。そんなスゴイことなの？」

皆が口々に、彼はここの保安部の飛龍部隊長！　すっげぇ強い。シニアだって訓練なんてつけても
らえない！　たま〜にグループで挑戦するんだ、それでも勝てない、と声を上げた。

「そんなすごい人、呼び捨て？」

「コードネームは通常、呼び捨てだ」

「コードネーム？　あ、本名じゃないの？」

「何も知らないんだな。彼はドラゴンスレイヤー族だ、名門ソラリスの。名前はゼフィアス」

「高師というのはコードネーム転じて呼び名みたいだよね。今は隠密行動なんてしないし、ＤＫ時代
の名残」

「ＤＫ？」

「ＤＫたってテロリストグループとは違うんだからねっ！　絶対違うんだ!!」

「まあまあ、あづま……」

「言い返せなかった、悔しい……」

あづまと呼ばれた子は泣きそうだった。

「あづまだって登録手続きのとき、読めって紙を渡されただろう？」

「あんな文字ばっかりのもの、読まなかった……」

あいつ、どっかの学校の上級生にからまれたんだ、誰かがシグマに囁いた。

「まあともかく、高師は頭もいいんだ、十六で大学生」

「頭が良くてなんで卒業に八年もかかるのさ」

「遊びすぎだって」

遊びすぎー？　きゃー！　やめてー。いやー！

「静かにしろ！　馬鹿な噂話するな！」

「サイトーくん、好きなんでしょう、浜野高師‼」

「うるさい！　尊敬してるだけだ！」

ガンバレ！　サイトー、情報部！　イケイケ、サイトー。バンバンとテーブルを叩く者もいた。エールともヤジとも聞こえるが、悪意は感じられなかった。

そういえばずっとイヤな感じがしない。種子島の龍たちは静かで満足している。ここはいいかも、シグマは思った。


翌朝、ジュニアの寄宿生の大部屋で寝ていたシグマは、まだ暗いうちに周りの音で目が覚めた。皆、龍たちの世話をしに行くのだと言う。君はまだ登録してないから来なくていい、と言われた。寝ているのは気が引けるし、起きてもなんとなく所在なく、ベッドの端に腰掛けたり立ったり、とウロウロするばかりだった。

そのうちに皆が戻って来たので一緒にカンティーンに行った。食べ物を探さなくていい、というのが不思議に思えた。村では朝起きての一番の心配は、今日はどうやって食べ物にありつくか、だったのだ。

「森が近いんだね」

食べながらシグマは隣に座ったあづまに話しかけた。

「センターのそばには二爪川《ふたつめがわ》っていう川があって、それを渡ると笹原の森、龍の保護地区だから僕たちジュニアは立入禁止だよ」

「時々、ヒトがいなくなるとかいう噂だ」とあらしが言ったが、笑っているから冗談、とシグマは判断した。

食事のあと、サイトーに促されて壁の地図を見た。大きな山と小さな山、そして数本の川、それが種子島の全てだった。

「一爪川《ひとつめ》と二爪川の間がヒトの居住区、その水辺と龍臥山翼峰《りゅうがさんよくほう》の山頂は人と龍族の共存地帯、それ以外が龍族保護地区。通常ジュニアは立入禁止だ」と教えられた。

食事の後、サイトーに連れられて事務室に向かった。窓から人影が見えた。

「あれは佐保《さほ》姫様。大名の家系で旧華族。おしとやかできれいだから、皆、そう呼ぶんだ。事務の責任者だよ」

挨拶を済ますとサイトーは授業があるから、と言っていなくなった。高師はいなかった。

「シグマくん、高師からあなたのことは聞いているわ。まず登録するからこの書類を読んで質問に答えてね」

佐保姫は声も優しかった。渡された紙には漢字が並んでいて、シグマにはただ文字が踊っているように見えた。

「カンジ、あまりよくわからない」

「そう。じゃ、私が読むわ。字は書ける？」

「ひらがななら」

「ひらがなで十分」

なんとか書類を書き終えると佐保は、必ず自分で読んでね、と言って数枚の紙をくれた。

「読めなければ聞きなさいね。言語の授業もあるし、すぐ読めるようになるわよ。初めの紙はこのセンターの成り立ち。二枚めは授業などの時間割。赤丸クラスには必ず出席すること。黄色は選択だからあとで決めるわ。他の紙は注意事項なんかが書いてあるから、ちゃんと読んでね。わからなかったら聞いて。質問は？」

質問はなかったのでシグマが黙っていると、佐保は話を続けた。

「規則を破ったり理由なくクラスをサボったりすれば、呼び出されて注意を受ける。四回目で失格。多分、孤児院に移されてそこから学校に行くことになるわ。万葉では義務教育制度があるから。呼び出されるようなことはしないでね。高師の推薦だから彼に迷惑がかかる。彼はちょっと完璧主義などころがあって、何でも自分でしないと気が済まないでしょう。だからいつも忙しいのに余計なことで仕事、増やされたら可哀想。水質検査なんて彼がする必要はないのに、他の仕事の帰り道、ちょっと寄って、なんて。ひどい……あ、ごめん、余計なこと言って。質問、ある？」

「あの、高師先生の訓練は？」

時間割には書かれていない。

「彼の訓練は変則的になるわ。仕事で何週間もいないときもあるから。あなたには、クラスのないときはセンターで働いてもらいます。しばらくはサイトーくんについて教えてもらいなさい。今日はこのあと医務室で健康診断、その後、訓練場に行って体力テストするわ」

訓練場には高師もツェータもいた。佐保はストップウォッチやファイルを持って高師と話している。

「始めようか」

十メートルやら五十メートルやらを全速で走らされた。高跳びや横跳びはともかく、長距離を走らされるとクラクラした。休んでいい、と言われたときは気絶するかと思って地面にへたり込んだ。

「まあ、速い方だな。瞬発力、柔軟性もある」

「持久力が課題だが、まだ小さいし、どうにでもなる」

「栄養不良だって医務室で言われたわ。平均よりずっと小さいし体重も少ない。十歳と言われても不思議に思わない」

「えっ、いくつなんだ？　十じゃないのか？」

「十二歳」

　嘘だろ？　ツェータは思った。同じ歳の俺の甥っ子より、一まわり、いや、二まわりくらい小さい。

「孤児院にはどうして連れて行かれなかったか聞いたか？」

「おばあ様が亡くなって連れて行かれる前に……逃げたみたいね。近所の子供たちにいじめられていたみたいだし、学校にほとんど行ってない、と言うし。問題が多いわ」

「ともかく、ちゃんとした食事を取らないと背が伸びない。俺のいつも正しい直感によれば、あいつはサイキック。大翼龍をコントロール出来るようになるはずだが、ある程度の身長と体力も必要だ。手遅れでないといいな。背が伸びない場合に備えてプランBを考えておこう」

「次善の策？　備えあれば憂いなし、か」

「備えがあったって憂いは残る。最悪に備え、最善を祈れ、というのだ」

「そういったことは小声で話してください」

　と佐保が心配そうにシグマを見るので、他の二人もつられて見ると、シグマは腹ばいになって地面に棒でなにやら団子のようなものを描いているのだった。

「シグマ、体力測定は終わりだ。カンティーンに行ってなんか食え。今日は授業は午前中だけだ。あとでサイトーがセンターを案内してくれる」

　高師が声をかけると、シグマは目を輝かせて立ち上がった。お腹が空いていたのだ。

「それから佐保、シグマの能力について俺が言ったこと、皆に話しておいてもらえるか？　特にシグマを直接教える教師たちには知っておいてもらわないと、問題が起きてからでは遅すぎる」

「わかりました。あの、このあと、お茶にしませんか？　『花の木』のシュークリーム、買ってあるの」

「それって、俺の分もあるんだろうな？」とツェータ。

「もちろん、あります」

「じゃ、決まりだ。高師、お前に発言権はない」


「シュークリームなどでは昼めしの代わりにはならない。カフェに行こう」とお茶のあと、ツェータは高師を食事に誘った。

「このカツ、前より薄くなってないか？　これじゃあカスだ。腹がふさがらない」

カツ丼を食べながら高師は文句を言った。

「ダジャレを言うようになったら、おしまいだ。はよお、嫁もらえ。佐保姫はお前が好きなんだゾ」

「ダジャレは言葉の遊び。言葉の遊びは言葉の知識を必要とする。いわば隠れた教養の表れだ。ダジャレを見下すのは己の知識の浅さを宣伝しているようなものだと知れ」と高師は返した。

「第一、佐保を好きなのはお前だろうが。結婚生活なんて俺には向かない」

「三か月ごとに恋に落ちては、今度こそ真の愛、結婚すると騒いでいたお前が」

「だから悟ったんだ。俺は恋に落ちてもヒトを愛せないんだって。結婚は常習化した恋、つまり愛がないと成り立たない」

「それがお前の結婚観か？　勝手に先読みして失望するな。大学時代、お前は言っていた。『一世代前のスレイヤーなら十七、八歳で結婚、三十までに子供は六人。十二、三歳の長男を初陣に連れて、三十四までに戦死。それがスレイヤーの人生』だと。『今は戦士であるはずのスレイヤーが大学生活を満喫している。自分はなんなのか？』と真剣に悩んでいた。超ロマンティストなんだ、お前って」

「佐保の買ってきた、好きでもないシュークリーム食うお前は何だ？」

「お前だって食ってた」

「俺は好きで食ってるんだ」

「好きって？　あんな空気のようなものを？　『花の木』のスワンシューを買っていたという噂は本当か？」

「『大陸屋』のドラゴンシューと比較するために買ったまでだ。あ、佐保にそれとなく言っておいてくれないか？　『大陸屋』のシューのほうが俺の好みだって」

「自分で言え！」

「お前が佐保と話すチャンスを作ってやってるのに」と高師はニヤニヤとツェータを見た。

シグマは食事の後、カンティーンで佐保姫がルビをふってくれた書類を読んだ。昼休み。皆も好きなことをしながらカンティーンにいた。

「なになに、ＤＫとは、ドラゴンズ・ナイツ（龍の騎士団）の略。大陸で始まった龍族保護運動を若年？　スレイヤーが時代の波に乗り遅れるな、をスローガン？　に立ち上げた政治思想団体？　を、上院？　貴族議員？　が揶揄⁉　して呼んだのがはじまり。スレイヤーが万葉を配下に治める遠因⁇となった」

ルビのおかげで読むには読めたが、シグマには意味不明。読むのを諦めて、サイトーに声をかけた。

「それが、いつテロリストになるわけ？」

「テロリスト団体の汚名を着せられたのは四年くらい前。奴隷龍を救出するための急襲が失敗して死者が出たとき、謝罪どころか殺されて当たり前の人間が死んだだけ、と公言したからだ。その前から過激化していて、沖津《おきつ》さん、霧立《きりたち》さん、千影《ちかげ》さんはＤＫに見切りをつけ、その事件の起こる前に脱退、このドラゴンセンターを設立した。つまりこの三人がセンターの創設者だ。先見の明があったんだ」

その後サイトーに連れられてセンターを案内された。あらしやあづまだけでなく、もみじとかのこという姉妹もついてきた。皆、いつもと違うことがしたいのだ。昨日は薄暗くて気づかなかったが、カンティーンのある建物から離れて立っているもう一つの建物は石造りで、シグマが見たこともないほど大きかった。内部を案内されたがジュニアは立入禁止というところもあり、特別興味を引くようなものはなかった。だが次は翼龍舎に行く、と言われてドキドキした。

翼龍舎に常に翼龍がいるわけではなく、普段、彼らは野外で過ごしている。翼龍舎は人間の飛龍訓練などに付き合うことに同意した龍たちの溜まり場になっている。スナックが置いてあって薄暗いので、龍たちが昼寝などに来るのだ、と言う。

「小龍たちがスナックを狙ってよく忍び込む。ドラゴンフライがそいつらを懲らしめるよ」

小龍には小龍の餌場があるので、ただの好奇心で忍び込むようだ。


ショコラにメレンゲ……。

「なんだかお菓子屋さんみたいだね」

入り口の龍の名札を見ながらシグマは言った。

「センターにいる龍のほとんどは寄贈。そうでなければDK時代に誰かが……」とサイトーは言葉を探して一瞬、沈黙した。

「……救出してきた龍だ。ショコラたちは大手製菓会社の先代の社長が亡くなってセンターに寄贈されたんだ。今は考え方が変わったけど、以前は大翼龍は富や権力の象徴だった。金持ちが競って大翼龍を手に入れた。スレイヤー族は人や家畜を襲う大翼龍を殺すだけではなく奴隷化することにも成功した。だから彼らは敬われ恐れられてきたんだ」

シグマは高師との訓練が少し不安になった。しかし気を取り直して、

「マンゴーは果物屋さんから来たの？」と聞いた。

「いや、高師が連れてきた。でも彼が名前を付けたわけではないみたいだ」

「龍たちは気にしないの？」

もっとかっこいい名前で呼ばれたくないのかな？　僕だってシグマなんて訳のわからない名前は嫌だ。変えられるものなら変えたい。名前もいじめられる原因の一つだった。

「胆汁工場で胆汁を採取されてBとかCとか呼ばれて惨めに生きていた龍たちは、嫌だ、変えてくれ、と言うようだけど、ショコラたちは可愛がられていたらしいし、逃げ出して保護されたわけではないから、いい、と思っているんじゃないのかな？」

胆汁工場？　採取って？　何か恐ろしい感じがして、シグマは聞くことをためらった。

「いいじゃない、可愛いわ。それに特徴、捉えてるわ」と、いつもサイトーのそばにいるもみじが口を挟んだ。

あれがショコラ、と言われて見た龍は焦げ茶、メレンゲは白茶けた龍だった。焼きメレンゲ色だ。

「俺だったら荒野丸とか残雪とか呼びたい」

断固としてサイトーは言った。

「板チョコ！　焼きおにぎり！」

「あらし、お前、龍に食われるぞ」

僕だったら絶対、強そうなカッコイイ名前を選ぶんだけどな。だが、シグマが大翼龍の名を付けるなどという機会は決してないようにも思えた。

「スナックの置いてある大部屋の他に、小部屋もある。そして、あれは規則違反をした翼龍が入れられる反省の部屋」

サイトーが回廊の奥にある、頑丈そうな扉を指して言った。扉は半開きで誰もいなかったが、鉄格子が中に見えた。

「翼竜たちも俺たち同様、すごく悪いことするとバツを与えられる。四回目で追い出されて、万葉島にある自由地区に送られる。自由地区は、一度行ったら出られない、何をしてもいい弱肉強食の区域だ。そこから逃げ出せばスレイヤーが問答無用で殺す」恐ろしいところのようだった。

ともかくツェータは正しかった。ジュニアは龍舎の掃除、特に便所掃除は重くて臭くて大変な仕事なのだった。


「おい！　シニア十人で浜野高師とツェータさんに挑戦だ！　見に行こう！」

皆、急いで朝食を頬張ったりポケットに入れていた。トレイを持ったまま外に走り出した者もいた。シグマもパンやリンゴを持って飛び出した。センターの訓練場、挑戦中は柵の中には入れないので遠くからの観戦だ。

「スレイヤーの双子がいる。結構、行けるかも」

皆、簡易武装だがそれぞれ武器は違った。

「ルールは簡単。高師かツェータさんが持っているクリスタルを奪う。でも二人とも同じ袋を持っているだろう？　どちらかが本物。クリスタルはかすかな力を放出してるんだ。それを見極める。お手つきしても武器を奪われても失格、退場」

高師とツェータが袋を交換した。

「訓練では三分以内に袋を交換する。取りやすくするため」と、級長が説明してくれた。

「えっ？　どこから出てくるの、あの盾？」

持っているようには見えない盾が広がって、たびたび剣を止める。シャーンというような、聞いたことのない音が響く。

「腕に装着してある。あれは大翼龍の鱗と皮でできてるんだ。強いし軽いし折り畳める。浜野高師はあんな大きいのに、素早いし柔軟性もあるんだ。でも彼の持ち味が一番発揮されるのは、大翼龍での飛龍戦だよ。高師の訓練は気絶するまでやる、って言う」

「そんな訓練、どうしてするの？　水の検査とは関係ないよね？」

シグマは高師との訓練がますます不安になった。高師とツェータは水質検査に来た、と言った。そんな仕事をする人たち、と思っていたのだ。

「水質検査は水龍の死因調査だ。センターはドラゴンの保護更生、調査研究を行っていると同時に、万葉連邦の防衛隊の強力な一員だ。特に飛龍部隊は万葉のどの飛龍部隊よりも秀でている。連邦の危機ともなれば当然、戦闘部隊として出撃する。でも今は戦争中じゃないから人間と剣を交えることなんてそんなにない。飛龍部隊の主な任務は龍族相手。保護地区から龍族が出てきて人里を襲う、ということは干ばつとか大雨が続いたとき、よくあるんだ。あ、種子島ではそういうことはないよ。ちゃのが現実だった。

んと人間と龍との合意があるから」

何するのかな、僕は？　というより、何ができるんだろう？　とシグマは思った。だが今のシグマにとっては将来のこと以前にとんでもなく遅れている、という義務教育の課題をこなすので手一杯なのが現実だった。

「万葉小島でちょっとは言ったけど、今日は初心に戻って基本から教える。同じこと繰り返すことになるけど、居眠りなんかするなよ」と高師は前置きした。

シグマが眠そうだからそう言ったのだが、実際、シグマは高師との初めての訓練を控えて、昨夜は期待と不安でよく眠れなかったのだ。

「まず、生命体は二つのエネルギーを持っていると知っているか？」と言ってシグマを見た。

シグマは目をまんまるに見開いて彼を見返した。高師の予想通りの反応だ。

「一つは、肉体の持つ肉体エネルギーだ。その力は明らかだろう？　歩く、投げる、といった行動に必要なエネルギーで周囲に物理的な影響を与える。もう一つは精神エネルギー。これは自分以外のものに影響することは少ない。精神エネルギーが集まると幽体となって、目に見えたり物理的影響を与えたりすることがある。が、それはマレ。通常、幽体は幽体に影響を与える。

大翼龍は肉体的にも強いが、さらに強力なのがこの見えない武器、幽体だ。その力に対応できるスレイヤーズは、精神エネルギーが幽体を形成するほど強いサイキックだ。この能力はスレイヤーズの特権のように言われているが、俺はそうは思っていなかった。スレイヤー族は普通の遊牧民族の中から出現した。つまり、どの人間にもその力や素質があったっていいわけだ。そして俺は万葉小島で俺の推論が正しい、と証明できる証拠を見つけた。それが、お前だ」

シグマのまんまるの目がさらに大きく丸くなった。

「僕がスレイヤーのような力を持っているの？」

「サイキック能力にも強弱はあるが、俺はお前の能力はかなり強いと思う。お前は龍が話すとか、言っていることが聞こえるとか言うが、それを可能にしているのはお前の幽体だ。幽体に耳や口があるわけではないから、感じる、という表現が正しいのだが、訓練してないお前には物理的な音と、幽体に伝わってくる龍のささやきの区別ができてないんだよ。

幽体を形成できないような小龍と交信できるというのは、今のところ俺にとっても謎だが、お前が大翼龍と心話できるサイキックであることには変わらない。というわけで、俺はお前にサイキックとしての心得を伝授する。瞑想がその第一歩。瞑想に先立って呼吸を整える。その要領は覚えているか？」

「はい、先生」

「では始めろ」

シグマは小島で高師の言ったことを思い出しながら深呼吸を始めた。

「そのまま瞑想に入れ、心を無にする」

目を閉じているのにパッとあたりが明るくなった。白いのにぶちの猫の姿をした龍がそばにいた。猫なのになんで龍なんだろう？　そんなことを考えているうちに体が浮き上がった。下を見ると白い頭が見えた。あれって僕の頭なんじゃないかな？　自分の頭のてっぺんなんて見たことないのにシグマはそう思った。

地面が白い。草の上に座っていたはずなのに変だ。フワフワのものが地面を覆っている。なんだろう？　白く光るあざみの綿毛のように揺れている。龍の猫がシグマを通り抜け、なんだかすうっと昇っていくような下がっていくような、おかしな感じがした。

再び下を見ると、今度は白い髪の男の子が絨毯の上で遊んでいた。あ、僕と同じ髪してる、シグマはなんとなく親近感を持った。だがその子の髪は本当は黒いのだ、ということも知っていた。ふかふかの絨毯。気持ちよさそうだ。だが次の瞬間、男の子の周りに赤黒いものが漂いだした。

白っぽい世界の中でなんとも嫌な感じがした。その異様な霧のようなものに包まれて、男の子は苦しそうに腹ばいになり、絨毯の上に伏せた。泣いているようだ。体中に力を入れているようなのに動かない。かすかに手が震えている。

動かないんじゃない、動けないんだ、とシグマは思った。泣いているのは……悲しいというよりは悔しいから。そんなふうに感じた。

誰も助けてあげないんだろうか？　せめて慰めてあげればいいのに……そんなことを考えていると、突然、引っ張られた気がした。

目を開けると、高師がじっと見つめていた。

「やれやれ、瞑想をしろと言ったんだ。幽体分離しろとは言ってない」

「ご、ごめんなさい、先生。僕、居眠りなんかしてないよ」

「謝ることはない、俺が教えているんだ。お前が……別のことをしちまうのは、俺の教え方が悪いんだ。何しろメンタリングなんて俺も初めて。もうちょっと研究しないとな」

高師は肩をすくめた。

「休もう、カフェに行こう。カフェの方が美味しい物がある」

シグマは有料カフェに入るのは初めてだった。

「好きなもの、選べ」

シグマがメニューを見ていると高師は、何、見たんだ？　と聞いた。シグマが口ごもっていると、

「本当に言いたくないことを無理強いするつもりはないけど、俺はお前のメンターなんだから、できれば正直に話してほしい」

シグマは、うつむきながらも心を決めた。

「白いけどぶち猫の姿の龍がいて、白い髪の男の子が絨毯の上で遊んでいたけど、その子は本当は黒髪で動けないいんだ」

できるだけの早口で言った。早く言えば、言っていることのバカバカしさが少しはまともに聞こえるかと思ったのだ。でもやっぱり変なものは変だ。

「自分でも変だと思うけど……僕、嘘ついてない。居眠りしてなかった。夢じゃない」

あ、夢かもしれない、と言った方がよかった……夢っていつも変だもの。だが初めての訓練で居眠りしてた、とも思われたくなかった。

高師は笑わなかった。本当は居眠りしていたんだろう、とも言わなかった。その代わり事もなげに

「ああ、それはね、幽体は肉体とは同じには見えないからなんだ。真実の姿を見極めるには訓練が必要だ」と言った。

「え？　じゃあ全然、変じゃないの？　僕の言ったこと」

「幽体の世界は全般的に白っぽく見える。ぶちの猫に龍の要素があるのか、その逆なのか、あるいは現実には全く別の姿なのかは話からでは判断できない」

なんだか訳わからない。シグマは目を大きく開けてしばたたかせた。村にいるときもそうだった。皆、シグマを嘘つきとか馬鹿とか言った。自然に人と話さなくなった。

……やっぱり、おかしなことばかり。でも、今は高師先生がいて、それは変じゃない、と説明してくれる。まだわからないことばかりだけど、僕の言うこと、信じてくれる。それが、シグマには何よりも嬉しく、心強かった。

シグマはホッとして、運ばれてきたキャロットケーキなるものにむしゃぶりついた。美味しかった。

人参だ、と言われて、名前が変わるだけでこんなに味も変わるのかと驚いた。キャロットと思って食べれば付け合わせの人参も美味しくなるのかな？　飲んだサイダーは口の中でシュッとはねて喉の奥を熱くした。目を丸くしてその透明な液体を見つめてから、またケーキにかぶりついた。


「万葉小島で見つかったものが調査分析部に届けられた。見に行くか？」

　ツェータは高師を誘った。

　分析部では運ばれてきたものが床に並べられ、札を付けてグループに分ける作業が進められていた。高師が指名した山川《やまがわ》チームが担当だが山川の姿はなく、メンバーの柵《さく》と風野《かざの》が忙しく働いていた。

「なんか面白いもの、あるか？」

　ツェータが風野に声をかけた。

「ちょっと、まだ……。でも、これなんかどうです？　僕は紋章じゃないかな、と思うんです」

　風野は焼け残りのような布や、砕けた石を一つのグループにして集めていた。それぞれを見ると同じような模様が付いている。ツェータは石を動かしてみた。

「こう動かすと焦げた布の模様に似たものができる。そっちのかけら……こうすると……」

「あ、万葉の真珠みたいだわ。違う？」と言ったのは柵。

「でもその外にまだ何かある。目みたいですね」

「高師、お前も手伝え。どうした？」

「は、吐き気がする」といきなり言って高師は外に走っていった。

「珍しいですね、彼が病気？　食あたりかな」


なかなか帰ってこないのでツェータが捜しに行くと、高師は外のベンチに座っていた。

「大丈夫か？　顔色も悪い。何、食った？」

「食い物のせいじゃない。あの模様を見たとき、急に吐き気がしてきたんだ」

「知っているのか？」

「わからない……」

「マンゴーに慰めてもらえ」

高師は弱々しく微笑んで立ち上がった。


「先生、昼寝？」

高師はマンゴーに寄りかかって、寝ているように見えた。

シグマは、怪我した地龍の金《かな》ちゃんを手押し車に乗せて、治療室から餌場の小屋に移す途中だった。

「元気ないね。どうしたの？」

「……悪いもの食った」

「お腹こわしたの？　シュークリームにあたったの？」

「なんでシュークリームなんだ？」

高師は苦笑いした。

「どんな味するの？　シュークリームって」

「食べたことない、か。今度、買ってきてやる。でも『花の木』のじゃない。『大陸屋』のドラゴンシューだ。俺は、シュー皮は『大陸屋』の方が絶対、美味しいと思う」と微笑んだ。そして、

「金ちゃん、また怪我したのか？」と呆れたように言った。

金ちゃんは、みかの原の保護地区にいた野性の地龍だったが、怪我して連れて来られて以来、センターに住んでいるのだ、という。

「戻れないんだ。色が薄くて目立つから、群れから追い出されたらしい」

普通の地龍はもっと色が濃い。焦げ茶というか黒に近い。金ちゃんは黄色っぽかった。

「目立つから仲間はずれになるの？」

シグマは、陽に当たると金色に光る金ちゃんはきれいだと思っていたのだ。

「目立って良いこともあるよ」とまた微笑んで、高師はシグマの頭に手を置いて髪をクシャクシャに撫でた。

「金ちゃんは翼龍舎に忍び込んでよく囓《かじ》られて怪我するのに、全く懲りない。何を考えているのかと思うよ」

「シグマくん、授業始まってるのよ」

佐保がどこからか現れた。

「あ、俺が悪い、こいつを引き止めた。シグマ、地龍は置いて、授業に行け。ちゃんと理由を言えば減点されない」

「高師、具合が悪いって聞いたから捜してたの。ちゃんと見てもらって薬、飲んだ方がいいわ」

「もういい、治った」

減点されるのは嫌だ、と思ってシグマは走り出していたのだが、ちょっと振り返ると金ちゃんは高師の膝に乗って佐保に撫でられているのだった。


少し時間はかかったが、高師との訓練は順調に進むようになった。

幽体分離の後もシグマには高師が何を言おうとしているかもわからず、彼の訓練が終わるたびに見捨てられたらどうしよう、と恐ろしくなって意気消沈した。しかししばらくしてマンゴーとの心話が可能になると、どの大翼龍たちとも意思の伝達が可能になった。今まで意識せずしていたことを、意識してやる、というだけのことだったのだ。わかってしまえばどうということもなく、なぜできなかったのかがわからなくなった。

しかし小龍たちは別だった。小さいときからずっと彼らのささやきが聞こえているのに、なぜか答えてくれない。混乱するばかりだった。

これからの課題だと思え、と高師に言われた。高師自身が知らないのだという。大翼龍ばかりがはびこっていた大陸には小龍は少なく、彼らと戦う必要もないためスレイヤーには大翼龍以外は龍ではない、と考える風潮がある。

「心話は幽体同士の会話だ。センターでは小龍を訓練して色々役立ってもらっているが、精神エネルギーが弱く幽体と言えるようなものがない上、人語も解さない彼らとどうやって交信するかを試す機会がないんだよ、俺は。他のスレイヤーズのような、たかが小龍、というような偏見は持たないようにしてるんだが……」

地龍はシグマにとっては親切な隣人、よく警告してくれる。……龍たち全てと話ができればいいのに……。

「どうして人語を話さない大翼龍がいるの？　頭いいんだよね、大翼龍は全部？」

「それは他国の言葉など知る必要ない、という人間がいるのと同じだ。人間と大翼龍はそんなところが似てるな。でも彼らは知らない。新しい言葉を知る、ということは単に単語を覚えることではない。その言葉を話す人々の考え方の根底にあるものを知るのだ、ということを」

高師は感慨深げにつぶやいた。

「ただし、大翼龍も人間と同じで、話さないからといって知らないわけじゃない、注意するんだな」

「ふ～ん」

シグマは千切りキャベツをつついた。高師の訓練が終わって、お昼を奢ってくれる、というのでまた入った有料カフェ。注文したハンバーグはとても美味しかったが、ついてきた野菜を残すなと言われて、先にキャベツを食べればよかったと後悔した。

「先に言ってくれればいいのに……」

キャベツの味ばかりが口に残る。

「野菜、全部食べたらプリンも奢ってやるよ」

シグマはソースをたっぷりかけて、キャベツを頬張った。

「ちゃんと噛んで食べろ。消化不良を起こしたらどうする？」

「先に言ってよ」

キャベツを噛みながらモゴモゴとシグマは言った。

「サイキックはヒトの考えを読むわけではない。感情を読むだけだ。お前がどうしようとしているかなんて先にわかるはずない」

「ふ～ん、……先生、どうしてＤＫに入ったの？」

前からずっと聞きたかったことだ。

「大学のサークル」

「え？　大学のテロリストサークル？」

「くだらん噂に尾ひれをつけるな」と高師は苦笑いした。

「ＤＫは今でこそテロリスト団体と言われているが、四十年以上の歴史のある政治思想団体だ。各地の大学にサークルというかたちで支部があった。俺が、ツェータやこのセンターの主だったメンバーと出会ったのもＤＫだ。俺にとっては思い出深い団体。今はもちろん大学にＤＫサークルなどないが、メンバーは潜伏しただけでまだ活動を続けている。だが、そんなことを説明してたらお前は午後の授業に出られなくなってしまう。知りたきゃ、いつか説明してやるよ」

シグマはキャベツを食べ終わって、高師を見た。

「プリン、注文していいよ。食べたければアイスクリームも頼んでいい」

シグマは、先生ってすごく優しい、と思った。アイスクリームも食べたかったが、それだけの話ではない。高師は、シグマを嘘つきとか馬鹿とか言わなかった初めての人間だった。ずっと食べたかった三色アイスを食べるときはワクワクした。初めは一色ごとに食べ、それから二色混ぜて食べた。最後は溶けて全色混ざってしまったが、全てスプーンですくって食べた。

「器を舐めるなよ」

何だ、やらなくてもその前にわかるんじゃないか、と思った。シグマはそれを口には出さなかったが、高師は「子供慣れしてきた」と言った。

笹原の森

痛い！　痛い、痛い!!　目の前が真っ暗になってシグマは椅子から転げ落ちた。

「助けて！　誰か！　助けて！　痛いよー！」

シグマは床にうずくまって、自分の手を見た。血まみれだった。授業の真っ最中で皆あっけにとられている。

いたい、いたい、いたいよ〜！！！

「何であれ、お前が見ているものは幻覚。感じてるのも錯覚だ。落ち着け！　高師のところに連れて行ってやる」

有馬《ありま》先生はシグマを抱き上げると、

「自習だ！　サイトー、皆を席に着かせろ」と言って事務室に向かった。

落ち着け、先生が助けてくれる！　懸命にその思いにしがみついた。


「有馬さん、シグマはどうしたの？」

佐保は驚いて、有馬に抱きかかえられているシグマを見た。

「急に痛い、助けてって叫びだして……気を失った。高師に知らせた方がいい」

事務室にシニアクラスの生徒が飛び込んできた。

「センターの龍たちが騒いでます！」

「何があったの⁉」

「わかりません。でも高師も何か感じていて笹原の森に行きました。あとは任せる、と言われたけど……」

「彼が森にいるならそこで合流するべきだな。このコにはやつの助けが必要だ。俺もすぐ飛ぶ」

そう言って有馬はシグマを抱えたまま走って出ていった。佐保は、緊急時マニュアルに従ってセンター中に放送を流して緊急事態を宣言した。大翼龍をコントロールできるものを集め、ジュニアクラスの生徒は教室にいるように念を押し、シニアクラスの生徒には巡回に行くよう指示を出した。自分もマニュアルに沿って事務室にとどまったが、他に何もできることはなく、連絡を待ってただ気を揉むばかりだった。


「一体何があったんだ、高師？」

有馬が森に着いたときには、事態は収拾の方向に向かっていた。

高師は、それに答える前にマンゴーに話しかけたが、

——シグマはすでに私の中。

と遮られた。

高師はシグマを有馬から受け取って、自分のクロークで包んでマンゴーのそばに寝かせた。そして翼龍のように首の伸びた背の高い木喰機《きくいき》と呼ばれる機械を見ながら有馬に言った。

「森では伐採作業が行われていた。木喰機で木を処理中、血の雨が降ってきて現場はパニックに陥った、ということだ」

「なんで事前にセンターに連絡してこないんだ？　この森は龍の保護区。沢山の龍族がいる。仔龍が木に隠れている可能性は大ありだ」

「スミマセン、お話し中。でも作業員が怖がって、あれを木喰機から出すのは無理だって。祟りが怖いって……迷信深いんです、外部から来た労働者たちは」

「出してやらなかったら、もっと祟りがあるぞ」

有馬はイライラして言った。

「いいよ、有馬。俺がやる」

高師は機械によじ登って中を見た。

「生きてるのか？　食われるなよ」

「ああ、これは三頭龍の仔だ。もったいない、こんな絶滅寸前の大翼龍をよりによって……。待てよ、まだ生きてる？　さすがだ。ここまでやられて死なないのか？」

高師は布に包んだ仔龍を両手で抱えて降りてきた。血が滴っている。

「頭が一つちぎれている。機械から抜けない。もう一つもまずだめだ。でもその血で最後の頭は助かるかもしれない」

「手術するのか？　祟られるぞ」

「シグマが接触した。できるだけのことをしてやらないと彼の心に傷が残る、つまり彼が祟られる」

「お前、また厄介な子供に手を出したな」

「メンターに選ばれる、ということはスレイヤーズにとっては他人の絶対的信頼を得た証だ。スレイヤーズの社会と袂を分かった俺にはメンターに選ばれる機会はない。だから俺は、自分で自分を認めてやりたくてシグマのメンターになったのさ」

「ギドラだっ！」


シグマはワクワクして言った。生き延びた仔龍の世話を任されて、お前が名付けろ、と言われた。

「頭、一つしか残ってないよ」と言うツェータを、シグマは自信満々な様子で見た。

「一つしかなくたって、キングギドラみたいなすっげえ強い龍になるんだ！」

「三頭龍の生態は不明な部分が多い。兄貴が喜ぶ」とツェータは高師に言った。

「創《はじめ》か。あいつは好奇心が強い。仔龍を見に来るのは構わんが、たつみグループ代表取締役社長様が今、笹原の森に入って生息地調査をする、というのは危険すぎる。許可は出ない、と言っておけ。シグマ、自分で餌を食べられるようになるまでギドラはここで治療する。必須クラスには出席すること。それ以外の時間は、彼の世話をすればいい」

治療室の外に出ると、すぐ皆に囲まれた。シニアもいた。話したこともない知らない顔があった。

お前、サイキックだったのか？　それで高師が訓練？　お前ってハーフ？　立て続けに聞かれた。

あまり家族のことは話したくなかった。親がいない、というだけでいじめられる。学校に行かなかった原因の一つだ。白い髪や、いきなり悲鳴を上げたり、では差別も激しさを増す。

「ここで寄宿生活しているやつのほとんどは孤児だよ。肉親がいてもなんかの事情で家に帰れないか。俺もその一人だから、いじめられる心配なんかしなくていい」

とシグマの気持ちを察したのか級長のサイトーが言った。

「俺、酔っぱらいの父ちゃんに殴られて怪我して入院したんだ。退院したら父ちゃん、いなかった。リハビリセンターから抜け出したんだって。あづまもあらしも孤児。もみじとかのこは、両親に売り飛ばされて百葉島に入る直前、見つけられて保護された」

百葉島は観光娯楽の島、スレイヤーの直轄で一番豊かな島だとシグマは聞いていた。

「親に売り飛ばされる？　そんなこと、あるの？」

「お前、万葉小島から来たろう？　あそこはまだいい。自治とはいえ一応スレイヤーの法律を受け入れてる万葉連邦国の一員だ。でも、もみじたちは千葉皇国《せんようこうこく》の首都のある千葉島《せんようとう》から来たんだ。あそこはただの同盟国。大陸のスレイヤーが怖くて万葉のスレイヤーと同盟を結んでるだけだ。京葉皇族貴族の国で、貧富の差が大きい」

ばあちゃんが死んで、せめて肉親と呼べる者がいてくれたら、と何度、思っただろう。でもいればいいってもんではなさそうだ、とシグマは気づいた。

「もみじは俺の彼女」と言ってサイトーは二人の女の子の、年上の方を見て囁いた。

「かわいいだろ？」

シグマは女の子にさして興味はなかったが、初めて入ったクラスにいた女の子を思い出した。シグマがいじめられると、泣いて先生に訴えてくれた。あの子が転校しなければもう少し学校に通ったかもしれない……と思ったりした。


「水龍、馬鹿だもの」

シグマは何気なく言ったのだが、あらしは激しくそれに反発した。

「水龍は馬鹿じゃない！　全ての龍の祖先だ！」

「そんなことない。地龍の方が古いよ」

「嘘つき！」

嘘つきと呼ばれてシグマもムッとした。

「僕は嘘つきなんかじゃない！」

級長が止めに入ってきたが、あらしは拳を振り上げている。

「はい、はい、暴力はダメよ。何があったの？」

唐《から》先生が教室に入ってきた。

「シグマが水龍はバカだって！　地龍の方が古いって！　そんなの嘘だよね、先生？」

「僕は嘘つきじゃない！」

「ああ、そういうこと。説明が必要ね。でもその前に」と唐先生は言葉を切った。

「何かを討議するのはいいことだけど、暴力では何も解決しないわ。あらし、シグマ。あなたたちはセンターで暮らしている同じ仲間なのよ。仲直りしなさい。はい、握手」

握手などしたくなかったが先生の前では仕方ない。

「席に着いて。今日は初めに水龍と地龍、その他の龍について説明するわ。前に聞いたことあるならおさらい、と思って」


「悪かった、嘘つきなんて言って」

あらしの方から謝ってきた。

「いいよ、僕も水龍の方が古いなんて知らなかった」

シグマは手を差し出した。

「さっき、した」

「さっきはイヤイヤ。先生いたから」

「俺も同じ」

あらしは笑って手を握り返した。

「でも、ずるいよな、両方正解なんて。大昔いた水龍は海に住む海龍で絶滅。直接の子孫はいない。今の水龍や海龍は地龍から分かれた、か」

「バカな生き物は生きられない、だって。地龍たちは水龍のことバカにしてる」

「それって地龍の方がバカなんじゃないか？　先生、バカにする方がバカだって。でもなんでわかるのさ？　地龍がバカにしてるって」

「わかるんだ、僕。聞こえるっていうか感じるっていうか。昔から」

「すごいや、俺も龍たちと喋れるようになりたい！」

「小龍は大翼龍みたいに人語は話さないよ。ギドラは大翼龍だから、今、言葉を教えているところ」

「すげえな、お前。大陸のハーフでもないのにサイキックって？」

「高師先生は、どの国にもサイキックは絶対いるって信じてる。そうかな？　僕、どこから来たのかな？　ハーフでなくてもクォーターかもしれない」

「知らないの？」

「僕、父さん母さんと、ばあちゃん以外は知らない」

「調べてみたら？　名字とかで結構わかるよ」

あづまが会話に加わってきた。

「僕、ヒコミだ」とシグマ。

「変わった名前だね。シグマも変わってるけど。あとで図書館に行こうよ」

「図書館？　カビ生えそう」とあらし。

「僕、テロリスト集団って言われて、言い返せなかったのが悔しくて、図書館に行くようになった。行ってみてわかった。本って結構面白いよ」

「なんで他の学校の、それも上級生が君をいじめるの？　なんかしたの？」

シグマとあづまは図書館の会話コーナーに座って借りた本を広げながら話し始めた。あらしは図書館はパス、と言ってどこかへ行ってしまった。

「いじめたのはシニアの漢字コンテストに負けた連中。僕もジュニア部門に出場したけどダメだった」

「漢字コンテスト？　出場するだけですごいや」

「百葉島の双子のスレイヤーがシニアクラスに入ってきたんだ。彼ら、すごく頭良くて漢字コンテストで優勝したんだ」

「スレイヤーが、なんでわざわざこのセンターで勉強するの？　スレイヤーの行く学校があるよね？」

「お目当ては浜野高師。両親が急進派で、高師の思想に共鳴してるんだって」

「思想？　共鳴？　急進派ってなんのこと？」

「僕に聞かないでよ。あとで調べよ。彦巳、彦三、これらが名字だ。地名では……あ、ひこみじゃないけど引込み森ってあるよ。えーと、引き込み森のなまったもの。理由はわからないが、ある日突如として多くの人々が森に消えた、と古文書に記されている、だって」

「やだよ、そんなところ。行きたくない」

「ヤダとか、いいっていう問題じゃあないと思うよ。生まれるところも家族も僕らには選べない。

……でも千葉島は遠いから関係ないんじゃないかな。よかったね」

関係なんかあってたまるか、とシグマは思った。自分がどうして他の人と違うのかを知りたいから、自分の生まれたところを知りたいのだ。人が消えるなんて場所が自分の故郷だったら行かないよ？


「ご、ごめんなさい、先生！」

高師との訓練中、シグマはうっかり居眠りしてしまったのだ。訓練を止めよう、と言われてシグマは真っ青になった。

「別に二度と訓練をつけない、と言ってるわけじゃない。今、お前は色々忙しくて疲れているだろうから、しばらく休止しよう、と言ってるだけだ」

「先生、僕を見捨てないで！」

シグマは必死で言った。先生とマンゴーのそばが一番安心できる。どこにいようと何があろうとすぐ助けてもらえる、というだけで落ち着いた。

「あのね、これは教えたはずの基本だ。ショックなことがあって自分を守るために心を閉じるのは当然で、必要な反応でもある。でも身の危険がないのが明白なら、すぐに心を開け。そうでないと今のお前のように人の……俺の本意を誤解する。それではサイキックである利点がなくなる」

「あ、はい……先生……。ごめんなさい……」

シグマはうつむいた。

高師はそんなシグマを見つめていたが、しばらくして口を開いた。

「基本は十分教えたと思ったが、龍たちに守られたセンターの中だけの練習では実社会では通用しないな。野外訓練に行くか？　これから必須クラスはあるか？」

やったー！　とシグマは少し前のショックをすっかり忘れた。

「ない！　ない！　あってもない！　どこ行くの⁉　港区、行くの⁉」


「臨時休業か、『大陸屋』は。大陸の休日？　そんな考えで種子島で開業してるのか？　まったく！」

高師は面白くなさそうに言った。別にシグマに話しかけているわけではなさそうだ。

「仕方ない、『花の木』のシュークリーム食うか？」

「食う！　食う！」

まるで鳩だ、高師は笑った。

「お前はすぐに興奮するな。興奮して一つのことに集中すると他のことに惑わされずに済む。心の防御法の一つではあるけど興奮のしすぎは良くない。制御することを学べ。遊びに来たわけじゃない、野外訓練だ、ということを忘れるな」

「は～い」

でもやっぱり楽しい。人混みの中を色々な店を覗きながら歩けるなんてシグマにとっては初めての経験だ。ウキウキするな、という方が無理だ。

「随分、落ち着いている。雑音は入ってこないようだな。訓練の成果かな？」

「だって、先生と一緒だもん」

シグマは『花の木』の一角に座ってシュークリームとサイダーを注文した。有料カフェのサイダーがすごく美味しくて、また飲みたかったのだ。

人々の心の雑音は、気にならないどころか高師に言われるまで考えもしなかった。

「頼られるのは構わないが、それでは野外訓練の意味がない。俺以外の誰かとセンターの外に出すべきだな」

シグマの浮かれた気分は吹き飛んだ。

「やだよ、僕。知らない人なんて」

「全く知らない人間と、ではない、最初は。それでは俺も不安だ。ツェータはどうだ？」

シグマは答えなかった。グラスの中のサイダーの泡をじっと見ていた。

「あのね、シグマ」と高師は小さな子供に話すように言った。

「見習いとメンターの関係は一生続く。お前が一人前になって、俺をメンターとか先生とか呼ぶことがなくなっても、絆は決して切れない。サイキックにはサイキックの援助が必要だ。いつかお前が一人前になって、俺を助けてくれる日がこないとも限らない」

スレイヤーの先生を僕が助ける？　夢のような話だ。

「先生の麺太《めんた》って誰？　今でも助けてくれる？」

「メンターだ。俺のメンターはマンゴー」

「え、大翼龍がメンター？」

なんかスゴイや、とシグマは思った。

「それって、スレイヤーのメンターは普通、大翼龍ってこと？」

「いいや、俺は例外。何かと異例なことが起こるんだ、俺には。普通、親が決める。信頼できる親戚、一族の者が選ばれる。マンゴーは誰が選んだんじゃない。気づいたときにはそうなってた」


「このシンボルはドラゴンの目の京葉バージョンなんじゃないかな？　ドラゴンの目の中心部分が万葉の真珠のシンボルの三重の輪、と思えばピッタリだ」

調査分析部で岩のかけらを組み合わせて現れたドラゴンの目、その目の中をじっと見ていた山川が言った。ドラゴンの目は大陸のよく知られたおとぎ話だ。

「類似した話は色々あるが、基本的にはカオスとかいう名のドラゴンの目の話だな。それを人間が盗んだとか奪ったとかいう。スレイヤーのバージョンでは『貰った』となる」

「そりゃ、スレイヤーが盗んだ、では名誉に関わるだろうから」と風野。

「ドラゴンの目の話はシュリンクヘッダーという英雄伝説につながっていますね。無の海に住む最強ドラゴン、カオスを倒したシュリンクヘッダーが彼の目を貰い、スレイヤーの祖となった。おとぎ話にはつきもののご利益は、無敵になるとか、龍族を制するとか、その代わり……」

「カオスの目を手にした者は永遠に無の海と戦うことになる、ね」

柵は言った。

「そのドラゴンの目に万葉の真珠。力のシンボルと守りのシンボル？」

「この件は情報部に回す。俺たちは物的証拠の収集分析が仕事。机上の空論は不要だ。それは情報部に任せる」

「空論だなんて、怒りますよ、情報部が聞いたら」


「君、シグマだね」

あ、スレイヤーの双子だ、シニアに声かけられるなんて、と一瞬怯んだ。

「僕はヴィクター、弟はヴィンセント。通称、ＶＶ」

「はい、よろしく……何か？」

「いや、色々、興味あってさ」

ヴィクターは笑った。ヴィンセントはすでにギドラに挨拶していた。災難だったね、でもあれは事故だ。人間を恨むなよ、と話しかける声が聞こえた。

恨む？　人を？　ギドラが？　どうして？

急に恐怖がこみ上げてきた。痛い！　眼の前が真っ暗になって涙がこみ上げてきた。

「あ、まずい」

「何してるんだ、シグマをいじめるな！　上級生だって許さない！」

誰かが近づいてきて、ギドラも金切り声を上げだした。

「あ、ますますまずい」

——心配ない。もう痛くない。怖くない。過ぎたことだよ。過ぎたこと。落ち着いて。

痛みが去り、視野が明るくなってきた。見ると、あらしやサイトーが周りにいた。ヴィンセント？　がギドラを抱いている。ヴィクター？　の手から血が滴っている。

「あ、ごめん。急に怖くなって……。どうしたの？　その手」

「ギドラに噛まれた。たいしたことない。ヴィンセントが噛まれると困るから、その前に口を押さえようとしたんだけど、遅かった」

「僕、何か聞こえた。誰の声だったんだろう？」

「ヴィンセントの心話。ギドラに呼びかけて、それが君に伝わった」

「？？？」

「僕が言ったことが引き金になって君はパニックに陥った。そして君の恐怖がギドラに伝わったんだ。彼が騒ぎだしたんで、落ち着かせるのが先だと思った」

「カウンセリング受けただろ？　やれって言われたことちゃんとしなきゃだめだよ」

「……忘れてた……」

ギドラの世話係になったのが嬉しくて、必ず毎日しろ、と言われた瞑想すらやってない。

「君たち、シグマの友達？」と双子はサイトーたちを見た。

「たまに、サボっちゃだめだって言ってやんなよ。シグマにはやらなければならないことが多いから、サボりたくもなるし忘れもする」

「あ、はい……」

「悪かったね、シグマ。君を怖がらせるつもりはなかった。さっき言ったけど色々興味があってさ。でも君は今は忙しそうだから、あとにしよう」と言って歩き始めた。が、ふと振り返って付け加えた。

「あ、いいこと教えてやる。龍の糞掃除のとき、注意していると面白いものが見つかる。別に糞をかき混ぜろと言ってるわけじゃないけど。見つけたものは自分のものだ。女の子、喜ぶ」

じゃあな、と言って双子はいなくなった。

「今の、冗談か何か？」

「龍の糞の中に女の子の喜ぶものがある？？？」

「ときどき、骨みたいなものは混ざってるけど……」


「あ、見てお姉ちゃん、これ」

「きれい！」

もみじとかのこが言った。

「うっそー、本当に糞を掘り返したのかよ」

「そういうわけじゃないけど……光ってたから。鱗よ、水龍の」

「水龍の鱗？　食べられちゃったの？　大翼龍に」

「喧嘩しただけだよ、多分。食べたのなら鱗はもっと沢山あると思う」

「さすが級長、理にかなってる！」

あらしはやたら感心していた。

「面白いものって言ってたけど？　価値あるの？」

「港区に行くとアクセサリー屋さんで売ってる。結構高いよ。もっと探そ」

と言って、二人は糞をまた棒で突き始めた。

「龍の糞をほじくる美しい姉妹か。絵になる」とサイトー。

「なるもんか⁉」


「また、糞掘りかよ？」

もみじとかのこは数日間のうちに数枚の鱗や小銭を見つけたが、それ以外は別に何も出てこなかったので糞掘り熱は下火になっていた。シグマはシャベルに何か当たったので注意深く糞を見ていた。透明っぽい物が出てきたので、そばにある草で拭いてみるときれいになった。龍ひすいだった。

「なんで、糞の中に？　落とし物かな？　まさか、誰か龍に食べられちゃったわけじゃないよね？」

「そんなこと、あるわけないよ！　行方不明者が出れば噂になるよ。多分……」

皆が口々に言う。糞の中で見つけたものは自分のものだと言うが……。

「あ、だめ、お守りだ」

「お守りだと何がいけないのさ。万葉の真珠のマークが付いてる、魔除けだ。お値打ちもんだ」

「龍ひすいは普通のひすいとは違う。地龍の体の中でできるんだ。想いが乗る、と言われてる。昔は龍ひすいの売買自体が災いを招くと言われてたって、ばあちゃんがよく言ってた。今は装飾品とかなら売ってるけど、お守りは神社とかお寺で貰うものだよね。僕、いらない。今以上に問題なんか起こると困る。誰か欲しい？」

「迷信なんて信じないけど、そんなこと聞くと気味悪い」

「いらない」

事務室に持っていくことにした。お守りなら誰かが探してるかもしれない。

ご褒美出るかも！　と皆が言う。ご褒美？　このセンターでお金、持ってるのって……先生？

先生ではなかった。

「それでドーナッツ？」

「うん、引換券貰った。福引き券も」

皆でドーナッツを頬張りながらシグマは説明した。

「でも、もっとすごいこと、あるんだ。今度の自由訓練のとき、盾の使い方教えてくれるって。お守りの持ち主は松浦さんっていうシニアだった。防御が得意で盾の松浦って呼ばれてるんだって」

「やったー！　聞いたことある、盾の松浦って」

「全国大会で優勝しなかった⁉」

「ご褒美だー！」

皆が口々に熱っぽく言った。


金曜日の午後の自由訓練の時間になった。訓練場でシグマは松浦を探し、仲間を紹介した。スレイヤーの双子が手を振りながら近づいてきて、「ヨッ」とシグマに声をかけた。

「シグマ、君に興味あるからって、教えるのを手伝ってくれる。ま、話はあと。まず模範演技を見せる」と松浦は始めた。

「お高く聞こえるかもしれないけど、僕らはいくつかの大会で優勝している。レベルは高いよ」

皆、真剣な顔つきになった。


すっげえー、誰かが囁いたが、シグマは声も出なかった。高師先生とシニアの挑戦は見たが、遠くから見ただけ。カッコイイともすごいとも思ったが、今回は剣の火花がかかるほどの至近距離での見学。迫力が違った。

その後、色々説明を受けていよいよ実技となった。盾は畳んだ状態で腕に付けて使用する。ちょっと腕を振れば開くはずだが、うまくいかない。開かなければ使い方を教えることもできない。

ジュニアは、彼らに教えを受けられるようなレベルではないのだ。

反対の手を使ってこじ開けるしかない。それでも開かない。松浦も双子も辛抱強く丁寧に教えてくれるが、指を挟んだり腕を挟んだりは当たり前、あらしは器用にも自分の首を盾に挟んでしまい、かのこに付き添われて医務室行きになった。

開かないので力を込めると勢い余って開いてから閉じてしまう。一番初めに盾をちゃんと開いて閉じることができたのは、なんと、もみじだった。

「俺たちって、情けねー」

「力まかせにやってもだめなんだ。それにこれらはセンターの練習用の盾だから手入れ悪いし、大量生産の規格品だから扱いにくいかもしれない。真剣にやろうと思ったらいずれ自分の盾を作るか買わなければならない」

「作れるの？　ですか？」

「もちろん作れる。センターを出てから職業にするやつもいる」

「へえ？　盾作り？」

「盾、剣、短剣、色々できる。昔は高い技術を持った者は引っ張りだこで、戦場にも駆り出されて武器の修理にあたった。今は、大抵はドラゴン競技用だ」

「盾も剣も、武具全体が装飾品としても人気が高くなった。なんたって美しい」と言ったのはヴィクター。

「でも本来は部屋の中に飾っておくものじゃないのさ。太陽光を浴びたときの輝きの美しさ。開閉するとき響く音。何もかもが芸術だ」

双子の口調は熱っぽい。

あ、やっぱりスレイヤー、シグマは思った。


「あの、聞いていいですか？」

訓練のあとで皆で輪になって話をしていて、シグマは隣にいたヴィンセントに話しかけた。

「前に、僕に興味あるって言ってたでしょう？　それは高師先生が僕に訓練、つけてくれてるから？」

「まあ、理由の一つだね、それは。京葉のサイキックなんてホントかなと思った」

それに、と、ヴィクターが口を挟んだ。

「ギドラのこともある。彼の痛みを感じるなんてほとんどシンク状態だよ。してないだろうね？」

シンクロナイゼーション、同調。シグマにはシンクの意味さえよくわからない。説明は受けたのだが。高師は間違ってもするな、と言った。

「自分の真の名を守れって？」

「真の名は、自分の本質を示す名前だ。奪われれば支配される」

「うーん？　でもシンクってそれを与え合うんでしょ？」

「スレイヤーズの俗語で娶《めと》る、というんだ、龍とシンクすることを。高師、マンゴーのこと女って言うだろう？　京葉の言葉にすると変に聞こえるけど、スレイヤーズ社会では当たり前に使われてる。シンクは人間と龍との結婚、と表現されるほど大切で神聖なことなんだ。そして危険でもある。絶対的信頼関係。今は昔とは違う。戦争にでも行くのでなければ必要ない」


「調査部から万葉小島の件の追報が入りました」

情報分析部の部屋。大江《おおえ》は橋立《はしだて》を振り返って、そうか、と言った。

「加えて山川さんからまた一言、机上の空論は進んだか？　ですって」

「やまがわめ〜。相変わらず一言付け加えないと気の済まないやつだ」

「ドラゴンの目も万葉の真珠も、ほぼおとぎ話ですからね」

万葉の真珠は存在する。だからおとぎ話とは言えないが、実際には存在できないのだ。

万葉の真珠は層になっていて、それぞれの層で色が違う。色違いの層があるかないかは割って開けてみなければわからない。この層がなければ、万葉の真珠ではないということだが、割ったら珠ではない。ゆえに万葉の真珠は存在できない。現存するのは半球のものだけ、二つに割られた元、万葉の真珠だ。

「無は無が存在すること自体が矛盾だから存在しない、という議論のようですね」

「それに変わり玉みたいよね、万葉の真珠って。変わり玉は口に入れて溶かさないと次の色が出てこない、でも口に入れていたら色の変わったのはわからない。しょっちゅう口から出し入れしていたら衛生上よくないわ」と天野《あまの》が笑う。

「馬鹿なこと言っていると山川におちょくられる。天野、橋立。二つの話はバリエーションが多い。できるだけ情報を集めて分析してくれ。それとな、調査部の言うことに囚われるな。中心部は形の似ている水輪かもしれん。ドラゴンの目はほぼ確実だろうが、類似のものがないか確認してくれ。先入観に囚われて視野を狭めるな」

「それでは分析部合同での中間報告、今から始めさせていただきます。ドラゴンクリスタルを使って防壁をはりますので出入りはご遠慮ください。会議での全ては極秘扱いとなります。各自、血晶石に宣誓をお願いいします」

会議に出席するのは、この件に関わっている調査分析部の山川チーム、情報分析部の大江チームだ。そしてセンター総務長官の沖津、保安局長の霧立。

まず調査部の風野が立って、早速、本題に入った。

「先日の万葉小島、水龍大量死の調査についての中間報告です」

保安部の見つけた汚水の出どころである貯水池、そのそばの鉱山は金鉱であったが、四十年ほど前に採算が合わなくなって廃鉱になった。しかし数か月前から、また新しい坑道が掘られるようになった。金採掘とは考えにくい。では何か？　は調査中ということだった。

いつみ川の調査の結果、川が赤く染まり魚が大量死した原因は汚水による赤色藻の大量発生の結果の酸欠、窒息死で、毒物によるものではないことが判明した。水龍の方は大量に赤色藻の花を食べての食中毒、弛緩状態になり水の中にいたものは水死した。そして発見された模様のある岩は新しい坑道の壁から落ちたもの、というか故意に砕いて落としたものだという。

続いて情報部、橋立からの報告。

「まずこれが何のマークであるか、ですが、外形は大陸に伝わる力のシンボル、ドラゴンの目であることはほぼ確実です。しかしながら目の内部につきましては万葉の真珠か水輪か、で意見が分かれました。万葉の真珠であれば、ドラゴンの目と組み合わせて『守護と力』を表すと考えられます。

水輪との解釈は少々難しい。水輪は、古きは大陸の果てまでもその名を轟かせた京葉帝国のシンボル。しかしそれは過去の話で、万葉諸島独立以後の千葉皇国では、京葉列島再統一のシンボルとして使われることが多いようです。『力による再統合』でしょうか？

一方、万葉では水輪がみなわと読めることから皆和、皆輪の漢字が当てられ『輪、平和』。ドラゴンの目と組み合わせて『平和を保つには武力が必要』という武力大国、クロシス国のプロパガンダのようにも聞こえますが、これらはただの憶測です。

なぜシンボルの正確な解釈にこだわるのかと言いますと、シンボルを作るという行為の目的が人々の心の統一だからです。一目で組織がわかる。一目で仲間が確認できる。つまりシンボルを誤訳すると、その組織の目的も混乱するわけです。

情報不足のため、目下、調査中とだけ報告させていただきます。なお、便宜上このシンボルを今後は『眼輪《がんりん》』と呼ばせていただきます」


沖津と霧立は、他の者がいなくなってもまだ部屋にいた。

「防壁をもう一度発動しよう」

ああ、と言って霧立がスイッチを入れた。

「高師は何か知っているのかな？　眼輪のシンボルを見た途端、吐き気がすると言って出ていった、と聞いた」

「深層意識では覚えているのかもな。あいつには九歳以前の記憶がない」

「記憶は戻らないままか。何をされたんだか、酷い話だ」

「誘拐されて見つかったときは体中傷だらけ。記憶はなく、動くことさえままならぬ状態だった、という。九歳の子供を拷問か。それとも生体実験？」

「何かを知っている、と思われたのか。それとも彼がシンクしたという龍のせいか？」

「誰も知らない予定外のシンク。本人までもが忘れたとくる」

それすら、ただの噂話だ。

「ただの友人として心配してやりたいが、あいつには利用価値がありすぎる、そしてそう考える者が多すぎる」

「お友達ごっこはツェータに任しておけ。あいつは高師の扱い方がうまい。好き勝手なことを言う分、正直だ。スレイヤーは感情を読むからな。嘘はつけん」

「まあな」と、沖津。

「佐保も可哀想に。青柳《あおやぎ》の親戚縁者から圧力をかけられているんだろう」

「本当に好きなだけに何も言えなくなる。彼を青柳のために利用されたくない、彼に利用してると思われたくない」

「青柳はスレイヤーの血統を手に入れたいのさ。他国の血を入れてでも昔の栄華を取り戻したい。スレイヤー族は最強の戦士軍団で、高師はそのスレイヤーの祖、英雄シュリンクヘッダーの生まれ変わり、と言われるほどのサイキックだ」

「品種改良はスレイヤーの十八番《おはこ》だ。自らを変え、龍たちを変えてきた」

「高師が言っていたな。スレイヤーの男は皆、種馬。惚れっぽくて飽きやすい。戦争で忙しく、早死にするのが常だった昔はそれでよかったが、平和になって時間が余ると種馬ですら思考する。思考するとつまらない考えばかりが頭に浮かぶ。それが今の自分だと」

えー！　そんなのずるーい！　インチキだー！　イカサマ!!　ジュニアの面々は口々に叫んだ。

松浦も双子もニヤニヤ笑うばかりだった。三度目のシニアによる訓練。皆、ようやく自由に盾の開閉ができるようになっていた。走りながら広げる、スライドしながら閉じる。寝る間も惜しんで懸命に練習した成果だ。

なのに今になって松浦たちの使っている盾にはドラゴンクリスタルが挿入されていて、それが盾の操作を簡単にし、力を強化させるというのだ。

「そう怒るな」とヴィクター。

「僕たちも同じように教えられたんだ」

ドラゴンクリスタルを剣に装着すれば剣の、盾に付ければ盾の力を倍増できるとヴィクターは言う。貴重品で高い上に、精神エネルギーをクリスタルに保存して制御する特殊技能が必要だった。

「盾はもともとはスレイヤーが開発した道具で、スレイヤーは自分たちの秘密を長い間、外部に漏らさなかった」と松浦。

「大陸に対抗して万葉連邦国を設立し、万葉に住んでも、彼らはスレイヤーとしてまだ大陸のスレイヤーに義理を立てていたんだ。おかしな話さ。三十年近く前に百葉島に侵攻したのは、大陸の政治の流れに逆らって百葉に自分たちの政府を作るためだったというのに。

それを変えたのが浜野高師だ。彼はスレイヤーの知識、特に大翼龍に関すること、そして武器の知識、作り方、使い方を万葉の人々に伝授した。当然、彼は裏切り者扱いされ、非難され中傷された。それに対して高師は、自分は万葉島で生まれ育ったスレイヤー。スレイヤーといえども万葉人、と言い返して、当時のスレイヤー社会と絆を断ち、家族、友人とも決別した」

「すっげぇ、一人で？　勇気あるなあ」

「家族もぉ？」

あ、だからだ、とシグマは思った。だからマンゴーといつも一緒にいるんだ。マンゴーだけが彼の家族、友人、そしてメンター。それって、ちょっと悲しい……。自分が信じるもののために全てを捨てなきゃならないなんて。怖くなかったんだろうか？

「先生、いくつだったの？」

「さあ？　大学在学中のことらしいが、詳しくは知らない。ともかくこれから、クリスタルの力を使っての模範演技を披露する」

「あ、松浦、せっかくだから英雄談でやろう。知ってるだろ？」

「芝居かよー？」

「嫌な顔するな。盾の松浦、君がシュリンクヘッダーだ。ヴィクターが大翼龍で、僕はナレーターをする。なんたって長ーい話を授業時間内にしよう、っていうんだから。スレイヤーなら誰でも知っている英雄伝説のはじまり、はじまりぃー！」

話が始まると訓練場にいた全員が集まってきた。短く言えば、スレイヤーという一族が存在しなかった昔の話。ある遊牧民族が大翼龍の度重なる攻撃に嫌気がさし、今まで高い通行税を払ってきた見返りに各国の王族貴族に保護を求めた。しかし彼らはそれを無視。遊牧民族は自分の身と家畜は自分たちで守るしかない、と他の同様な立場にいる民族と一丸となり、大翼龍に対抗し始めた。

十二歳でハンス・マクシミリアン・シュリンクヘッダーは初陣に立ち、その戦いで父も一族も失う。彼は大翼龍に対抗する力を求めて放浪の旅に出る。苦難の末、ムウの海にいるカオスが龍族の長、要と知り、戦いを挑み勝利する、というものだ。

話のほとんどはヴィンセントのジェスチャーを交えたナレーション。つまらないどころか、ヴィンセントの剣と盾の技に皆は圧倒された。クリスタルを使うと剣や盾がわ〜ん、というか、ば〜んというか、とにかくすごい音を立てる。戦闘シーンはヴィクターと松浦の実演が加わって華を添えた。迫力だ。たまにナレーションが聞こえないくらいの音がする。

クライマックスは松浦シュリンクヘッダーがヴィクター龍に挑戦する最後の部分だ。

八つの頭を持つカオスに苦戦を強いられるシュリンクヘッダー。頭は切っても切っても生え変わる。切った首元をムチで縛り、クリスタルの力で傷口を焼き、なんとか生え変わるのを抑えるが、その頼りのムチや剣も戦いの中で失い、彼の手元に残ったものは盾だけ。盾という守りの力だけで、最後に残った巨大な一つ目の頭のカオスと戦わなければならない。シュリンクヘッダーはクリスタルと自分に残った最後の力を盾に込め、カオスの頭に体当たりだ！　松浦が盾のクリスタルを攻撃に使ったのはそのときだけだった。目のくらむような閃光が走る。

お話ではここで盾は粉々になり、その破片はカオスの体を貫き、彼を倒す。とどめを刺そうとするシュリンクヘッダーにカオスはこう言う。

私の目はお前が取れ、シュリンクヘッダー。お前は七つの私の首を切り、七つの龍族を制した。最後の私の目を取り、私を殺せば、お前は人々の救世主として無限の力を手に入れる。欲しいか？

無論、とハンスは答える。

だが、私の目の持ち主は、私がしてきたように命ある限りムウの海と戦うことになる。私はこのムウの海に住んでいるのではない、囚われているのだ。どこに行くのも自由だが、ムウは常にお前と共にある。ムウと戦い、制御することを強いられる。それでも欲しいか？

俺は、戦うことしか知らない。この先も戦いが続くのなら、それは望むところだ！

こうしてシュリンクヘッダーはドラゴンの目を手に入れ、スレイヤーの祖となった。

「クリスタルが使えるようになったとしても、クリスタルだけに頼るな。自分を磨け！　最終的には自分の力が頼りだ」

松浦が最後に言った。

「すっげぇ、すげえよ。松浦さんも双子も。あれでまだ訓練中？」

「俺、どうしてじいちゃんたちが三十年前、スレイヤーたちと戦わなかったのかわかった」

あらしがひっそり言った。

「俺たち、御室《みむろ》一族は水龍使いだった。じいちゃんがいた村は、貴族たちの有事用の予備軍として訓練された人たちがいた。近衛兵とか常備軍と違って、金、貰って戦うわけじゃない。普段は百姓、有事のときだけ駆り出された。でもスレイヤーが来たとき、彼らは武器を取らなかった。米が育たず年貢も払えず、村人が頼りとしてきたアワやヒエまで役人に持っていかれ、村人は餓死寸前。そこにスレイヤーみたいな連中が、あんな盾持って剣持って大翼龍に乗ってきたら、そりゃもう逃げるしかないよ」

それは違う、とサイトー。

「彼らは逃げたんじゃない。選んだんだ。したい放題の贅沢をして遊び呆けて、人々の苦しみに一顧だにしない京葉の皇族貴族にあいそつかして、スレイヤーを選んだんだ。お前のおじいさんの村だけじゃない、万葉島や万葉小島でもそうだった、と聞いた」

「うん……そうかもしれない。じいちゃん、死ぬ前に言った。俺を一人で残すのは忍びないけど昔と違って今は孤児でも教育受けられる、良い世の中になったもんだって。御室一族として自分を誇れる人間になれ、と言って死んだ」

「スレイヤーの法律に文句を言うやつはいる。でも彼らが来る前に比べれば、ずっとマシみたいだ。少なくとも万葉連邦国にいて餓死するやつなんていない。旧華族は昔の方がよかった、って思うだろうけどさ」

「そんなやつらは千葉に行けばいいのよ。あそこにはまだ奴隷がいる」

もみじは恨めしそうに言った。

「どうして彼らは皇族貴族の国なんて許しておくのかしら？」

「彼らには全京葉列島制覇なんていう意志はもともとなかった。三十年近く前に実際攻め入ってきたのが五百人くらい、百葉島を奪うのが目的だった。百葉は大陸に最も近く、スレイヤーには避暑地として馴染みの場所。投資もしていてインフラも整っていた。万葉島や小島は、ついで、だ。島民が抵抗しないどころか京葉帝国相手に立ち上がって……いわばスレイヤーにバックアップを求めたんだ。千葉島は事情が違う。京葉帝国の首都だったし、皇族貴族が一番集まっていて兵力も集中していた」

「あらしは、どうしてセンターに来たの？」

サイトーの説明に頭が重くなったシグマが聞いた。

「じいちゃん死んだあと孤児院に入れられて、そこにこのセンターから龍たち連れて慰問に来たんだ。怖がるやつもいたけど俺はすごく楽しかった。そのあとで呼ばれて、センターで龍族の世話しながら義務教育受けたくないか聞かれて。それで来た」

「ここの寄宿生は皆、選ばれたんだ、龍たちに。誇りに思っていい」

と言ったのは巡回でもしていたのか、いつの間にか現れた有馬先生だった。

「龍たちに？」

「地龍、水龍、あるいは翼龍に、信頼できる者として、心を通わせられる者として選ばれた。何人かは家が遠いから、という理由でも寄宿しているが彼らも同じ。龍たちは信用していない者とは寝起きを共にはしない」

「そうなのかあ」

「だからといって外から通っている生徒たちが信用できない、と言っているわけではないから間違えるな。だが彼らは授業料を払って通っている、将来、龍関係の仕事につくためにだ。龍たちが選んだんじゃないから、彼らの信頼を得るためにお前らより努力しなければならない者も多くいる。目的もはっきりしている。サボって追い越されるなよ」

「は〜い」

皆は口を揃えて言った。有馬が行ってしまうと、

「龍に選ばれた、なんてちょっと気分いい」と誰かが囁いた。

シグマもそう思った。万葉小島では龍たちのことではいじめられてばかりいたから、ちょっとどころかすごく嬉しかった。

午後の特別総務室では、沖津と霧立がくつろいで話をしていた。

「先日、創がセンターに来たとき、ちょっと話したんだが、あのシンボルを見たときの高師の反応の話をして……本人には聞きづらい」と沖津。

「そうだな。高師は最近なんとなく様子がおかしい。俺たちに言いたくないこともあるだろう」

「創は弟のツェータと同様、高師と親しいし、二人は興味の対象が似ている。で、面白いことを教えてくれた」

沖津はそこで言葉を切った。

「もったいぶるな、早く言え」

お前は相変わらずせっかちだな、とつぶやいて続けた。

「高師は、たつみグループの援助を受けて大翼龍の言語を研究しているそうだ」

「なんでわざわざ？　たつみグループも大変だ。高師にそそのかされて翼龍大型化の理由やら、京葉種ドラゴンの貴石の研究もしている。大陸では大翼龍ばかりがはびこり、小龍は絶滅寸前。その結果、小龍の作る貴石は少なく研究も進んでいない。まあ、成果は出ているから文句は言えないが、大翼龍の言語の研究なんて、スレイヤー族のあいつはもうすでに話せるだろうが。スレイヤーは大翼龍に人語を教えて心話できるのに、なんでわざわざ龍の言葉を覚える必要があるんだ？　第一、彼らの言葉って鳴き声じゃないのか？　そんなもの覚えてどうする？　暇つぶしとしか思えん」

霧立は、高師がマンゴーと鳴き声を交わすのを想像して笑った。

「いや、高師によると彼らには人間以上に複雑な言葉があるのだそうだ。龍が人の言葉を覚えればいい、というのは龍にとって都合のいい人間の傲慢と怠慢。つまり龍は人間に自分たちの言葉を教えたくない」

「なぜだ？」

霧立は緊張した。龍族の秘密は、人間にとって危険を意味している。

「龍族は人類より先にこの地上に現れ、大翼龍は人間の二、三倍の寿命を持つ。人間には知られたくないことが沢山あっておかしくないだろう？」

「まあ、確かにそうかもしれない」

「高師は当然、マンゴーに聞いた。だがマンゴーはそういったことは語らず、ただ大翼龍の言葉を教える、と言ったのだそうだ」

「意味がわからない」

「理由は、大翼龍の言葉を知らずには大翼龍の持つ知識は理解できない。逆に言えば言葉がわかれば知識は自ずとつく、ということだ。そして高師にわかったのは大翼龍の言葉は数々のシンボルの投影で、それが言葉なのだ、ということだ。龍は人間のような声帯を持たない、喋るようには体が作られてない。だから彼らは心話する。心に伝わるささやきと、立体的な心象で」

「その研究にたつみグループが金を出してるって？　なぜだ？」

「たつみグループが援助をするのは、社長の創自身がその研究に興味を持っているからだそうだ。彼は数カ国語、話すだろう？　彼の経験によると新しい言語を習うたびに視野が広がる、という。そういうことを言うやつは結構いる。異国の言葉を直訳すると、とんでもなくおかしな表現になることが多々ある。そういった場合、人々は意訳する。深くは考えない。同じ人間、なぜ、同じ表現を使わないか。同じ表現をしないのは、同じ考えを持たないからだ。文化、歴史、習慣あるいは環境が違い、同じ思考過程を辿って言葉が発達しなかったからだ。一言で片付ければ国民性の違い。

　似たりよったりの形をした人間同士でさえこうだ。大きさも形も、生きる時間でさえ全く違う異種族、龍族はどうだ？　一体全体何を考えている？　知りたくないか？　人間よりずっと長く生き、ずっと強く、膨大な知識を蓄えているはずの大翼龍がなぜスレイヤーに圧倒されたのか？　大翼龍の言葉を理解するのは彼らの心を知ること。人間との共存を選んだ大翼龍たちは、人間に何を求めているのか？　これが高師の知りたいことだ」

「スレイヤーの変わり種、高師にしか思いつかない研究課題だ」

「大翼龍の万葉を表す言葉は、京葉と区別がなく、水輪のシンボルと同じ。ただし立体的で流動的、だそうだ。つまり、三つの輪の波紋が広がっては消え、広がっては消える。それでいて正確な位置がわかるのだという。創が言った。私は万葉に行く、という言葉を想像してみろって、な。そんなふうに会話している生き物の心を想像してみろ」

しばらく考えて霧立は言った。

「笑えるぜ」

「お前の貧困な想像力を想像して、俺は笑えない」

白　夜

白くてきれいだ。こんな龍って初めて見る、と皆が口々に言った。

白夜は百葉島から来た、ということだった。

白い龍。龍ならきれいって言われるんだな、とシグマは思った。誰かが彼の髪をきれいだ、なんて言ってくれたことはない。

それがシグマの白夜に対する第一印象で、それから見かけることがなかったので忘れていた。その白夜が暴れている、というので皆で見に行った。ただの野次馬。夏休みでセンターのスタッフは少なく、慣れない外部のボランティアばかりがウロウロしている。

なにをし始めるかわからないボランティアの見張りに寄宿生は忙しかったが、同時に退屈もしていた。

現場には甘い匂いが漂っていた。シニアの寄宿生がすでに白夜を反省の部屋の檻に閉じ込めたようだった。白夜が踏み潰したのか、グチャグチャの黄色いものの正体はパイナップルのようだ。近くの畑から野菜や果物が、ときどき届けられてくる。きっとそれだ、とシグマは思った。龍たちに配っている途中だったのだろう。

馬鹿、白夜。シグマは心の中で白夜を罵った。ギドラだったらきっと泣いて喜ぶパイナップル。これではもう食べられない。それでも比較的形の残ったパイナップルを拾った。葉っぱが残っているのを見つけてちょっと嬉しかった。葉っぱのチクチクがたまらない、とギドラは言うのだ。

ギドラに事の顛末を説明してパイナップルのかけらを見せた。案の定ギドラは、このチクチクがいい、と言ってパイナップルの葉を噛み、かけらを舐め始めた。シグマが白夜の悪口を言うとギドラは遮った。

——あれは可哀想な龍なんだ。

「可哀想?　なんで?」

ギドラを人語に慣らすために、シグマは高師に言われた通りに声を出して話すが、もちろん彼は心話で答える。まるで独り言のように聞こえる。

——白く美しく生まれたばかりに。

もちろん人間の基準で、だけど、とギドラは付け加えた。

——傷がつかないように、と屋内で育った。自由に空を飛んだことなどないみたいだ。飛べない翼龍なんて翼龍じゃあないよ。百葉の金持ちが友人知人に披露してきた見世物。人どころか龍との接触もなくて話すことに慣れてない。白夜は怠け者で寝てばかり、おまけにひねくれてる。高師先生が人語を教えたくても覚える気がない。先生、無理強いするの嫌いだから結局、そのまま。まあともかく、その金持ちが白夜をセンターに寄付したんだって。大きくなって手に負えなくなって、捨てられたんだ。白夜には当然それがわかってて泣いてる、怒ってる、悔やんでる。双子は休暇で家に帰ったし、高師先生はどこか行っちゃったし。白夜は信用されてないから、彼らがいないと空を飛ぶこともできない。

「それで暴れたの?」

——ま、そういうこと。

「そ、それに、ギドラ、お前にはわかるんだ、白夜の言いたいこと？」

――僕が直接聞いたわけじゃない。皆、白夜が好きじゃない。お高くとまってんだ、彼女は誰とも話さない。うわさ、うわさ、うわさ。

ドラゴンの噂話？　なんか奇妙だ。井戸端会議みたいなことするのかな？　普段、どんな話するんだろう？　ご飯がまずかったとか、今日はやけに鼻の頭が痒いとか？

――鼻の頭が痒い。かいてよ。人間の指の方が気持ちいい。

シグマは笑ってギドラの鼻をかいてやった。

「パイナップル、美味しい？」

――美味しい、もっと欲しい。白夜のバカ。


ギドラの話を聞いてからは、シグマは白夜のことが少し気になった。白くて人間にもてはやされて、それから嫌われて龍たちとさえうまく付き合えない。なんとなく可哀想だった。

だから白夜の世話をしたくないと言ってシニアたちが互いに仕事を押し付け合っている、と聞いたとき、自分がやると申し出た。サイトーとあらしも、じゃあ一緒にやってやる、と言った。サイトーは下手なシニアよりずっと頼りになる。先生方にも信頼されていて、当直の先生の「それじゃあ、頼むよ」の一言で決まった。

「もみじ、檻の外で見てて。何かあったらすぐ先生に連絡するんだ。中に入ろうなんて思うな」

とサイトーが言うのを聞いて、シグマは頼もしいと思うと同時に不安になった。

僕はものすごく危ないことを、やる、なんて言っちゃったのかな？

危ないはずはなかった。白夜を檻の一隅に隔離してから中に入る。頑丈な鉄棒が龍とシグマたちの間にある。それに今日の白夜は丸くなって大人しかった。

すねた子供みたいだ……。掃除をしながら、

「飛びたいのかなあ、飛びたいよね」

シグマは独り言のようにつぶやいた。

――トビタイ、トビタイ、トビタイ。

白夜の想いが滝のように流れ込んできた。シグマはその中で溺れそうな気がした。

「シグマ、どうした？」

サイトーが肩を叩いた。

「飛びたいって、言ってる。可哀想だ」

「白夜が？　飛びたいって？」

うん、と言ってシグマは鉄格子の向こうの白夜の尻尾に触った。白夜は跳び上がってシグマを見たが、それからまた丸くなった。

「飛べない翼龍なんて翼龍じゃないよ。このままじゃきっと、すっごくいじけて人食いドラゴンになってしまう」

「う～ん」

センターに連れてこられなかったら、自分もきっと悪いことして喜ぶようないじけた人間になってた、とサイトーは同意した。

あらしは「級長が？」と不思議そうな顔をした。


白夜のことはそれからも気になっていたが、何をしてやれるのかは思い浮かばなかった。数日してからサイトーが名案があると言ったとき、シグマは正直、驚いた。彼がそれほど白夜のことを考えていたとは思わなかったからだ。

あらしやあづまも聞いている。サイトーは言った。

「絶対の秘密だ。誰にも言うな。シグマ、ギドラに気づかれるな。龍の井戸端会議で喋ってしまうかもしれない」

なに、なに？　と目ざとく、隣のテーブルにいたもみじやかのこも寄ってきた。

他に誰も近くにはいなかったが、サイトーは外に行こう、と言って立ち上がった。

「さっきも言ったように絶対の秘密だ。血晶石はないけど血晶石に宣誓するつもりで誓ってくれ」

指切りしよう、とかのこが言ったので指切りもした。

「白夜に、自由に飛べるチャンスを与える作戦だ」

「作戦？　カッコイイ！」

「コードネーム付けようぜ」

サイトーは渋い顔をしていたが、コードネームを付けるのは重要なことのように思えた。結構、時間がかかった。「白夜、自由飛行作戦」、省略してBJと決まった。

「では、「BJ計画の決行日時。満月の夜の自由飛行のとき。今から一週間後、夜八時、これは変えられない。なぜかというと……」

「その日、飛べるのは規則を守ると信頼されてる龍たちだけだよ。特に白夜は檻の中だ」

「もちろんわかってる。でも夏休みで見張っている人は少ない。うまくやれば白夜を檻から出せる」

「でも白夜、目立つ。満月の夜なんかに飛んだらひと目でバレるよ」

「だから目立たないようにするのが作戦の要だ」

どうやって白夜を目立たないようにするか、色々、案を出し合った。級長は絵の具と決めていたが、実際に沢山の絵の具を集めるのは無理だという結論になった。他の人たち、特に先生にわからないようにはできない。靴墨も同じ理由で却下。

コーヒーのかすで色が染められるよ、ともみじが言ったが、実際に白夜の指先に付けてみると、ほとんど色は変わらないことがわかった。白夜も嫌がった。自由、飛ぶ、は理解しているようで、あれこれ白夜の周りで立ち回っている誰かに噛みつかないだけでも儲けものだった。

「体全体の色を変える必要はない。真っ白な龍に見えなければいいんだ」

「ぶち猫みたいにすればいい、ってこと？」

「なんで猫なんだ？　でも、まあ……そういうことだ」

「私たちの部屋のカーテン、茶色よ」

「もみじ、カーテンなんか切ったらすぐわかって怒られるよ」

「だから、端をちょっとだけ切るの。六枚あるでしょ、結構な量になるわ。首や足には巻いて糸で留めて、あとは糊でつければいいでしょ」

「糊？　糊の量だって馬鹿にならないよ。第一、糊なんかでつくか？」

「一時間くらい保てばいいのだし、ご飯糊で十分よ」

「ほ、本当かよ？」

「障子張り替えしたとき、ご飯糊でやったもん。一年くらい前よ。まだちゃんとついてるでしょう？」

障子張りをしていないシグマにはなんとも言えなかったが、皆は納得していた。

「糊の確保はご飯の確保だな。皆、食事時におかわりして持ってこい」

もみじとかのこがご飯糊を作って、他の皆でカーテンを切った。絵の具も少しだが集めて、準備は整った。

大江は、情報部の部屋の扉が開いているのを見て顔をしかめた。

「朝から賑やかだな。扉、開けっ放しで。ここは情報部だ。秘密の確保が第一だ」

「おはようございます、大江さん。ただの雑談ですよ」

「情報部に、ただの雑談など存在せん！」

「先日の沖津さんの発言を色々考えて……僕、夢まで見ました。水輪の中で溺れたと思ったら、いつの間にか、かもめになっていて波にチャプチャプ浮いてました」

「大翼龍の言葉の話？　橋立、お前は特別天然記念物か？　京葉かもめは龍に食われて全滅寸前だ。それに何だ、その絵は」

「子供たちの描いた大翼龍の絵文字よ。かわいいでしょ」と天野。

「大翼龍の文字は立体だ。子供の想像力にケチをつけるつもりはないが、大翼龍が言葉や文字を持つ、という事実をおかしいと考える、お前らの浅はかさが恐ろしい」

だって、と言いかけた天野を遮って大江は言った。

「高師はそれを見て……彼の場合は実際に見たんだ。恐怖した、と言っていた」

「高師は深く考えすぎますよ。もともとスレイヤーは行動型。思考型ではありません。下手に考えない方が彼のためだと思うな、僕は」

「お前ら、スレイヤーを侮るなよ。彼らが現れるまで大陸の人間は戦々恐々として日々を過ごしていた。大翼龍が万葉に人狩りに来なかったのは、大陸に十分な餌があったからだ。人間という餌がな。スレイヤーが大翼龍に反撃を加えてやつらの数が激減しなかったら、今頃、俺たちは大翼龍のスナックだ」

「別に侮ってなんかないです。子供の頃はスレイヤーってなんてかっこいいんだろうって憧れてました。今も驚嘆の念を持って接しているつもりです」

「今だって私、かっこいいって思うわー。彼らは空を駆ける貴公子よ！」

「天野、旦那が聞いたら泣くぞ」

「彼は子供たちとよくスレイヤーごっこしてますよ。一家揃ってファンよ」

「どういう家族だ？」

「私の旦那様のおじいさんは貴族に対する悪口を密告されて強制収容所行きになったのよ。スレイヤーが来なければ収容所で死んでた、って言ってたわ」

「僕の祖父は彼らのことを最後まで侵略者、と呼んでたな。昔はよかった、と言ってました。役人だったからかな？」

「あなたのおじいさんじゃないでしょうね⁉　私の義祖父を島流しにしたのは？」

　天野がいきんで言った。

「調べましょうか？　情報部だもの、簡単に……」

「よせ。そんなことで仲違いされたら困る。公私混同するな。お前ら、情報部員としての自覚を持って、ちっとは真剣になれ」

「僕らは常に真剣です。冗談でも言わなければ脳に圧力がかかりすぎて爆発します」

と言って橋立は静かに笑った。

「あ、失礼しました。龍文字で想像してしまいました」

「お前の脳が爆発して飛び散るのは紙吹雪か？」

大江を無視して、「最も古いと思われるバージョンのドラゴンの目の話を見つけました」と橋立は続けた。

「これにはシュリンクヘッダーは出てきません。龍によって全家族を失った猟師です。このバージョンによると、彼は貰ったドラゴンの目を体に埋め込むんです。他の話では盾、または剣の柄にはめた、あるいはベルトの飾りにした、ですよね」

「体に埋める？　どこに埋めたんだ？」

「それには触れられていません」

「普通、第三の目って額だけど、額の皮膚の下はすぐ骨だから頭蓋骨くり抜くって大変そうだわ」

「おとぎ話だからそれは簡単です。でも手の平にもよく目が描かれてますよね。いずれにしても出しやすいところでしょう。利用法の半分は、敵に見せつけ戦意を失わせることだろうから、足の裏になんか埋めたら見せづらいし、第一、歩けないですよ。魚の目だって痛いのに、龍の目なんて……」

「紙吹雪が見える」と、大江はつぶやいた。

ＢＪ計画決行当日、サイトーはシグマに念を押した。

「白夜に、逃げないように約束させろ。絶対規則は守ると」

「うん、わかってる。もう約束させたけど確認する」

檻の鍵は問題なかった。掃除のとき、もともとあった錠を倉庫から借りた錠に替えて元の鍵を当直に返し、新しい錠の鍵を隠した。あとは見つからないように檻に忍び込んで白夜の姿を変えて外に出せばいい。


シニアたちは自由飛行の準備に大忙しで、サイトーたちには見向きもしなかった。

白夜のカモフラージュは思いの外、手間がかかった。できたモノを見てサイトーは不安そうな顔になった。

「白夜に見えない」とあらしが言った。

「龍に見えない」とサイトーは正した。

「遠くから見れば大丈夫だよ、きっと」

「逃げるのは、なしだよ」

檻から出す間、シグマは何度も白夜に言ったが、白夜の心は「自由」「飛行」でいっぱいで、シグマは不安になった。でも、もうあとに引けない。白夜は檻の外だ。

満月を見ると白夜は発着場につく前に、あっという間もなく飛び立ってしまった。誰かが止める暇もなかった。止めようと言って止まるものではないのも明白だった。

全員、ただあっけにとられて上を見た。

白夜の体から糊付けしたはずのカーテンが剥がれて、ひらひらと風に舞っていた。

「龍には見えない」

サイトーが呆然と繰り返した。

「雑誌に載ってた最新流行の乙姫ルックみたい。きれいだね、お姉ちゃん」とかのこが囁いた。

しっ、ともみじ。

その異様なものは満月を目指して全速力で上昇し、あっという間に点になった。そして月の光の中に消えてしまった。

「ど、どうしよう」

しばらくして、あづまが途方に暮れて言った。

「知らないふりしよう」

「そ、そうだね。知らないふり、知らないふり」

「お前たちは知らないふりをしろ。責任は俺が取る」

サイトーは覚悟を決めて言った。

「白夜が逃げない約束した、と思ったのは僕の勘違いだ。僕も責任取るよ」

シグマは言って、サイトーが何か言おうとする前に付け加えた。

「白夜を探さなくちゃ。保護区域の外で騎手なしで飛んでいる龍は殺されても文句言えない」

「そうだったな、先生に報告しよう。他の皆は部屋に戻れ。皆で責任取る必要はない。こういう場合の級長だ。シグマは一緒に来てくれ。でも俺に言われてやった、と言え。俺はすぐ卒業だからどうにでもなるけど、お前が高師の訓練を受けられないのは死活問題だ」

そんなのだめだ、とシグマは言いたかったが、高師先生の訓練を受けられない、と思うだけで気持ち悪くなった。どうしていいかわからないまま事務室に向かった。


驚いたことに誰もまだ白夜が逃げたことに気づいていないようで、事務室は静かだった。

「あれを誰も見なかったの?」とシグマはサイトーに囁いた。

「龍に見えなかったものなあ。蜃気楼だと思ったかも」

これではますます言いづらい。それでもサイトーは深呼吸して当直の唐に近づいた。

「唐先生。俺のミスで白夜を逃してしまいました。申し訳ありません。白夜を探してください、お願いします」

サイトーは深々と頭を下げた。シグマは何も言わず頭を下げた。

唐はまるで予期していたことが起こったかのように落ち着いていた。そして、ちょっと待っていなさい、と言って小部屋のドアを開けた。高師とツェータが出てきた。

「聞いていたわね?」と唐が言った。

ああ、とツェータは言ったが、高師はうつむいて奇妙な音を立てていた。その音はすぐ爆笑に変わった。

「高師！　ついに狂ったか⁉　気をしっかり持て！」

そしてサイトーとシグマを怒鳴りつけた。

「見ろ！　高師が推薦したお前ら二人で大翼龍を逃して！　彼がどんな責を負うかわかっているのか⁉　高師、壊れちまったじゃないか！　こいつはお前らが思っているよりずっと繊細なんだぞ！」

サイトーとシグマがあっけにとられて何も言えずにいる間に、

「ついに狂った、ってどういう意味だ？」と高師がどうにか爆笑から立ち直って言った。

「あ、まだ正気？」

「何がまだ正気、だ。壊れた？　俺はお前の家のからくりのスレイヤー人形じゃない」

「あった、だな。あれは壊れた。甥がどういうカラクリか知りたいと言ってな。分解したが元に戻せないのさ。あいつは将来、大物になる」

「なるか。分解して元に戻せないんじゃ、話にならん」

「大切なのは探求心だ。そして失敗を恐れぬ大胆さ。……それはともかく、何がそんなにおかしいんだ？」

ツェータは唐の冷たい視線に気づいて言った。

「マンゴーが白夜の姿を投影してきたもんだから……。何だあれは？　空飛ぶクラゲか？」

「最新流行の乙姫ルック……」とシグマはかのこが言っていたことを繰り返した。

これにはツェータも笑った。白夜の姿の想像がついたのだろう。

「お二人とも、笑い事ではありません」

「あ、唐。ありがとう。事を大げさにしないでくれて」

高師は唐に言ってからサイトーとシグマを振り返った。

「あのね、お前たち、一体何を考えてるの？」

怒っているふうはなく、子供を諭すような口調だ。それに勇気づけられてサイトーとシグマは懸命に説明した。三人の大人は口を挟まず聞いていた。説明が終わると、

「まずサイトー」と高師は言った。

「お前は自分が責任取る、と言ったが、まあ当然だね。情報漏れはお前からだ」

「えっ？」

「お前は情報部志願、試験はもう始まっているんだ」

「ええっ？」

「ジュニアを集めてあっちでコソコソ、こっちでコソコソ。米は急に足りなくなるし。何かある、とすぐわかる。で、俺たちは見張っていた。カーテンはお前が弁償だ」

「………」

「ま、お前は自分の掘った穴に落ちたようなものだ。もうすぐ卒業だからどうでもいい、なんて思うな。実社会では、あ、間違っちゃった、ごめんなさい、あとはよろしく、では済まない。どう責任を

取るのか、と聞いているんだ。ちょっと考えてみろ」と言って高師は、今度はシグマを見た。

「あのね、お前はまだ小龍と翼龍が同じように考えると思っているようだね。それは大きな間違いだ」

「でも、白夜はちゃんと約束した、逃げないって」

「だから、それが間違いなんだ。シンクもしてない大翼龍が嘘をついてるか、いないかなんて、お前にはわからない」

「え？　大翼龍は心話で嘘つけるの？」

地龍たちは嘘をつかない、僕がそんなことしても嫌われる。言葉だけではなく、想いも伝わる心話。嘘なんてつけない、シグマは思った。

「大翼龍には先祖から受け継いだ知恵がある。本能なんていう単純なものじゃない。しかも人間よりずっと長く生きる大翼龍が、心話で感情をごまかせないなんて思うな。

それに、白夜自身に嘘をついてるなんて意識はないかもしれない。あれの京葉語の理解度を考えれば。お前がよく知っている大翼龍はギドラだけ。そのギドラはまだ小さいから、彼の持っている知識が意味をなさない。経験を積むことによってその知識を理解するようになる。大翼龍の知恵がつく速度が人間から見たら驚異的なのは、そういう理由だ。白夜はギドラよりずっと大きい。お前がその知恵に対抗しようなんて百年早いよ」

「…………」

「第一、お前はギドラに心を閉ざせば彼が心配する、ということを考えなかったの？」

「？？？　ギドラ、何か先生に言ったの？」

高師はそれには答えず、サイトーをもう一度見た。

「十分、考えたか？　どう責任を取る？」

「探します、白夜を。俺たちで。それから処分を待ちます」

大人たちは顔を見合わせて頷いた。唐が口を開いた。

「だったらヒントをあげるわ。白夜は大陸に向かったけど、彼女には大陸まで飛べるような体力も筋力もないのよ。だから私たちはただ様子を見ていられたの。彼女は途中で海に落ちたわ」

「ずぶ濡れで泣いてるよ。文字通りの箱入り娘だった、あのお姫様は」

「ええっ⁉」

「どうすればいいかは自分たちで考えなさい。見つけられるといいわね。それによって処罰も変わるでしょう」

「サイトー、お前、もうあとがないぞ。シニアクラスの受講料免除を交渉して熱弁を振るったとき、今までの警告も破棄してもらうべきだったな」

「詰めが甘いんだよ、サイトー」

三人の大人は口々に言った。

「と、いうわけで皆にも協力してほしい。頼む」

とサイトーは部屋に戻ってＢＪの参加者に頭を下げた。

「そんなことしなくていい。もちろん協力するわ。なんでも言って」

もみじはきっぱりと言った。ＢＪに参加しなかった寄宿生も話は聞いた、と言って寄ってきた。

「今、皆で嘆願書、書いてたんだ。級長にはいつも世話になってる。バツ印一つもないやつもいるから、一つ二つあげられないかって頼む」

ありがとう、と言ってサイトーはまた頭を下げた。泣いているようにも見えたが、すぐ顔を上げた。

「まず白夜が飛んだときの海流と風向き、風速を調べる。大陸に向かっていて途中で落ちたと聞いたけど、俺が最後に見たとき白夜は月に向かっていて、かなりの高度まで垂直に飛んだと思う。遠くへは行ってない。潮の流れと時間で白夜の大体の居場所の見当はつく。もみじ、君が指揮を執って情報集めて。シグマは龍たちに協力を求められるかやってみてくれ。俺は必要なものを集める」

シグマは当然、マンゴーに連絡を取りたかったが彼女は応えなかった。シグマはギドラに黙っていたことを謝った。だがギドラは協力できないと言う。

——高師がね、箝口令をしいた。君の知っている大翼龍の中で今、君に応えるのは白夜だけだ。

「かんこうれい?」

——口止めってこと。

サボるんじゃない、と高師には随分前から注意されていたが、毎日が楽しくて、小龍たちと心話を結ぶという与えられた課題に真剣に取り組んではいなかった。

これが高師先生流の叱り方かぁ、シグマは後悔したが、すぐ気を取り直した。できないことは仕方ない。悔やんでいる時間はない。できることは何だ？　白夜なら応えるかも、とギドラは言った。

白夜を捜すために、懸命に集中した。今までの白夜のしたこと、言ったことを思い出して、正確に白夜という個体のイメージを集中させた。

——白夜、どこ？

どのくらいかかったかわからない、がシグマはかすかに白夜の存在を感じた。

——サムイ、オナカスイタ。

——どこにいる？　周りが見たい。

白夜は応えない。聞こえてない？　彼女が見ているものが見たい。

もう一度集中し直す。周りは海。必死に岩にしがみついている感触。近くに陸。強い光。

その情報を持って皆のいる部屋に戻った。

「白夜は海の中にはもういない。種子島の灯台のそばの岩にしがみついている」

「ちょっと待って。灯台は百葉の船のためのものよ。白夜が向かったという大陸の方にはないわ」

ともみじ。

「風と海流を考えれば、白夜が灯台近くまで押し流されたと十分考えられる。灯台のそばには切り立った岩がいくつも海からせり出してる。俺たちには救助隊は出せない。この情報を先生方に知らせる」

「ま、自分の尻は自分で拭ったようだな」

事務室に着くとツェータは待っていたかのように言った。

「高師はもう現場にいる。白夜が凍えると可哀想だからと。俺は自業自得、と言ったんだが。サイトー、お前は当分謹慎。上部のお沙汰を待て。シグマ、お前はあとでこってり高師に絞られる。覚悟しておけ。それとお前、バツ一だ」

白夜は翼に蛍光塗料を塗られ、赤い首輪をつけられて、檻に戻された。要最大注意ドラゴンの印だ。

「お前にも赤いヘッドバンドをつけるべきだな」

と高師は言ったが、それ以外、白夜の件については触れなかった。

しかしシグマの背筋はゾッとした。何も言われないのが逆に恐ろしい。これ以上、高師の課題をサボるのはバツ二に値する重罪だと悟った。出遅れている学科はパスしなければならないし、どうしようかと思案に暮れた。

数日して、外に出たばかりの白夜がまた暴れている、と聞いた。餌配給車を掴んで放さない、という。シグマが駆けつけると白夜は配給車を放して言った。

――ギドラ、タベル。

配給車にはパイナップルがいくつも載っていた。シグマは叱るべきか礼を言うべきかわからなかった。京葉語がほとんどわからない白夜に、どう説明すればいいんだろう？

――僕が話をする。

丸ごとのパイナップルを抱えてご機嫌なギドラは言った。

普通ならギドラの大きさの龍に配られるパイナップルは四分の一ほどだが、白夜の心情を汲んで特別配給となった。

――京葉語を覚えるようにも言っておく。

また白夜の世話担当にしてもらえないだろうか、とシグマは思った。あの夜以来、白夜の係から外されていた。白夜に人語を理解させたい、と心底思った。

その日は朝からあまりいい気分にはなれなかった。村にいた頃のシグマだったら、こんな日は森の中の洞穴に隠れてじっとしていた。

でも今日は特別な日だった。夏休みも終わりに近く、皆で港区に行けるように許可をもらった。福引き券の抽選の最終日で、皆はウキウキしていた。行かない、なんて言えない。だが白夜の事件で級長は最終通告を食らって処分待ちだ。彼に言わないわけにはいかない。

「級長、あのさ」とシグマは切り出した。サイトーは憂鬱そうに聞いていた。

「お前が口開くと、ろくなことないみたいだ」

「ごめんね、僕が行かなければ何もない、で済むならそうするけど。いつもそうとは限らないんだ。僕の家族、死んじゃった。僕、行くなって止めたけど誰も信じなかった。今日は港区に行くのはやめた方がいい」

「よ、よせよ。俺たち、港区に行くと死ぬ？」

「う〜ん、それほどひどいことになる気はしないけど」

「何か起こって俺、退学になるとか？」

そのとき、おめかししたもみじとかのこが現れた。

「早く行こうよ。みんな待ってる」

サイトーは突然朗らかになって、うん、行こう、と歩き出した。


初めは一歩一歩、注意していたが、港区に着いて福引き所で三等賞を引き当てると気分はすっかり良くなった。二千万葉金のお買い物券。皆でゲームセンターで的あてや風船すくいをして軽食をとったら、それで使い果たした。その後は商店街を歩くだけだったが、それも楽しかった。が、商店街を一歩出るとシグマの足はすくんだ。

あ、何か起こる、シグマはサイトーの服を引っ張った。

「やめよう、この道。他を回って帰ろう」

何？　どうしたの？　と皆が足を止めたが、遅かった。

「よー、サイトーじゃないか」

少年が三人ばかり声をかけてきた。嫌な感じだ。

「ああ、久しぶり、孤児院以来だな」

サイトーは返事したが明らかに嬉しくはないようだった。

「景気、良さそうだな。ゲームセンターで見た」

「運がよかった。福引きに当たった。でも、もう使い果たしたよ」

「大人しくしているようじゃないか。可愛い女連れて、楽しそうだな」

「大人になった」

「飼いならされたって話だ」

「噂を信じるな。痛い目に遭う」

みんな下がれ、とサイトーは小声でジュニアたちに言った。

その後、何があったかよくわからない。少年たちが取り出したナイフをサイトーはどこに隠していたのかトンファーではたき落とし、その上に一、二発ずつ殴った。一分とかからなかった。

「誰が飼いならされたって？」

少年たちはナイフを拾うことすらせず、一言も言わずに逃げていった。皆、口々に、す、すげえ。き、級長って、こんな強かったのか？

「強いんだね、知らなかった」シグマも驚いて言った。

「どうして情報部に入りたいの？　闘士にだってなれるだろうに」

「父さんは格闘士だった。俺、父さんの特訓受けたから体術は結構いけるんだ」

「だったらなおさら……」

「言ったろう？　俺は父さんに殴られて病院行きになったって」

うん……皆は黙ってサイトーが話すのを待った。

「父さん、いなくなって孤児院に入れられた。そこで俺は……父さんと同じように何事も腕力で解決してた。孤児院の保育員や職員も怖がった。俺は手のつけられない問題児だったんだ」

「げ、信じられない、級長が問題児？」

あらしがあづまをつついて言った。しっ、ともみじ。

「ある日、このセンターから龍たち連れて慰問に来た。その一人が高師だった。彼の前で俺はいつもの通り振る舞った。マンゴーに触りたくて、前にいた子を突き飛ばして止めに入った保育員に噛みついた」

「級長、こわい！」

「マンゴーに宙吊りにされた。恐ろしかった。皆は龍が暴れた、と悲鳴を上げ、俺はますます怖くなった。宙吊りにされたまま高師の前に差し出された。高師は冷静だった。腕組みして俺を見ていた。彼が頷くとマンゴーは俺を地面に下ろした。

その後、高師に保健室に連れて行かれたんだ。俺は彼が、父さんのように殴るか、孤児院の保育員のように説教するかのどちらか、と思った。どうでもよかった。でも彼はそのどちらもしなかった。チョコレートをくれた。なんでこんなことするのか、と聞いた。

俺は黙っていた。なんでするのかなんて聞かれたのは初めてで、俺は説明できなかった。でも彼は何度も話しかけてきた。名前とか歳とか聞いた。それで……俺は、喋りだしたんだ」

そのときのことを思い出したのか、サイトーは言葉に詰まった。

「父さんが有名な闘士だったこと、所属していたクラブのボスに言われて八百長したこと、喋りだすと止まらなかった。それがバレたとき、ボスはかばうどころか父さん一人に罪をなすりつけて、業界から締め出したんだ。父さんは職を失って、母さんは俺を置いて逃げてしまった。

高師はずっと何も言わず聞いていた。俺に何も言うことがなくなったとき、彼は口を開いた。ひどい目にあったもんだな、って。辛い気持ちも、悔しい気持ちもよくわかるって。でもだからといって、これからの人生を自分の手で台無しにする理由にはならない、って。

『やり直したくても、ここでは他の皆がそれを許さないだろう。汚名を着せられるのは一瞬のことだけど、それをそそぐには長い年月が必要なんだ。君の歳ではそれは永久のように感じられて途中で諦めてしまうだろう。やり直したいならセンターにおいで』

そんなふうにセンターに来ても、今までずっとしてきたこと、急になんて変えられない。短い間にバツも食らった。あるとき、謹慎処分で外に出られなくなった。街に行きたくて抜け道、探していて……偶然、禁に触れちまった……ものすごく、いけないことをしそうになった。警備の龍……いるのも知らなかったそいつに噛みつかれた。殺されると思った。けど誰かが止めてくれた。情報部の人だった。その人に諭された。

『規則を破ることがそんなに楽しいか？　それで自分が偉くなった気がするのか？　君は腕力に自信がある、と聞く。でもな、力だけで物事を解決し続ければ、いずれもっと強いやつが現れて君などはペシャンコに潰される。高師は君にチャンスを与えはしたが、あとは君次第だ。あいつが手取り足取り、進むべき道に導いてくれると思ったら大間違いだ。君にはもうあとがない。これが最終通告だ。執行猶予は卒業まで。今までと同じように振る舞ってもセンターにいられる、とは思うなよ。真剣に自分の行いを改める決意がないなら、荷物まとめて今すぐ孤児院に戻れ。龍族は信頼を裏切る者を許さない。君の毎日は惨めなものになる。龍たちが必ずそうする』と、言われた。

だから俺は暴力は使わない、高師のくれたチャンスは決して無駄にはしない、と決心したんだ」

夏休みが終わって、まだ十五歳になっていないのに、サイトーはシニアのいる別棟に移ることになった。白夜の件の罰則に関しては何も言わなかった。

最後の夜はカンティーンで送別会をした。特別にケーキを出してくれた。同じセンター内、いつでも会える、とサイトーは言った。確かにシニアの寄宿生は同じカンティーンで食事をしている。そばに座らないだけだ。

翌日、相談ならいつでものってやる、と言って、サイトーは手を振って部屋を出ていった。

次の級長は、もみじだった。

カンティーンでいつでも会える、と思っていたサイトーをシグマたちはしばらく見ていなかった。もみじとも会っていないというのでますます心配になって、ある日シグマともみじは勇気を振り絞ってシニアの集まっているテーブルに近づいた。

「あの、すみません」

シニアが一斉に振り返ったのでドキッとした。

「あの、新しくシニアクラスに入った級長……サイトーさん、どうしているか知ってますか?」

「あ、お前、高師のお気に入り、シグマ?」

「白夜事件の首謀者だろう、お前?」

「すげえことするなあ」

シニアが口々に言うのでシグマは硬直した。

「ぼ、僕が首謀者?」

「大バツ二だぜ。頼もしいな、最近のジュニアは」

「ば、バツ二？　いつの間に？」

「ドラゴン使ってカンニングしただろう？」

「ええっ？　な、なんでそんなこと……」

「高師、大変だぜ。責任取らされるんじゃないか？」

「え、高師先生が？　ど、どうして？」

「入って半年もたってないのにこの調子じゃ、卒業する前にセンターからオサラバだ」

「お前みたいの推薦して、高師、責任取ってクビだよ、クビ！」

と誰かが指で自分の喉を切る真似をした。

ええぇ〜、ど、ど、どうしよう……シグマは、頭の中が空っぽになって闇雲に走り出した。もみじはあっけにとられて立ちすくんでいる。

「あ、逃げちゃった」

「悪いやつだな、お前は。ジュニア、あんなに脅かして」

「はは……そんなつもりではなかった」と言って、もみじを見た。

「ごめん、謝っておいて。いじめるつもりじゃなかった」

「あ、あの、サイトーくんは……」

「あ、サイトー、ね。あいつは白夜事件で罰則食らって、センターの使い走りさせられてる。ベントー取りに来るくらいだ、カンティーンに顔、出すのは」

シグマは泣きたくなった。僕のせいで高師先生、首になっちゃったら……。

謝ろう、それしか思いつかない。責任者って誰だっけ？　どこにいるんだろう？　走りながら色々考えて特別総務室というところがあったことを思い出した。なんだっけ？　そうそう、沖津さん……創立メンバー……。

シグマは特別総務室を見つけてノックした。答えを待たずに飛び込んだ。

「ごめんなさい！　僕が悪い、お願い、高師先生、クビにしないで！」

はあ？　と椅子に座っていた男が不思議そうにシグマを見た。

「君はシグマだね、高師が連れてきた」

「あ、はい。沖津さん」

「俺は霧立」

「あ、ごめんなさい。僕、てっきり……あ、でも、霧立さんも偉い人？」

「創立メンバーの一人だ。保安局長。何？　高師をクビにするって？」

「あ、シニアのみんなが……僕のせいで先生、クビになるって……僕、もうバツ二で……どうしよう。

先生悪くない！」

「もうバツ二？」

「白夜のことと、カンニングで二つって。でもカンニングしてないよ、まだ。その前に見つかっちゃったから」

「カンニング未遂か。呆れたやつだな」

霧立は複雑な表情で言った。

「ともかく落ち着け。推薦した生徒がバツくらったくらいでいちいちスタッフをクビにしてたら、才能のあるやつはいなくなってしまう。ヤツはクビにはならないよ。ま、高師も師匠思いのいい弟子を持ったな。バツ三にはなるなよ」

霧立はそれ以上話すことはない、という様子だったのでシグマは仕方なく部屋を出た。

うつむいて歩いていると双子にぶつかりそうになった。

あっ！　とシグマは叫んだ。なんかわかった気がしたのだ。

「ＶＶ！　ひどいや！　カンニングのこと、みんなに言いふらしたの、君たちだろ？」

え？　と双子は言って顔を見合わせた。

「それは正確な描写ではないな」

「な、何が正確じゃない？」

「こういうことだ」と二人は話しだした。

「松浦だ、初めに見つけたのは。いつも食べ物の匂いがすれば真っ先に出てくるギドラがいないから心配になって翼龍舎に行ったんだ。僕らもついて行った。そうしたら……」

といきなり二人は笑い始めた。

いやあ、あんなの初めて見た、と言って笑い続ける。

「何が、どうしたのさ？」

シグマはふてくされて聞いた。もう少し真剣に答えられないのだろうか？　僕は今、大変な問題を抱えてるのに。

いやあ〜、わるい、わるい、と二人はなんとか互いを補って話を進めた。

「ギドラがさ、わらの束にちょんと座ってじいっと壁を見つめてるんだ。僕たちが近づいても振り向かない」

ヴィクターはその様子を再現しようとしているのか、近くにあった石に座ってじっと前を見つめて言った。

――僕、今、忙しいの。おやつ、置いてってね。

何をしているのか、と聞くと、

――シグマがもうすぐボクの目を必要とするんだ、それを待ってる。とっても大事なことなんだ。

彼のしょうらいがかかってる。

「で、壁を見ると漢字のいっぱい並んだ紙が貼ってあるじゃないか。そのとき、誰かがさっと入ってきてその紙を剥がした。唐先生だった。ギドラがびっくりして跳び上がると唐先生は僕たちにも聞かせるように、『これは違反、やってはだめなことよ』と言って行ってしまった。誰にも言うな、と言ったけど外に出ると皆、なぜか知っていて詳しく説明しろ、と言うんだ。誰かが覗いていたに違いない。もう知っているなら正確な事実を知るべきだ、と思って話しただけだ。僕らは」

「面白おかしく、身振り手振りつけて？」

「まあ、話は面白い方がいい」

「高師が君の面倒を見たくなるわけだよ。スレイヤーズでもジュニアにはできる技じゃない。加えて白夜事件。君はこのセンターの伝説の一つとなったんだ」

「冗談じゃないよ！　そんなもの、なりたくない！　おかげで僕、知らない間にバツ二だよ！」

「知らない間にバツ二？」

「シニアがそのせいで高師先生、クビだって言ってた」

双子は顔を見合わせた。

「知らない間にバツ二なんてならないよ。バツを加えられるときは呼び出されて通告される。それに高師、クビになんてならない。高師がセンターを必要としている以上に、センターは高師を必要としているんだから」

「でもシニアは……」

「連中の言うことなんて真に受けるな。君はシニアに担がれたんだ」

「ええ？　僕、霧立さんに言っちゃったよ、たった今。僕のカンニングのせいで高師先生、クビにしないでって。ぼ、僕、告白しちゃったんだ。彼の知らなかったこと。ど、どうしよう……これで僕、確実にバツ二、もしかしてバツ三かも……どうすればいいの⁉」

「何もするな」と双子が今度は真面目な顔で言った。

「正確な情報を掴む前に行動を起こすと、今の君のように自分で自分の首を絞めることになる。バツの呼び出しはバレてから遅くとも二日で来る」

シグマはもうこれ以上できないくらいうなだれた。


その姿勢のままで部屋に帰ると、もみじが待ち構えていた。

「シグマ、あなた、カンニングしようとしたの？　ギドラ使って」

「え、どうやって？」

あらしとあづまはどうやろうとしたかに興味があるようだったが、もみじはカンニング自体が問題と見ていた。級長になってから、もみじは皆のすることに細かい注意を払っているようだった。

「だって僕、ここにいる誰よりも遅れているって言われた、特に漢字は一年生並みだって。今、皆に追いつかないと僕、一生義務教育終わらないよ」

シグマは言い訳した。

「だからってカンニングはダメ。私が特訓してあげる」

「特訓って、そんな時間、ないよ」

「ないよ、じゃないの。時間は作るの！　寝る前の三十分、特訓してあげる」

ぎぇっ、やぶ蛇だ、とシグマは思った。

もみじが行ってしまうと、あらしとあづまが、ねえねえ、と話を続けた。

「どうやったの？」

「やってないよ、やる前に見つかった」

「なんでもいい、どうやろうとしたのさ」

「白夜見つけたとき、気づいたんだ。僕、白夜の見ているものが見えたって。だからギドラならもっと簡単にできるんじゃないかと思って。やってみたらできたんだ。訓練して完璧だ、と思ったんだけど……バレちゃった」

「どうしてバレたのさ」

「ギドラがおやつに出てこないから、松浦さんが捜しに行ったらギドラが漢字表とにらめっこしてたって、双子が言ってた」

あらしは笑いだしたが、あづまは同情的にシグマを見て言った。

「運が悪かったね」

「いい案だと思ったんだけど……」

「俺、思うんだけど」と、あらしが笑いから立ち直って真剣に言った。

「俺は水龍使いの血筋だ。俺が見ているものをお前に伝えることはできないのかな？」

「わからない。高師先生とは訓練してる。うまくいかないけど」

「ふ〜ん、やってみる価値はあるかも」

「やろう、やろう」

とあづまも乗り気だ。もみじの漢字特訓よりずっとやる気がする。

毎日がめちゃくちゃ忙しくなった。


「久しぶり」

サイトーが声をかけてきた。カンティーンの横でシグマたちを待っていたようだ。もみじの顔がパッと輝いた。

「シニアの皆が、お前たちがカンティーンで俺に会えないから心配しているよ、と言うから来た。忙しくてさ、心配かけて悪かった。久しぶりだ、外で食べよう」

皆で好きなものをトレイに載せて外に出た。大きな木の下に座った。サイトーは周りを幾度となく見回している。白夜事件の後遺症だ、とシグマは思った。

「シニアってとんでもない連中の集まりだ。シグマ、お前もやられたって？」

サイトーは言葉を切ったが、シグマの答えを待たずに続けた。

「嫌なやつらってわけじゃあない。みんな気のいい連中だよ。でもふざけ方というか、からかい方がハンパじゃない。心を鍛えろ、体を鍛えろ、がシニアのスローガンだ。夜中に叩き起こされて訓練の訓練だと言うんだ。初めは冗談かと思ったら本当にあるんだ、当直の先生に起こされて、大翼龍が逃げたという想定の訓練が。誰か忠告しておいてくれればよかったのに、と思うよ、俺は」

「忠告なんてされない方がいいよ。そんなこと聞いちゃって、僕、今から不安だ」

ははっ、違いない、サイトーは笑った。

「まあ、覚悟しておけ。シグマ、今日はお前に言いたいことがあって待ってたんだ」

もみじはつまらなそうな顔になった。

「俺、情報部に入るための準備をしているんだが、今は暗号についてやってる」

「暗号って？　解読？」

「解読するには、どういうふうに作られるかとか解読のヒントとか必要だから、そういうこと全て。俺はその関係で京葉文字を使った古《いにしえ》からの判じ文字、秘語、隠語に興味を持った。それで思った。お前の名字、ヒコミって変わった名字だ。あまり聞かない」

「うん、僕らも探してみた、図書館行ってさ。地名にはない。地名だったらシグマの生まれた村のヒントになるかと思ったんだけど、だめだった」

と、あづまがシグマの代わりに答えた。

「俺は色々な漢字を当てはめたり順序を変えたりしてみたんだ。そしたらあったんだ、ヒミコ神社ってところが万葉島に」

「ヒミコ神社？　あの伝説の女帝？」

「うん、伝説、あるいは神話？　小龍を自由に操り、その力で海外からも恐れられる強国をつくったという。彼女にあやかったヒミコ神社は万葉島にある。万葉小島の君がいた場所からもそれほど遠くはない。シグマ、前に言ってただろう？　お前の両親は、お前が生贄にされるのを恐れて村から逃げたって。万葉小島の他の村から逃げてきたのだと初めは思ったけど、お前の髪は目立つから同じ距離を逃げるなら海を渡った方がいいと思う」

「さすが、サイトーさん！　読みが深いや」

「そこに行けば何か手がかりがあるかもしれない。なくてもともと。機会があったら行ってみるといい」

ハルナ

機会は思ったより早くやってきた。

修学旅行で万葉島に行くという。首都見学だ。そこからヒミコ神社にどう行くのかは思いつかなかった。高師にまた迷惑をかけたくないので規則違反はできない。先生かシニアの誰かについて行ってもらうしかないが、シニアの修学旅行は別だ。個人的理由の小旅行に先生が付き添ってくれるとは思えない。が、行き方は一応、調べた。チャンスがないとは限らない。

目立ちすぎる白い髪は染めることにした。せっかく染めるなら茶髪にしようと前から決めていた。

「な、何だこりゃ！！？？？」

鏡を見てシグマは大声を上げた。皆が寄ってきた。

「すげえ、お前ってよくよく目立ちたがり屋なんだな」

「僕のせいじゃないよ……。ど、どうしよう」

栗色になるはずが血のような赤になってしまった。

「染め直すしかないよ」

「あまり染めると、髪、痛むわよ」

「坊主頭っていう手もある」

「坊主頭、ヤダ！　頭の形が悪いって笑われる。傷んでもいい、どうにかして！」

信じ難いことにセンター内の店はもう閉まっていた。外に行くには遅すぎる。明日、出発するのに、
とシグマは恐慌状態だ。

「ど、ど、どうすればいいの！？？　な、な、な、なんでこんなことになるの⁉」

「シグマ、落ち着けよ」

「お、お、お……」

「帽子かぶればいいじゃないか」

「そ、そうか……」

落ち着いてきたら、どっと疲れが出た。

出発前に点呼があった。シグマは帽子を深くかぶってうつむいて手を上げ、小声で「はい」と言った。

「帽子、脱ぎなさい」と引率の唐先生に言われて、いやいや帽子を取った。

皆が一瞬息を呑んで、それが笑い声に変わるのをシグマはますますうつむいて聞いていた。もみじがシグマに代わって先生に事情を説明してくれた。

先生はただ、「帽子、かぶっててていいわ。でも食事のときは取りなさいね」と言った。

シグマの沈んだ気持ちは、皆で馬車に乗って港に着いても変わらなかった。

港だ、港！　皆ははしゃいでいる。

シグマは港が大嫌いだった。家族が死んだ日を思い出す。

行くな、と言ったのに……。

あの日シグマは金切り声を出して父親を止めようとした。難産で病院に入院した母と生まれたばかりの赤ん坊を迎えに行く、という父を。皆、シグマを見ていた。船頭はこんな凪の日になんの心配もない、と笑った。そうして、行きは彼の言う通りだった。

あのとき、小龍たちと話ができて何が危ないのかわかっていれば……後悔ばかりだ。

シグマはぼんやり船の窓から外を見た。だが、皆の嬉しそうな声を聞いているうちに気持ちは落ち着いてきた。そして万葉島が見えるとシグマ自身もワクワクしてきた。何か面白いことが起こるような気がした。

万葉の首都は樹里《じゅり》、目に入るもの全てが珍しい。種子島でも驚いたが、樹里にはトタンは勿論、茅葺き屋根の家もなかった。二階建てが当たり前のようで、石で出来たもっと高い建物もある。たまにある平屋は瓦屋根で、大きな敷地にどっしりと建った立派な建物ばかりだった。昔は貴族や皇族が住んでいたが、今はスレイヤーや万葉の金持ちが住んでいる、ということだった。

宿に入る前に色々な場所に案内された。博物館やら歴史館やらあって、二、三か所回るともうどこに何があったのか、頭の中がごちゃごちゃになってわからなくなった。宿に入って夕食を食べるとやっと落ち着いた。

よお、と声がして振り返ると双子が立っていた。

「すごい髪だね。目立ってるよ」

シグマはこんなになるはずじゃなかった、とつぶやいたが、すぐ気を取り直して聞いた。

「何してるの？　こんなところで」

「競技会に来たんだ。同じところに泊まっているのは偶然じゃないね。引率の先生、楽できるからだ」

「宿の割引も大きいんじゃない？」

二人は笑った。

「競技会、もう始まっているの？」

他のジュニアも会話に加わった。

「とっくに。明日は準決勝だ。君たちも会場に行けるんじゃないかな？　僕らも出場だ」

「二人とも準決勝進出？」

「松浦と一緒。でもヴィクターは手を怪我したから準決勝には出ないことにした」

「え、もったいない」

「個人戦の他、団体戦もあるから、そっちが優先と思ってさ。一日、休めば戦える」

「それにウチから準決勝に三人では、一人はどのみち決勝に出られない。団体戦のことを考えたら休んだ方が賢明だ」

つまり松浦もヴィンセントも準決勝に勝つ自信がある、ということだ。すごいんだな、とシグマは思った。

「あ、あのう、それって……ヴィクター、明日、暇っていうこと？　ですか？」とあづま。

「まあ、暇といえば暇だけど。どうして？」

「ほら、ほら、シグマ、チャンスだよ。聞いてみなよ。ヒミコ神社」

「ヒミコ神社？」

「僕のルーツ探し。級長が……元級長が、もしかすると手がかりがあるかもって。あ、僕の名前から」

シグマがうまく説明ができないでいると、あづまが代わって話してくれた。

「なるほどね。面白そうだね、神話の女帝なんて。いいよ。一緒に行くよ。許可願いにサインすればいいんだね」

「ありがとうございます!!」


ヒミコ神社は辺鄙《へんぴ》なところで、一日一往復しかない馬車に乗って、降りてからもかなり歩かなくてはならない。着いてもゆっくりはしていられない、とわかった。

馬車のドライバーに聞くと、なんであんな何もないところに行くんだ？ と不思議そうな顔をした。彼によると、近くにあった村にはもう人はいなくなって、神社は荒れ果てている、ということだった。かろうじて建っているような状態なのだそうだ。

もみじのアドバイスで弁当持参、三人はピクニック気分で歩き出した。天気はいいし、周囲の地龍たちもくつろいでいる。心配はなさそうだった。人がいないと話を聞くことができないから、頼みの綱は神社自体。何か手がかりになるようなものがあってほしい、とシグマは思った。無駄足では、ついてきてくれたヴィクターはもちろん、あづまにも悪い気がした。


人がいなくなった、といっても村までは道らしきものがあった。その後は地図とカンに頼って草をかき分けながら歩いた。幸いヴィクターもシグマもカンは鋭く、あづまは地図を読むのが得意なのだとわかった。この辺だ、と思って間もなく鳥居が見えた。鳥居には日見子《ひみこ》神社とある。シグマは鳥居のそばに、用意してきた小菊の花を置いた。

「それは何かのおまじない？」

ヴィクターが珍しそうに聞いた。

「地龍は菊の花が好きなんだ。敵意がないことを知らせる、お供えだ」

「どうして知ってるの、そんなこと？」

「ばあちゃんが……地龍はどこにでもいるから彼らには好かれた方がいい、って言ってた。色々、忠告してくれる」

「君は大翼龍だけじゃなくって地龍のささやきも聞くのか？　地龍には幽体を形成できるような精神エネルギーはない、というけど」

「高師先生も不思議だと言ってる。僕は万葉に原住のサイキックだから、万葉に多い小龍とどうにかして交信ができるようになったのかもしれないって。ばあちゃんはきっと僕が何なのか知っていたんだ。なんで教えてくれなかったのかなって思うけど、ばあちゃんは僕はすぐ死ぬって言ってたから、知ってもしょうがない、と思ったのかな」

「そんなの、ひどい。シグマのおばあちゃんなのに」

「でもばあちゃん、自分がもうすぐ死ぬとわかってからは優しくなった。『自分一人になるのが辛かった、すぐ死んでしまうものを愛して、そして失うのが耐えられなかった』と言ったよ」

「大変なんだね、サイキックって。初めはカッコイイって思ったけど。気が狂うんだ、なんていつも思って……おっかない」

「サイキックなのに訓練をしないと、いずれ気が狂う。感情という精神エネルギーに超敏感で、それが雑音として聞こえて心を乱すんだ。自分の心の領域を知り、それを守る方法を身につけるのがサイキックの訓練の第一歩なんだよ。次に自分の精神エネルギーが外に漏れないようにする。それを心の障壁という。シグマの生まれた村では白髪の子がときどき生まれて、気が狂う前に生贄にされるって言ってたね。彼らはサイキックなんだろうね」とヴィクター。

「そうなのかあ」

なんとなく納得できる、とシグマは思った。

「もっとも君の髪は白髪ではない、プラチナブロンドだ。大陸には少しいる」

「大陸にはいる？　やっぱり僕、大陸の血が入ってるのかな？　ばあちゃん、教えてくれなかった」

「ともかく、社はここだな？」

いつの間にか建物の前まで歩いていた。社なんて言えるようなものではなかった。聞いた通り、荒れ放題荒れている。

「何か……いるよ？」

床下から何かが飛び出してきて藪の中に逃げ込もうとした。が、ヴィクターはそれより早く飛びかかった。

「痛いじゃないか、離せ！　いつまでヒトの胸を掴んでるんだ⁉」

えっ、とヴィクターが見ると、かぶっているフードの下には女性の顔があった。

あ、ごめん、と言ってヴィクターは手を離した。

「女性どころか人間なのかもわからなかった……」

「私のどこが女じゃない？」

その若い女は胸を張った。

確かに女性らしい体つき、だが何よりも目についたのは彼女の真っ赤な髪だった。染めたシグマの髪のように赤い。血の赤さだ。

「君、誰？」とシグマはその髪に魅入られたようにつぶやいた。

「人に名前を聞くときは自分の名を先に言うもんだ。失礼なガキだ」

女はそう決めつけた。

「あ、悪かったね。僕はヴィクター、この子たちはシグマとあづま」

ヴィクターがとりなすように言った。

「何、盗んだの？」とあづま。

「重ね重ね失礼なやつらだ。盗んでなんかいない。借りただけだ」と彼女は少し後ずさりした。

「君からそれを取り上げようっていうわけじゃない」

ヴィクターは彼女の持っている巻物を見て言った。

「シグマはここに自分のルーツを調べに来たんだ。それで……初めから話そう。その前に君の名を聞きたい」

「私はハルナ」

ハルナはシグマの髪をじっと見た。

「自分のルーツ……お前も自分の素性を知らないのか？」

シグマの名字を手がかりにヒミコ神社に来たところまで、あづまが説明した。彼は全て知っているし、シグマより筋道立てて話せる。ハルナはじっと話を聞いて考え込んでいたが、ヴィクターがなぜ、君はヒミコ神社に来たのか、と聞くと立ち上がった。

ここと、ここにイレズミがある、と言って肩と腰骨のあたりを指さし、服をたくし上げ始めた。

「ちょ、ちょっと待った」

ヴィクターは慌てた。

「君、女性としての自覚ないの？　男の前でそういうことするもんじゃない」

「ガキのくせに、ませたこと言うんじゃない。あんた、いくつ？」

「そりゃ、シグマとあづまは子供かもしれないけど、僕は十七だ。君だって似たようなもんだろうが？」

ヴィクターは、ムッとして言った。

「私はもうすぐ十八だ」

「もうすぐ十八ってことは、僕と同じ十七歳じゃないか」

「もうすぐ十八だ」とハルナは繰り返した。悪びれてもいない。

「ともかく、肩の方を見せて」

「肩じゃ、私が見えない」

「いいから見せて、紙に写す」

紙に描いてハルナに見せると、そう、それと同じものがここにもある、とまた腰を指さした。

ヴィクターはハルナのイレズミを写した紙をじっと見て、ひっくり返したり透かしたりしていたが、なるほどね、と言って紙を皆の前に出した。

「ヒ三已、ヒミコだ」

「そう、それでここに来た。私も自分の両親が、どこの何者だったか知らない。里親のじーちゃんばーちゃんが死んで……私って、どこから来たのだろうって思って」

「まずい！　日が傾いてる！　帰りの馬車に遅れる！」

話の途中であづまが叫んだ。

「走っても無理だ」

「一日一往復だ！　帰れないよ！　どうするの⁉」

皆が慌てているのを見て、

「樹里に帰るなら、送ってやる。小舟がある」とハルナ。

「舟で来たのか？　上流から？」

「いや、樹里から来た。水龍たちが運んでくれた」

　水龍が？　ハルナは水龍使いなのだろうか？


　帰りは流れに乗って下るだけだったが、シグマは水龍の存在を感じた。ハルナは小舟の後方の舵を取った。小さな舟で、四人乗ったら沈むのではないかとシグマは言った。

「そんな心配は沈んでからしろ。水龍たちが見ていてくれる」

　ハルナは水龍とかなり自在に意思の疎通をしているようだ。水龍を訓練して使う水龍使いとは違う。舟は滑るように川を下っていく。なんの心配もなさそうだ。

「その巻物、開いてみよう」

　ハルナが借りた、と言う巻物を開いた。何も書かれていない。

「何これ？」

　三巻ある全てが真っ白だ。ハルナは、随分探したけど他には壁に描かれた絵や欄間の彫り物以外は何もなかった、と言う。

「絵や彫り物も手がかり、と思って描き写した。この巻物は……がっかりだ。役に立たないなら返さなくちゃ」

「見えない墨で書いてあるとか、あぶり出しとか……」

あづまは言った。

「サイトーさんに見てもらおうよ。種子島には調査分析部もあるし」

「その種子島にはヒトは沢山いるのか？　私はヒトの多いところは好きではない」

「ヒトは……うるさい？」と自分の経験からシグマは聞いた。

「ヒトは残酷だ。特にガキは」

ハルナは、苦々しそうに言った。

水龍と話すハルナも、皆にいじめられたのだろうか？　シグマは思った。

「ハルナもサイキックかな？　大翼龍と話できるなら高師先生、紹介してあげる。きっと訓練してくれる」

「高師は忙しいんだ。第一、京葉人にサイキックがそんなにいるわけがない。僕が知る限り君一人だ、シグマ」

「……講習料、高いの？　お金ならなんとかする」

「高師は金では動かない」

「ふ〜ん、金で動かない人間などいるのか？　私の知る限りでは一部の坊さんくらいだ」

ハルナは一部、という言葉に力を入れた。

「なんだか君はハードな暮らしをしてきたみたいだな。センターの連中はナイーヴと言っていいくらい親切な人間が多いよ」

「ナイーヴは愚かさの美語。蝶の羽をむしる子供たちを無垢と言うのと同じだ。無垢とは残忍さの美語だ」

　ヴィクターは目をしばたたかせた。

「君は人間不信かなんか?」

「事実を述べたまでだ」

「普通、酷い扱いをされた子供は大人不信になるもんだ。君は子供まで嫌いか?」

「大人はまだ打算で動く。私の里親も私と同じよそ者だったけど、集落の人間が頼らねばならない知識と技術を持っていたから、いびり出されるようなことはなかった。でも子供はただ残酷なだけだ」

　シグマはなんだか泣きたくなった。まるで少し前の自分のようだ。毎日、いじめられて怯えて暮らしてきたのだろうか?　もっともハルナの場合は怯えてとは思えない。戦ってもがいて暮らしてきたようだ。

「私のためにお前が泣くことはない」

　ハルナはシグマをじっと見つめて言った。

「僕は泣いてなんかいない」

「ま、ガキの中にも優しい子はいるのだろう。私が出会わなかっただけで」

　ハルナは結論づけた。

「ここが終点」とハルナは小舟を岸につけた。

皆が降りると舟はそのまま水に流した。それから小袋を取り出し、小さな丸いものを一つ取って、それも水に流した。

「舟、どうして流しちゃうの？　あれも借りたの？」

「あの丸いものは何？」

「そう、借りた。水龍たちが」

ハルナは微笑んで言った。微笑むと彼女の女性らしさが強調されて、とても美しい。彼女の顔を縁取る赤い髪も後光のようだ。

「あれは水龍たちが好きな木の実なんだ。手伝ってくれたお礼だ」

「どうやって話すの？　水龍と」

「音、波、振動。彼らの鱗は特殊な音を作る。私には」と言って袋からムチを取り出した。

「これは水龍の鱗でできている。彼らのささやきを真似る小道具だ」

「水龍のささやき？　色々なことを知っているんだね。センターの人だって知らないんじゃないか？」

「調べた。研究して実験した。私の里親や……一緒に旅した坊さんも……教養のある親切な人で協力してくれた。彼らは知識を得ることには貪欲だった。持っていていい欲もある」

スレイヤーが来て以来、とちらっとヴィクターを見て続けた。

「皆、辛い過去を忘れようと必死で、豊かな大陸のものばかりを追いかけた。今、生活が良くなって、過去の全ては不必要なものだと確信して、大切なことまで葬ってしまった。それは間違いだ。京葉人のやってきた何もかもが失敗だったわけではない。京葉は地龍や水龍の土地だ。彼ら無しの京葉はあり得ない」


歩きながら話は、これからハルナをどうするか、ということに移っていった。ハルナは、種子島に行くことに決めたようだが、今夜は野宿してそれから考える、と言った。

「年頃の女のコが、そんなの危ない」とヴィクター。

「僕たちの宿においでよ。宿の中に入ってしまえば客の一人と思って気づかれない」

目立ちすぎる髪は帽子で隠すことにした。宿の横で準備をしていると、

「こんなところで何をコソコソやってるんだ」と怒鳴られた。

「あ、まずい。やじゅうだ！　僕らの引率の教師」とヴィクター。

「なにがやじゅうだ。俺は八十《やそ》だ」

そしてハルナをちらっと見て言った。

「女を宿に連れ込もうっていうのか？　十年早い！」

「そ、そんなつもりじゃ……」

八十は、ぱっとハルナの帽子を取った。

「あれ、お前ら姉弟か？　なんか似てるな」

八十はシグマを知らない。

「そうです！」と誰より先にハルナは口を開いた。

「孤児院で離れ離れになった弟についさっき巡り合ったの！　私は養女に出されたけれど、養父母は亡くなって、私一人ぼっちで家を追い出されてしまって……何日も野宿している、って言ったらヴィクターやあづまが……。ごめんなさい。お願い、彼らを責めないで。二人は親切心から宿においで、って言ってくれたんです！」

よくまあスラスラと嘘がつけるものだ、とシグマは舌を巻いた。あづまばかりかヴィクターも絶句している。ハルナの声には切羽詰まった響きがあり、さっきまでの懐疑的、批判的な物言いのかけらもない。

「そりゃ、気の毒な。若い娘を野宿させるわけにもいかないな……唐に俺から言ってやる、ついてこい」と、歩き出した。

「やばいよ。唐先生は僕に家族がいないの知ってる」シグマはあづまに耳打ちした。

「仕方ない、あとにするか。宿にいるのはいいが、ジュニアと一緒に行動しろ」

幸い、唐はいなかった。

そう言って八十は行ってしまった。

「こうなったら先回りして唐先生を見つけて……」

「もういい、状況を複雑にしたくない。種子島で会おう」とハルナ。

「そうかもしれない。でも野宿は心配だ」

「もう何日もしている。危険があれば龍たちが教えてくれる」とハルナは平気だ。

「わかった、でも十分気をつけてほしい。やじゅうには君は一足先に種子島に向かった、と言っておく」

種子島で会う日時、場所を決めてハルナと別れた。


その夜、ヴィクターはヴィンセントと松浦にハルナの話をした。

「つまり君は試合を棄権し応援にも来ないで、ガキの冒険旅行に付き合って出かけた、と思っていたら女を押し倒し、その胸を掴み、おまけに宿に連れ込もうとした、というわけか？　呆れたやつだ」

「話をドラマ化するな」

いつもドラマ化の片棒を担いでいるのに、自分がその対象となると話は違う。

「話は面白くなくてはウケない、と言っているだろう。真実に基づいた架空の物語というやつだ」

「で、彼女、美人？」

男の話の興味は結局コレだ。

「人によってはきれいだ、と言うかもしれないけど、きつい顔をしている。でも、とても柔らかい……」と言ってヴィクターは自分の手を見たが、咳払いして続けた。

「とても美しい姿をしている。ウエストがキュッとくびれていて……立てば芍薬、座れば牡丹、口を開くと一触即発の爆弾のようだ。刺激的である」

「会ってみたい。種子島に来ると言ってたんだな、その娘《こ》？」

「優勝するのが先決だ。個人戦、団体戦を制して種子島に凱旋だ」と松浦。

「俺たちの強さを見せてやろう！」

オオーッ!! と、話を聞いていたのか周りの皆も雄叫びを上げた。

結局、男たちのする話の結末はこんなところだ。


「すごい、すごい、うちのシニアって強い！」

ジュニアの修学旅行の最終日は、シニアの剣術競技会の最終戦観戦だった。個人決勝戦はヴィンセントと松浦、団体戦の準決勝はヴィクターが一員として出場。

個人戦は終わってヴィンセントが優勝を決め、技能賞やら特別賞やらは松浦を含めてセンターからの出場者がほぼ手にした。団体の準決勝も勝って午後からは決勝戦だ。その前に賞を取った生徒たちと先生方による模範演技。唐先生だ。武器はムチ。

「彼女はお前らの先生か？」

えっ、と見上げるとハルナが立っていた。長い真っ赤な髪は上着の中に隠し、帽子をかぶっていてほとんど見えない。

「種子島に行ったんじゃないの？」

「午後の船で出る。お前たちが剣術競技会に行くと言っていたので来てみた」

そう言ってハルナは手すりから身を乗り出した。

「危ない！」

ヴィクターは彼女の体に手を回した。ハルナは眉をひそめて振り返る。

「お前はよくよく私の体に触りたいんだな」

「そ、そんなんじゃない！　落ちると思ったんだ！」

ヴィクターは赤くなって手を離した。

「冗談だ、気遣ってくれてありがとう」とハルナは微笑んだ。

笑うとやっぱりとてもきれいだ、とシグマは思った。

「昨日は悪かった、謝ろうと思って来た。親切にしてもらったのに礼も言わなかった。押し倒されたり盗人呼ばわりされて……私は……腹を立てていたんだ」

昨日とは別人のような態度。

「無理ないかもしれないね。僕たちも悪かったよ」

「ま、私はヒトによく跳びかかられる。橋の欄干から下を見ていると、男も女も危ないとか言って跳びついてくる」

「身投げだと思われるんじゃないの？」とあづま。

「そうみたいだ。私は橋から川を見るのが好きなんだ。橋げたのそばには水龍が集まってる。それでつい、身を乗り出してしまう」

水龍という言葉にもみじとかのこが振り向いたので、シグマは皆にハルナを紹介し、皆も自己紹介した。それ以上話をする前に模範演技が始まった。

「すごい、ムチが生き物のように動く」

ハルナは唐の技術に感動したようだった。

「彼女の教えを受けたい！　講習料払えば教えてくれるのかな？　仕事探さなくちゃ」

「お金、ないの？」

「多少はある。それに売れるものがないわけじゃない」

ハルナは何か言いたそうなヴィクターをちらっと見て、「体など、売らん！」と言った。ヴィクターともみじだけが赤くなってうつむいた。


「ねえ、唐先生」ともみじは龍たちの餌の準備をしながら言った。

修学旅行から帰って日常に戻った。やり慣れたことも少し新鮮だ。

「水龍と話なんかできないよね？」

「彼らに言葉はないわ。声帯を持たないもの。警戒音とか威嚇音は体から出すけれど、話をするというほどのものではないわ。どうして？」

「ハルナは水龍と会話をするって、シグマたちが言うの。小舟を動かしてくれたんだって」

「ハルナって誰?」

「シグマたちがヒミコ神社で会ったヒト。種子島に来たはずよ。センターの正門で会うって、さっき言ってた」

「あとはお願い」と言って、唐はさっと出ていった。

「水龍って本当に話するのかな? お姉ちゃん」

「さあ? 唐先生、驚いていたね」


唐は正門で話している人影に近づいていった。

「僕たち規則破ってない。でしょう?」

あづまが唐を見るなり言った。ジュニアはセンターから許可なしには出られないし、外来者はセンターに入るのに許可がいる。

「それはいいの。あなたがハルナ?」

「はい。唐先生、お会いしたいと思っていました」

ハルナは丁寧に言った。

「私を……知っているの?」

「競技会でムチの実技を拝見しました。素晴らしかった」

「それは……ありがとう。今、もみじから聞いたの。あなたは水龍と会話をするって」

ハルナはにっこり笑って否定も肯定もしなかった。

「どうやって話すの？　どのくらい意思を伝えられるの？」

「道具を使って彼らのささやきを真似る。どのくらいかは……研究中です」

唐はじっとハルナを見た。

「ムチは使えるの？」

「自己流なので、それを先生に教えていただきたいと思っていたのです」

唐は少し考えてから言った。

「こういうのはどう？　交換授業をしましょう。私はあなたにムチの使い方を教えるわ。その代わりに水龍との会話を教えてもらいたい」

「わかりました。いい案ですね」

二人は握手を交わした。

「私があなたの推薦人になるわ。センターの施設を使うから事務手続きが必要なの。書類を準備するから……一時間後に事務室に来てもらえる？　今、私、仕事中だからゆっくり話ができないけど。必ず来てね。忘れないで」

「忘れません！」

唐が行ってしまうとハルナはやったー！　と大声で言った。

「授業料、節約できる！」

「事務室に来い、っていうことはセンターの中に入れるってことだ。時間あるから案内してあげる」

ハルナの一番の興味はやはり大翼龍だった。近くで見たことがない、と言う。翼龍舎に行くと龍たちは昼寝中だった。だが白夜は起きていたのか、近づくと目を開けた。

「センターに来たときは真っ白だったのに最近、黄色くなってきた。みんな陽に焼けたって言うんだ。僕は陽に当たると赤くなって皮がむけちゃう。不公平だ」

ハルナはシグマを見てクスッと笑った。

「お前は面白いことを言う」

面白くなんかない、とシグマはうつむいた。ハルナが何か言おうとする前に、白夜がハルナに首を伸ばしてきた。あ、挨拶の仕方を教えてない、とシグマは思ったが、それより先にハルナは自分の頭を白夜にこすりつけた。そうやって互いに二、三度頭や首をなすり合った。

――ナゼ、ソコニイル？

「シグマに連れてきてもらった」

――ツバサ、ナイ。

「人間には翼はない」

――トビタイカ？

「もちろん、飛びたい！」

――ワタシトトブ。

「今のは何？」

あっけにとられて白夜とハルナのすることを見ていたシグマは聞いた。

「挨拶しただけだ」

「あんな挨拶、初めて見る」

いや、初めてではない、という思いがちらりと頭に浮かんだ。そういえば高師先生がマンゴーと……あれは挨拶だったのか？

「私にささやきかけてきた」

「白夜がささやいた？　僕には聞こえなかった」

「白夜というのか？　良い名前だね。美しい名だ。お前らしい。今は……黄昏《たそがれ》という方がぴったりだと思うが。白夜同様、黄昏にも静かな美しさがある」

白夜が話をやめたのでハルナは歩き始めた。

「白夜と内緒話？」

「そう？　私には聞こえた。お前に聞こえないとは気づかなかった。奇妙なことを言った」

「白夜は京葉の言葉が上手じゃないから、ときどき変なこと言うんだ。でもね、白夜と話せるなら、ハルナはサイキックだよ。高師先生に教えてもらえる！」

「その人に何を教わるんだ？」

「色んなこと！」

その後、水龍たちのところに行った。

ハルナは水際に座って指で水を弾いた。それから頭をたれた。長い髪が水に触れる。それからゆっくり頭を左右に動かし始めた。頭の動きに従って赤い髪が水の中で揺れた。水がざわめきだしてシグマは水龍たちが寄ってきたのを知った。

彼らは水の中の髪に絡んだり、それを引っ張ったりして遊んでいるようだった。そのうち一匹が水から頭を出し、ハルナに近づいていった。尾も水面から高く上げている。メスのリーダーだ。尾の先の形でわかる。ハルナは上半身をますます乗り出して水面に近づけた。水に落ちそうだった。

危ない、シグマはハルナを止めようとしたが誰かに肩を掴まれ、逆に止められた。唐先生だった。もみじやかのこも一緒だ。餌を運んできたらしい。

ハルナはその不安定な姿勢のまま、白夜としたように頭や首で水龍に触れた。ゆっくりと上下左右に何度も触れ合った。

ゆうるりと、ゆうるりと。

奇妙な光景だった。誰もがそれに魅せられたかのように動かなかった。しばらくしてハルナは立ち上がった。髪は濡れて雫が滴っていた。

「あ、これ使ってください」

かのこがタオルを差し出した。ハルナはそれを受け取って、ありがとうと言った。

「あなたは……かのこ?」

「そうです」

かのこは名前を覚えてもらっていたのが嬉しそうだった。もみじは怪訝そうに見ている。

「今……あなたは水龍と話していたの?」と唐が聞いた。

「挨拶をしていただけ。話をしたわけではないです」

「あんなふうな挨拶は見たことがないわ。水龍同士でするような」

「私はいつもああしています」

「……そろそろ事務室に行ってね。私はまだ仕事が残っているから行けないけれど、佐保に頼んでおいたから大丈夫よ。楽しみだわ、あなたと訓練するのが」


事務室に着いた。あづまはもみじたちの手伝いをする、と言って一緒に来なかった。大人たちが集まっているところに行きたくないのだ。部屋には佐保の他に高師と沖津。

ハルナは書類を貰って事務室の片隅で記入し始めたが、すぐにシグマと言い争いを始めた。当然、他の三人も聞き耳を立てる。

「ハルナ、嘘書くなよ」

「嘘なんて書いてない」

「ハルナ、十七歳じゃないか、なんで十八って書くのさ?」

「いいじゃないか。十八歳未満お断り、のところに入るんだ」

馬鹿言うな、と沖津が怒鳴った。

「正直に書け、正直に」

「だって正確には知らないもの。どうせ推定だもん」

ハルナは言い返した。

「お前、親はいないのか？」

「いなきゃ生まれないだろう？　知らないだけだ」

沖津は苦笑いした。

「揚げ足を取るな。沖津はここの責任者の一人だ、印象を悪くしたくないだろう」

と今度は高師が口を挟んだ。

は〜い、とハルナは答えたが不服そうだ。シグマと口争いをして気が立っているのか言葉が雑だ。

あれが高師先生だよ、とシグマは小声で注意した。

「十七、十七！」

シグマは大声で言った。

「つまんないやつだな、お前って。お姉様に楯突くな」

「お姉様、嘘書くな。地龍に嫌われる」

「彼らの嘘の基準は人間とは違う。あ、誕生日、明日にすればいいんじゃない？　私って、頭いい」

「馬鹿なことを大声で言うな。それも知らないのか？」

「大声でなんて言ってない。聞き耳、立ててるな」

「聞き耳なんて立ててない。お前の声はよく通る」

　ハルナはプッと膨れた。

「知らない。里親になってくれたじーちゃんとばーちゃんに、『名前はゴギョウハルナ。もうすぐ三つ』と言ったんだって。もうすぐ耳の日だ、三月三日を誕生日に決めよう、ということになったそうだ」

「耳の日？　雛の日でしょう、ふつう？」

「私の耳が可愛いからって」とハルナは髪を上げて自分の耳を出してみせた。

「変わった人たちだな、お前の養い親は。知ってる限りでいい、正直に書け」

「あ、名字も漢字で書いてる。覚えてるの？」

「ひらがなでなんか書けない。この歳で漢字も知らないと思われるのは癪だ」

「変なプライドは持つな。一体全体、どういう育ち方をしたんだ？　簡単でいいから口で説明してくれないか？」

　はぁ、とため息をついてハルナは、小さなときのことはよく覚えてない、全部、あとから聞かされた話だよ、と前置きして話し始めた。

「私の家族は他の家族と一緒に旅をしていた。人里離れたところで盗賊だか何かに襲われた。村とも言えない小さな集落が少し先にあり、私たちを見つけたのはそこの人たちだった。皆死んでいたと聞く。私は池の中に浮いていて、てっきり死んだもの、と思ったそうだ。穴を掘って埋めている最中に私は息を吹き返したのだという。集落の人たちは私を気味悪がった。育ててくれたのは、その集落から離れたところに住んでいたじーちゃんとばーちゃんだった。食用や薬用の植物を売って生計を立てていた。贅沢ではなかったけど結構、楽しく暮らしてた。

でも二人とも死んでしまって、集落の人たちは冷たくてつまらない人間ばかりだったから、坊さんにくっついて旅を始めたんだ。前に何度もうちに泊まったことのある坊さんで、物知りで面白い人だった。私は見習い坊主のふりしてお供したんだよ」

その様子を思い出したのかハルナはクックと笑った。

「瞑想することを教わった。自分の心の領域を知った。うんと役に立った。体術も」

「心の領域を知った？」

「体術？　坊さんが？　僧兵？」

沖津と高師は顔を見合わせた。

「楽しかったなあ、また彼と旅に出たいよ」とハルナは懐かしそうに言った。

「どうして、その坊さんと別れたんだ？」

「坊さんはどこかの寺の大僧正になるはずの人だったんだって。でも兄弟子に足をすくわれて、俗世を離れたはずの僧侶もこんなものか、と嫌気がさして寺を離れ、旅に出た。ところがその兄弟子が失脚、どうか戻ってきていただきたい、とお迎えが来た。『亡くなった、先の大僧正には恩がある。一時、帰ってちゃんとした後継者を探して、また二人で旅をしよう』と別れたんだ。私、ほら、出てくるとこが出てきちゃって」とハルナは自分の胸とお尻を指さした。

「坊主の変装も無理になってたから、坊さんにくっついて寺に行くのは諦めたんだ。自分の出身地も探したかったしさ。誰か遠縁の者でもいるかもしれない、と思って。ま、色々あったけどシグマと出会ってここに来た。めでたし、めでたし、だよ」と笑った。

書類を書き終わって二人は事務室を出た。残された沖津は高師に言った。

「随分賑やかな娘だな。美しい、と振り返るほどではないが、人を振り返らせる何かがある」

「俺は、鈴や花で飾られた馬っ子行列を思い出した」

「お前には色気がないな。ハルナは哀れな話をまああっさりとするものだ。声が明るい」

沖津は間を置いて続けた。

「出るところが出た、か。全く！　普通、男の前で言うか、そんなこと？　それとも男と見られてないのかな？　まだそんなふうだと思いたくないな、高師」

佐保は少し赤くなってうつむいた。高師は沖津を見返した。

「一緒にするな、あんたは俺の父親でもおかしくない」

ふざけんな、と沖津は言おうとしたが、確かに彼の父親になるのが不可能とは言えない歳の差だ、と気づいた。

「お前とはもう喋らん。十分で十歳、老けた」

そしてふっと気がついた。

「だったらもう少し敬った口をきけ。あんたとは何だ、あんた、とは！」

高師はそれ以上、沖津を相手にせず、クックと小声で笑った。

佐保も高師につられて微笑んだ。


その日の夜は、唐先生が部屋を用意してくれた。ハルナは明日から部屋探しと仕事探しだ。


「死に損ない！」

「死んで生き返るようなやつは死神の娘だ！」

「近くに来るな！　あっちへ行け！」

ハルナはベソをかきながら家に帰った。

「おやおや、ハルナ。どうした？」

「誰も遊んでくれない。どうしてなの？　なんで皆、意地悪なの？」

「相変わらず、よそ者には冷たいねえ。集落のものは」とおじいさんは言った。

おばあさんはハルナの前にしゃがんで、そして、「でもね、ハルナ」と彼女の耳を優しく引っ張った。

「前に言ったろ、お前は良い耳を持っているって。可愛い、可愛い、それはそれは、良いお耳だ」

「だって、みんなは……」

「悲しいか？　辛いか？　ハルナ。でもね、お前の耳はそんな冷たい言葉も強い力に変えられる魔法の耳だ。じっと耳を澄ませてごらん。お前を愛しているモノの声が聞こえてくる。意地の悪い言葉は、その声の前に無力だ。いい声をお聞き、良い言葉を聞くように心がけるんだよ」

「うん、おばあちゃん」

ばーちゃんはハルナをしっかり抱きしめてくれた。

「でもお前はちっちゃいから、忘れてしまうかもしれないねえ。だから何度も繰り返して言ってやろうな。三月三日はハルナの誕生日。ハルナの可愛くて良いことの聞こえる、お耳の日だ」


あ、そうだったんだ、ハルナは目が覚めた。夢を見ていたのだ。

忘れてた、じーちゃんとばーちゃんがどうして耳の日を私の誕生日に選んでくれたのか。誕生日変えればいい、なんて馬鹿なこと言った……。


ハルナは港区の二階建てのアパートに部屋を借りた。仕事はまだ見つかっていないが、じーちゃんとばーちゃんに貰ったものが思ったより高く売れてしばらくは生活できる、という。ハルナは唐との交換授業はもちろん、他にも色々始めた様子だ。

そんな話をしながらシグマとハルナがセンター内を散歩していると「君がハルナだな」と大声で呼び止められた。振り返ると背の高いガッシリとした体格の男が立っていた。シグマは見たことがあった。翼龍舎で偉そうにあれこれ指示を出しているから、かなり上の地位にいる人なのだろう、と思っていた。他の人々も立ち止まって見ている。

「君は水龍と会話するという、証明してみせろ」

ハルナはまっすぐに彼を見返して言った。

「私があなたに証明しなければならないことなど何もない。私は見世物ではない。水龍たちもまた然り、だ」

怒っているようでも茶化しているようでもなく、淡々とした、しかし断固とした言い方であった。シグマはドキッとした。怒鳴られるような気がして身がすくんだ。しかし思いがけず男はニッと笑った。

「俺に声をかけられてビビらなかった女はお前が初めてだ。言い返してきた人間は男でも少ない。気に入った。お前なら水龍どころか大翼龍もコントロールできそうだ。ヴィクターが飛龍の基礎をお前に教えてる、と言っていた。基礎ができているなら俺が訓練してやる。俺は不動《ふどう》という。大翼龍飛行法の特別講師だ。大抵、翼龍舎付近にいる」

じゃあな、と言って男は去った。

皆はホッとしたように、あるいは残念そうに散っていった。皆、ハルナが水龍と話すところが見たいのだ。

「よく怖くないね、ハルナ」

「何が怖いのさ」

「だって、あんな大男、怖いよ、やっぱり」

「こんな昼日中、センターのど真ん中で何が起こるって言うんだ?」

「あとで何かされるかもしれない……」

「お前って子供のくせに考えすぎだ」

ハルナはシグマをまじまじと見た。

「基礎だけじゃあ面白くない。訓練、つけてもらおうかな。あ、無料かどうか聞くの忘れた」

ハルナはしまった、と舌打ちした。

「講習料って高いの?」

ハルナはお金のことをよく口にする。自分で何もかも、しなければならないからだろう。

「調べたけど科目による」

「僕、お金払ってないけど」

「お前は十五歳以下の義務教育を受けてる。万葉連邦政府からの補助金で無料だ」

「……あ、やじゅう先生だ。隠れよう」

シグマは目ざとく八十を見つけて囁いた。

「なんで隠れるのさ」

「だ、だって僕の髪、色落ちちゃった、もう真っ赤じゃない。姉弟ってことになってるのに……」

とシグマが言い終わらないうちにハルナは八十に手を振った。

「八十先生」

「お、ハルナか」

「先生、これ」と言って、ハルナはバッグの中から小さな袋を取り出した。

「明菜ちゃんにあげてください。約束したの。水龍の鱗のピアス」

「おお、悪いなあ。また遊びに来いや。明菜も待ってる。俺一人だと張り合いないが、ハルナが来るならごちそう作ると言っている」

「はい、そのうちお邪魔します。ケーキの作り方、教えてもらう約束もしたから」

「そうか、いつでも遊びに来い」と八十はにこやかに二人と反対の方向に歩いていった。

「な、なんであんなに親しいの？　明菜って誰？」

「明菜ちゃんは先生の一人娘、奥さんは亡くなったそうだ。種子島に来てから彼にすぐ謝った。嘘ついて悪かったけど必死だったって。あとから考えてそんなことする必要はなかったって気づいた、と言ったら、ちょっと説教されたけど許してくれたよ。明菜ちゃんは私より少し年下だけどお料理が上手なんだ。だから教えてもらう約束した」

シグマはハルナの「思い立ったが、やり時」という態度が好きだった。自分とは正反対。そうシグマが言うとハルナは、

「一か所に長居するのは久しぶりだから、できるだけのことをするつもりだ」と答えた。

「でも、高師先生の訓練。唐先生との交換授業。ヴィクターに飛行術も習って、お料理習って……それに仕事、探してるって？」

「それが第一だな。それから八十先生は武器造りが趣味だから、それも教わる」

ハルナの日課はとても忙しそうだった。


「ハルナ、起きろ。先生に叱られる」

瞑想の途中でハルナが寄りかかってきた。居眠りしているのかと思ってシグマは押し返したが、ハルナはそのままずるずると寄ってきた。

「重いよ、ハルナ」と言ってから彼女は眠っているのではない、と気づいた。

高師先生、と呼ぶ前に、彼はハルナの前に跪いていた。

「息してない」

「え？」

「脈はある、心臓も動いている、気管に何か詰まっている様子はない……。人工呼吸をする、という

のが常識だが瞑想中だった、というのが気にかかる。お前はここでギドラと訓練を続けろ」と慌てるシグマに言って、高師はハルナを抱き上げて医務室に走った。

シグマはハルナの上着を抱きしめて心配そうに二人を見送った。ギドラがハルナは大丈夫だよ、と言って鼻を擦りつけてくるとシグマの心は落ち着いていった。

「ドクター、急患だ。瞑想中に倒れた、息をしてない」

山吹《やまぶき》医師は佐保と話をしていたが、振り返って「何したの？」と言った。

まるで高師が何かしたかのような口ぶり。

「俺は何もしてない。瞑想中だった、と言っただろうが」

「このままじゃ、心臓が止まってしまう。人工呼吸が先ね。なんで、すぐしないの？」

「深く瞑想するとこういう状態になる、という事例がスレイヤーズの間では報告されている。その場合、人工呼吸をするかどうかは意見が分かれている」

「何、悠長なこと言っているのよ。ここはセンター内よ、何かあったら……」と佐保は真っ青だ。

しかし山吹が何かする間もなく、ハーッと音がしてハルナは息を吹き返した。

ハルナが動くと緩めた服が乱れて胸が顕《あらわ》になった。佐保が慌てて服を正そうとした。

「そんな慌てることもないだろう、女の裸など見慣れている」

「あなたは見慣れていたってハルナは十七なのよ。もう少し気を使ってください！　ツェータとばかりつるんでいるから、デリカシーがなくなるんです！」

「つるむって、そんな……」

珍しい佐保の逆襲に高師は怯んだ。

「先生、独り身だろう？」

目を覚ましたばかりのハルナが突然言った。

「え⁇」

「女と真剣に付き合ったことないんだろう？」

「そ、そんなこと、お前が口出しすることじゃない。小娘のお前に何がわかる⁉」

高師はタジタジとしながらも語気を強めて言った。

「匂いでわかる」

ハルナはじっと高師を見て言った。

「ええっ‼」

高師は反射的に自分の周りを見回した。まるで匂いが見えるかのように。

「女は寝るためだけのものではない」

これには高師ばかりか他の二人も絶句した。しばらく三人が固まって身動きしないのを見て、ハルナは笑いだした。

「冗談だよ、やだな。大人、三人で凝り固まって」

「あ、あなた、息してなかったのよ。大丈夫？　気持ちは確か？」

ようやく山吹が口を開いた。まるで呼吸が止まって錯乱状態なのだと自分を納得させようとしているかのよう。

「私、時々そうなるんだ」

ハルナは事もなげに言った。

「最近はそういうことはなくなった、と思ったんだけど……環境が変わったからだ」

ハルナは最後の部分は自分に言い聞かせるように小声で言った。そうして起き上がろうとして、またすぐ伏せてしまった。

「少し寝ないとダメだ。高師先生、唐先生に今日の授業はお休みします、って言っておいてね」

そしてすぐ眠ってしまった。


高師は唐にハルナのことを伝えに行った。医務室での詳細は言わなかった。

「不思議な娘よね」

唐は言った。

「彼女は本当に水龍と話をするのか？」

「彼女の言う水龍との挨拶、というものを見れば、そんな疑問は持たないと思うわ。まるで禁断の地に足を踏み入れたようだった。美しくもあり異様でもあった。でもあなたは、彼女はサイキックではないと思ってるのよね」

　高師はすぐに答えなかった。ハルナにサイキックの訓練をつけているのは単なる好奇心からで、彼女がそうであるかないかの判定は保留中だった。そうして言葉を選んでゆっくり言った。

「スレイヤーズの言うサイキックではない。だが彼らの見方は大陸の偏見に満ちている。シグマやハルナは京葉独特のサイキックなのかもしれない。京葉の環境に合わせて小龍と会話するようになった。人語を解さない彼らと話すために、人間の方が何らかの方法を学んだ」

「あなたは彼女が白夜と話した、というのは信じないの？」

「サイキックでなくても龍が心話しやすい人間はいる。唐だって大翼龍に人語で話しかければ、慣れた龍なら心話で答えが返ってくるだろう？　人間側からも心話で話しかけられる、というのがサイキックの第一条件だ」

「何、言ってるの？」

　それから、できるだけ軽い調子で「俺、変な匂いするか？」と聞いた。

「いや……なんでもない……」

　高師は誤魔化そうとしたが唐は言葉の端を捉えて離さなかった。

「白状しなさい、何、言われたの？」

　唐は高師が安心して話せる数少ない人間の一人だった。女性として接しなくていいような、姉のような雰囲気を持っていた。彼女が女性らしくない、という意味ではなかったが、彼女の勉強熱心さは高師の未知への情熱と共通するものがあって、議論、討論するのにちょうどいい相手だったので、自然と親しくなった。

「あなたって、結構、繊細なのよね」話を聞いて唐は笑った。

「ハルナは耳がとてもいいのよ」と関係ないと思えることを話しだした。

「彼女は教えるのは初めてで、しきりに、うまく教えられなくてごめんなさい、と言うから先生である私が習い方を考えなくちゃって思って、ちょっとした実験をしてわかったの。彼女には普通の人間には聞こえない音が聞こえるのよ。だから……」と、面白そうに高師を見た。

「普通嗅げない匂いも嗅げるのかもしれないわね」

「もう近寄りたくない……」

高師は嫌～な気持ちになった。

「冗談よ。やあね、駄々っ子みたい。今日の高師はからかいがいがあるわ」

唐は笑ったが、プライドの高い高師には冗談では済まされなかった。

もう彼女には訓練などつけたくない、と高師は思った。

――訓練は続けて……。

とマンゴーの声が伝わってきた。

――なぜお前が口を出す？

マンゴーは高師のすることに滅多に口は出さない。特に他の人間と話しているときに、彼女が思考に割り込んでくることなどはなかった。

――借りがあるのだ。

――ハルナに？　何の？

マンゴーはそれには答えず、

――私はあなたに頼み事などしたことはない。

と言った。

――その私が頼んでいる。

確かにそうなのだ。マンゴーは今まで一度も高師に頼み事をしたことなどなかった。その頼みを拒絶するわけにはいかない。

――わかった。訓練は続ける。

「どうしたの？　急に黙りこくって」と唐。

「あ、ごめん、マンゴーが話しかけてきた」

「スレイヤーとの会話って慣れないわ。何年たっても」

「悪いな」

高師は上の空で答えた。

あんたがたどこさ　京葉さ
京葉どこさ　千葉島さ
千葉島どこさ　真花《しんか》さ
真花村には　かもめがおってさ
それを兵士が　総出でかってさ
うえてさ　内緒でさ　食わせたさ
それを木の葉で　ちょいと被せ

「これがどうした？　童謡……手鞠唄だ」

大江が面倒くさそうに橋立に言った。

「替え歌です」

「わかってる。この唄のおかげで四、五年前大騒ぎした。これに加えて千葉皇国、富国強兵戦略、という情報が入って戦争でも企てているのかと思った。新生物兵器などという噂も広がってスパイが飛び回る騒ぎになった。さんざん調べた結果、絶滅寸前の京葉かもめを保護して他国の動物園に多額で貸し出し、繁殖させるのは自由だが、生まれたひなは返すか借用料を払わなければならない、という千葉貴族の考えそうな富国案だった。しかもそれが大受けして貸出申込みが絶えないという。めでたい話だ。俺たちには大迷惑だったが」

「笑えますね」

「笑ったやつは残った。俺たちの役目は情報の確認、任務を果たしたんだ。だが、この件で万葉保安庁の長官は引退した。もう時代の流れが読めなくなったと言ってな。彼が保安庁に入った当時、万葉は無血革命が成功したものの皆、いつ皇族貴族が逆襲にやってくるかと戦々恐々としていた。何も起こらぬまま四半世紀過ぎて、平和の夢にうつらうつらしていたところにこの唄だ。やはり千葉皇国は万葉を諦めてない、戦争になるのか？　と思ったら、やつらの秘密兵器はなんと、かもめの保育園だった。気が抜けても不思議はない」

「でもこれは違います。よく最後まで読んでください、これはその替え歌の替え歌」

大江は今度は最後まで読んだ。

「飢えた、内緒で食わせた、かもめを食う？　ゲテモノ料理か飢餓状態なのか？　千葉では庶民の不満が高まっている。こんな歌が子供たちの間で広まっているとは剣呑なことだが、皇族も子供の唄まで取り締まれないだろう？」

「出どころは子供たちではありません。イリス国です」

「イリス？　なんでまた……」

「こういうことです」と言って、橋立は話を続けた。

「数か月前、イリスは貿易振興のために千葉に訪問団を送った。美しい花と手鞠の里として知られる真花村から手鞠が献上された。手鞠は本来見るものではない、遊ぶためのもの、ぜひ使っていただきたい、という口上付きだったそうです。受け取った訪問団長の家には子供はいない、しばらく飾っておいた。ある日、孫が来たので手鞠を見せると早速、遊びだした。だが、すぐに糸が解れてしまった。このあとは省略して、結果的に手鞠の芯が二つに割れて、中に入っていたのがこの唄を書いた紙だったのです」

「つまりこれは……」

「真花村にはかもめはいません。ここにあるかもめは村民そのものではないでしょうか？　兵隊によって死ぬような目に遭っている真花村民からの直訴状とも受け取れる。見つかった場合の言い逃れのために、手鞠唄を装ったのではないかと」

「考えすぎ、と言いたいが他の噂を考慮すればそう考えてもおかしくない。密出国を企てていた地主一家皆殺し、証拠隠しに村全体に火を放ったなど、この数年の千葉皇国は無法状態。加えて生物兵器再開発の噂」

「葉滓《はがす》ですね。千葉が大昔、万葉を制圧したときに使い、そのあと忘れ去られた生物兵器。スレイヤーに対抗するため再開発しようとしたが完成する前に皇族は万葉を失った。人に仕込み、人の心を支配する恐ろしいものだった、と聞きます」

　その通りだ、と大江。

「ともかく、イリスは人権保護、動物保護だのといい子ぶってはいるものの、他国の政治には巻き込まれたくない。自国の問題で手一杯なのだろう」

「そうです。それで同盟国である万葉連邦にどうにかしろ、とこの唄を手に入れた経緯を……秘密の漏洩というかたちで万葉連邦政府に送ってきた、というわけです」

「面倒なことを。それを種子島にまで伝えた、ということは事態が逼迫しているということか」

「まあ、準備しておけ、ということでしょうね。高師がよく言うでしょう？　最悪に備え、最善を祈れって。スレイヤーの気質をよく表している常套句だと思います。僕は好きだな、彼らのそういうところが」

「お前は結構、スレイヤー贔屓だな。華族のくせに」

「旧華族です。祖父は貧乏役人でした。なんの恩恵もなく、自尊心だけが宝の祖父でした。加えて僕は高師の大学の後輩、推薦状を書いてもらいました」

ともかく、と大江はため息をついた。

「来年は万葉連邦発足三十周年記念。つまり平和になって三十年。戦争の話などもう聞きたくない。千葉をうまく説得できればいいが、そうでなければ……」

「僕としては、かもめの保育園で終わってくれた方がいいです」

巻物

わあ〜、シグマはベンチから転げ落ちた。

「また居眠り？」

あらしは言った。

「居眠りなんかしてない！　集中していたんだ。そしたら水が、わっと噴き出してきた」

「水なんて噴き出してないよ。やっぱり居眠りしてたんだ」

「違う！」

皆で外のテーブルに座ってヒミコ神社の巻物を見ていたときのことだ。巻物を陽にさらしたり水を吹きかけたりしたが、何も変わらず白紙のままだった。あらしは火に近づけすぎて危うく燃やしてしまいそうになった。

「センターには分析部があるって言ってたろ？　見せないのか？」

ハルナは言った。

「う〜ん、大人たちに言うと、どこから持ってきたのかとか聞かれて、盗んだとか言われると困る。僕、バツ一だし」

「バツ一？　何それ？」

シグマは説明した。

「私には関係ない。私が聞く。連れて行ってよ」

「まずサイトーさんに相談するのがいいと思うよ、僕は」とあづま。

「何、読んでる？　勉強……のハズないか」といつの間にかそばに立っていた高師が言った。

「あ、先生」

皆、互いを見て、誰かが口を開くのを待っている。

「先生、これは私が借りてきた巻物だ。何も書いてないけど見えない墨とか使ってあるかもしれないから調べているんだ」

案の定、口を開いたのはハルナだった。

「そしたらシグマが巻物から水が噴き出してきた、って言うんだ。そういう仕掛けの書物ってある？　ほら、サイキックだけが読める、とかいう秘密の書類があっても不思議ないよね。先生、知ってる？」

「サイキックだけが読める書類？　そんなもの聞いたことがない。お前が借りてきたって？　どこから持ち出したんだ？」

「深いこと聞くなよ、先生。知らない方がいいこともある」

ハルナはにっこり笑った。笑うと育ちのいいお嬢さんに見える。

「お前ってものすごくご都合主義だって、自分で思わないのか？」

言い合っても無駄、高師は巻物に手を伸ばして自分で見た。そしてすぐに、

「一巻、貸してもらっていいか？　一巻は調査分析部に持っていって、最後の一巻はお前たちが心置きなく調べればいいだろう？」

「まあ、それがいい方法かもしれない。大勢で見れば別の知恵も浮かぶだろう」

巻物を手に、すでにテーブルを離れ始めた高師の背に向かってハルナは、先生、火と水はダメだよ。もう私たち、試したから、と言った。

「その方法は調査部に任せる。俺は他の方法で見る」と言って立ち去った。

「信じてくれるの、ハルナは？」シグマは聞いた。

「水が溢れてきたってこと？　お前がユメ見ていたんじゃないとしたら、見えたのはお前がサイキックだから、と考えるのが妥当だ」

「絶対、寝てなかった！」

「だったら高師には見える、あるいは読める、ってことだね」

あづまは嬉しそうだった。

「何が書いてあるのか、すっごく知りたい！」

「で、そのあと、水は出てこないのか？」

シグマたちが巻物を調査分析部に持っていくと、山川にそう聞かれた。

「試してない」

「怖がっているのか？」

シグマが黙っていると、

「ただの幻覚を恐れるな。幻覚で死ぬとしたら自己暗示以外にはない」と言った。

「自己暗示？」

「思い込み。サイキックにとっては死に匹敵する、と高師が言ったことがある。もう一度、やってみろ。誰かについていてもらえ。そばにいるだけではダメだ。手を握るなりなんなり、体が接触していることが必要だ」

「私が手を握って見ててやる。泳ぎは得意だ」とハルナ。

「君が泳ぎが得意でも意味はない。しかしシグマが、泳ぎを得意とする者がそばにいる、つまり危険はない、助けてもらえる、と自覚することが大切なんだ」

「なるほど。いつも言ってるだろう、信じる者は救われるって！」

ハルナはシグマの背中をどん、と叩いて笑った。


シグマとハルナは向かい合って両手を取り合った。二人の間には巻物。巻物に集中したら、たとえそばにいても周りは見えなくなってしまう。体が触れていればハルナはそばにいると確認できる。二人の周りにはあらし、あづま、かのこが待機している。手に負えなくなった場合に備えて医務室に近いベンチを選んだ。

「じゃあ、始める」

シグマは巻物に集中し始めた。

水が湧いてくる。水輪が広がって水が押し寄せてくる。予期していたものの怖い。自然に手に力が入る。誰かが同じ力で握り返してくる。ハルナがそばにいると思うだけで確かにホッとした。彼女だけではない、他の仲間もいる。見ているものは、ただの幻覚。

もっと集中する。水輪の上に何かが浮かんでいる。丸い玉……万葉の真珠だろうか？　クリスタル、血晶石、他にもいくつかのものが浮かんでいたが、それらが何かはシグマにはわからなかった。輪になって動き続けている。

水輪の中に目のようなマークが浮き上がってきた。見たことある。誰かの盾についていたシンボルマークだ。なんだっけ？　そうそう、ドラゴンの目だ。

浮かんでいる物体の動きはどんどん速くなり、シグマは目が回りそうになった。そうしているうちに全ては水輪とドラゴンの目の中に吸い込まれて消えてしまった。

ものすごく疲れて起こされた。皆が心配そうに覗き込んでいる。突然、前のめりに倒れたという。

「何か見えた？」

「色んな物があった」

あづまに言われて、シグマは見えたものを紙に書いてみせた。

「すっごい絵だね。なんだかわからないよ」

「だって、なんだかわからないものが色々浮いていたんだもの」

「私が書き直すわ」と、かのこが新しい紙に書き直した。

水輪、その中にドラゴンの目。万葉の真珠、龍ひすい、ドラゴンクリスタル、血晶石。他の緑のと青白いものは、翠晶《すいしょう》、海泡石《かいほうせき》、と見当をつけた。他がドラゴンの貴石だからだ。

「もう一度やってもいいけど、僕、ものすごーく疲れた」

「休んだ方がいい。なんか食べよう。私は喉、渇いた」

皆でカンティーンに行った。飲んだり食べたりしているうちに疲れはとれたが、心が重い。もうしばらくは巻物を見る気はしない、とシグマは思った。


「こら!! ハルナ! 何、気い抜いてるんだ! 飛行中に気を抜くな!! そんなんでは俺の特別授業なんかできん!」

不動に怒鳴られてハルナはハッとした。飛龍の基本がきちんとできているか不動に見てもらっているのだ。

「何か……何かすごくいけないことが起こってる……マンゴーが呼んでる! 高師……先生に何かあったみたいだ……」

「高師? マンゴーが呼んでる?」

不動は一瞬、怪訝な顔をしたが、すぐ、

「そのまま白夜で飛べ！　手続きは俺が済ませておく」

「ツェータに知らせて！　私も白夜に、ドラゴンフライに伝えるように頼む」

ハルナは本能的に一人では手に負えない、と感じた。


何があったのだろう？　なぜマンゴーが私を呼んだんだ？　考えているとマンゴーの声が再び聞こえた。

——高師はあの巻物を見ていた。初めは外を調べていて、よく話しかけてきた。そのうち中を見る、と言って集中し始めると接触回数が減った。でも心配はしなかった。夜、少し話をして私はそのうち眠った。今日、ずっと接触してこないので彼の家に行った。障子や襖が倒れていて彼が見当たらない。

「なんだって？　誰かに襲われた？」

ハルナはそういう可能性は全く考えていなかった。

——そうは思わない……彼がいるのはわかる。でも見当たらない、私は奥まで入れない。

あ、そういうことか、とハルナは納得した。大翼龍が普通の家の中に入ったら家は潰れてしまう。

高師がどこにいるのかわからないのでは危険すぎる。

ハルナは高師の家の位置を正確には知らなかったが、白夜は迷わず山の中の一軒家のような場所に降り立った。山道の終わりに立派な門。ハルナは門を見上げた。

門の上の方に大きく、「空里空」と書いてある。

そら　り　そら？　くう　り　くう⁇　何だ、禅問答のような……と思ったが、ハルナはそのまま門をくぐった。異常はない。

「白夜、ここで待っていてね」

ちょっと先に木々に半分隠れて建っている家は、純万葉様式だ。玄関まで注意深く周りを見ながら歩いたが誰かが押し入った、という形跡はなかった。鍵が開いていたのでそのまま中に進んだ。

整然としていて掃除も行き届いているようで、ハルナは自然に履物を脱いだ。

が、襖を開けて唖然とした。奥の襖は倒れ、障子は破け、柱についているのは……血？　よく見るとあちこちに乾いた血のようなものがついている。手の跡だろうか？

「先生？」

返事はない。

「高師！」

ハルナは叫びながら高師を探して走り回った。

「ハルナ！」

振り返るとツェータが立っていた。息を切らせている。服もちゃんとしていない。ともかく急いで来た、というふうだ。

「何があった⁉」

「わからないよ、マンゴーに呼ばれて来てみたら、この有様だ」

「マンゴーが？　お前を？　なぜだ？」

「そんなことはマンゴーに聞け。それより先生を捜さなくちゃ」

二人で手分けして捜したが見つからない。ハルナは廊下の突き当たりの狭い扉を開けた。地下に通じる階段があった。真っ暗だ。カビの匂いだけでなく、すえたような嫌な匂いがする。耳を澄ませて、はっとした。荒い息づかいが聞こえる。

「高師……先生？」

注意深く階段を下りた。

目が少し闇に慣れてきたので樽や箱やらが置いてあるのがわかった。音を頼りに足を進めた。そして樽と壁の間にうずくまっている人の影を見つけた。

「先生？」

高師は答えなかった。胎児のように体を丸めている。

「ツェータ！　見つけた！　地下にいる！」

二人で高師を立たせようとしたが、高師は放心状態で動こうとしない。あれこれ試して、なんとかハルナは彼をツェータの背に乗せることに成功した。居間まで連れて行って横たえた。

「何だこの血は？　怪我をしているのか？　病院に……」

「だめだ！　それは！」

ツェータは不思議そうにハルナを見た。

「だめだよ、こんな状態の先生、病院になんか連れて行ったら自分を守れない」

ハルナはイライラと説明した。

「病院は痛みと苦しみの声に満ちているんだ。先生、気が狂ってしまう！」

「そうかもしれない……でもこの血は……どこからだ？　傷らしきものは……」

大きな傷は見当たらなかった。額に数か所、腫れて血の滲んだ痣《あざ》がある。

自分でやったのではないか？　とツェータは思った。壁にぶつけたのでは？　ほとんどの血は乾いている。固く握った両手からはまだ血が滲んでいるようだが、激しい出血というわけではない。

「手を開かせられるか？　手の平に傷があるようだ」

「だめだ、とても開かない……」

ツェータは高師から離れて部屋を調べた。他の部屋と同じように襖や障子は倒れたり破れたりしていた。床に落ちていた巻物を拾おうと屈んだ瞬間、高師が悲鳴のような声を上げて立ち上がった。

「それを見るな！　読むんじゃない!!」

突進してくる高師をツェータはヒラリとかわし、勢い余った高師は柱にぶつかって倒れてしまった。

「あー、なんで避けるんだよ。先生、ひっくり返っちゃったじゃないか！　可哀想に」

ハルナは走り寄って高師を助け起こそうとしたが、彼には全く意識がない。

「先生の親友だったら、ちゃんと受け止めてやれ！　酷いことをする」

「あんな形相で跳びかかられれば誰だってよける！」

「ああ、きれいな顔が傷だらけだ。骨、折れてないよね？」

「そいつは結構、石頭だ」とは言ったもののツェータもそばに行って調べて、脳震盪《のうしんとう》と判断した。

「ちょうどいい、手の平を見てみよう」

ちょうどいい、なんて可哀想なことを言うな、と言いながらツェータは高師の手をこじ開けた。血を拭う。

「変だな、傷などない」

両手に二本ずつ白くなった古い傷跡がある他は、血が出るような傷は見当たらなかった。が、見ているうちに血が滲み出してきた。

「……スティグマ、心の傷から流れる血だ」

「？・？・？」

「だからだ、マンゴーが彼に話しかけないのは。こういうことだったんだ」

「？　マンゴーは何と言ったんだ？」

「彼の心に触れるのは危険すぎるって。彼の閉じこもっている殻を無理に開けようとしたら、彼の心自体が壊れてしまうかもしれないって」

「で、どうすればいいんだ？」

「肉声で話しかけろ、と言った。手を握ってでも体を抱いてでも、なんでもいい。実体で彼を現実に引き戻せ、と言った」

「こいつは現実の外か。まずいな。こいつを狙っているやつは多い。今、精神攻撃などかけられたら一巻の終わりだ。高師に何かあったようだ、と誰が知っている?」

「不動先生。多分、事務室のヒトも。それと白夜……」

「不動は口が堅い。言っていいことと悪いことの判断も確実だ。事務も佐保だろう。ドラゴンフライも大丈夫。白夜は……」

——ワタシ、クチカタイ。

と白夜の心話が割って入った。

「ともかくセンターに行って事情を知らせてくる」とツェータ。

「ついでに何か水分の多い果物か何かを買ってきてよ。ずっと水も飲んでないみたいだ。唇が乾ききっている。水より果物なら口の中に押し込める」

「押し込む、なんて……窒息しちまうかもしれない」

「嚥下《えんげ》は反射だ。それに、意識ないときに押し込もう、と言っているんじゃない」

「そんな無茶な……」

まあ、そのうちに気づくだろう、とブツブツ言いながらツェータは出ていった。

残されたハルナはまず枕や上掛けを探してきて、高師ができるだけ心地良くいられるように気を配った。水で額や頬の血の跡を拭いた。それから部屋の片付けを始めた。巻物は中を見ずに巻き直した。お湯を沸かそうとして、ふと気づいて風呂を入れることにした。

「ツェータ‼　この家どうなってるの⁉」

帰ってきたツェータをハルナはいきなり怒鳴りつけた。

「どうって？」

「薪だよ！　薪！　お湯沸かすの！　ガスがないよ‼」

「まあ、山の中の一軒家だし……」

「時代劇じゃあるまいしプロパンガスくらい。なんでないのさ⁉」

「俺に言われても……。高師の趣味だ」

ハルナの剣幕にツェータはタジタジしながら言った。

「信じられない！　高師、京葉かぶれのスレイヤーか⁉」

「彼は万葉島生まれだ」

「過疎地域のウチだってプロパンガス、あったよ……」ハルナは急にぐったりして言った。

そういえば顔も手も服も煤で汚れている。大変な思いをして火を起こしたに違いない。そしてハルナは、「お風呂入れてあげて」と付け加えた。

「風呂？　俺が？」

「私じゃ入れられないもの。倒れたら起こせない。血の匂いがする。他にも……気持ち悪い。本人だって嫌だろ」

「起きたのか？」

「まだ朦朧としてる。でも手を貸せば立ったり座ったりはする」

「男の服を脱がせるなんて俺の趣味じゃない……」

「手伝ってあげる。先生、京葉かぶれでよかった。浴衣だ。脱がしやすい」

ハルナはヒッヒッヒッと笑った。

「変な笑い方するな、気味の悪い。裸の男、見たことあるのか？」

「何度もある。大抵じーさんやガキだったけどさ。一度若い男が運ばれてきたけど血まみれだった。あれは男とは言わない、ただのけが人だ」

「けが人だって男は男だろうに」とツェータは苦笑いした。

「運ばれてきたって……お前は医者か？　看護師？」

「聞いてないのか？　私の里親は薬草とか売っていたんだ。近くに医者はいなかったから、けが人の手当てもよくやった。二人が歳とって手が震えるようになってからは、私が代わって傷口、縫い合わせたこともある」と鼻高々に言った。

「ここからは俺がやる」

浴衣を脱がせ終わってツェータはハルナを追い払った。ハルナは、いじめるんじゃないよ、と言って台所の方に行った。

「意識朦朧としたやつを洗うのって、こんな大変だとは思わなかった」

ツェータはずぶ濡れになって風呂から出てきた。

「服、脱げばよかったのに」

「やだよ。俺の趣味じゃない、と言ったろ」

先生、まだ髪が濡れてるね、と言って、ハルナはタオルで高師の頭を拭いた。

「とても、きれいになったね。いい匂いだ。先生も気持ちいいだろう」と高師に話しかける。

そのあと二人で高師をちゃぶ台の前に座らせた。

「ちょっと何か食べられる？　ツェータが葡萄を買ってきてくれたよ。皮むいてあげるからね」

「葡萄の皮なんて、むくか？」

「大粒だもの。喉に引っかかったら可哀想だ」

ふ～ん、とツェータ。本当に病人の世話には慣れているようだ。そうして洗って持ってきた葡萄の皮をむくハルナの指先をじっと見ている高師に気づいた。

「高師が見てる」

さっきまで宙をぼうっと見ていた高師の目の焦点が、ハルナの指先に向かっている。

「あ、葡萄、食べたいのかな。いい傾向だね」

ハルナは葡萄の粒を楊枝《ようじ》で刺して高師の口元に運んだ。高師は大人しく口を開けてそれを食べる。

「お腹、すいてるのかなあ。ご飯も食べさせてみようか？　あれ、どうしたの？」

高師の目から涙が溢れてきたのを見てハルナは手を止めた。

「……レイン……戻ってきた……」

「誰？　レイン？　って？」ハルナはツェータを見た。

「イレイン。高師の妹だ。訳のわからぬ団体に入って、行方をくらませたって話だ」

「妹さん、行方不明？　スレイヤーなんていい暮らししてるだろうに何が不満で。全く、人騒がせな妹だな」

「そう決めつけるな。スレイヤーにも悩みはある」

「衣食住に困らないと馬鹿な考えを持つやつは多い。私に言わせれば贅沢病だ」

そう言ってハルナは高師の髪にキスした。

「先生、可哀想に。自分が大変なときに妹の心配か？　そんな心配はあとにしなよ。はい、もう一つ食べる？　あ～んして」

葡萄を食べて水も飲んだ。ちゃんとした食事をさせようとしたが葡萄を食べ終わった高師の目はまた宙に浮いて、焦点が合っていない。口も開けなくなった。

「髪の毛、乾いたね。先生の髪って柔らかいんだね。猫っ毛って言うんだよ」

ハルナは高師の髪を撫でながら言った。

「こいつは猫の日に生まれた。二月二十二日」

「猫の日なんかあるものか。それはアヒルの日だ」

「そんなものこそあるものか！」

「数字の2はアヒルだ」

何か言い返そうとツェータは思ったが、考えてみるとアヒルの日でもいいような気がした。

「ヒヒヒ、こいつはふれあい動物園だな」

「本当に柔らかいよ、触ってみなよ」

「高師であまり遊ぶな」

「いいじゃないか、ちょっとくらい触ったって。先生、最近、仏頂面で、いやいや私を教えてるって感じだ」

「そりゃあ、お前がこいつのこと臭い、とか言うからだ」

「そんなこと言ってない」

「匂う、だったかな？」

あっとハルナは目をしばたたかせた。

「えー、あんなこと気にしてるの？　あれは死に損なった小娘の戯言《たわごと》だ。可愛いところあるんだね、高師って」と、また髪を撫でる。

「息が止まっていた、と言ってたな」

「うん、たまにそうなる。集落では死に損ないと初めは呼ばれたけど、そのうち死神の娘になった。それが出世して血似神《ちにがみ》だ」

「そんなの出世とは言わん。そんなふうに呼ばれていたのか?」

「売女《ばいた》と呼ばれたこともある。それが何だか知りもしなかった小さい頃に」

「なんでまた……」

「長《おさ》の娘の旦那が私にちょっかい出して……。私は十三になって、少し可愛くなった。その前はガリガリで餓鬼道に落ちた本当の餓鬼のようだったらしい。それまで私をいじめていた男の子たちの態度が変わったよ」とハルナは笑った。

「まあ、ともかく、その長の娘がじーちゃん、ばーちゃんが私に客を取らせてる、ってでっち上げたんだ。うちは宿屋じゃあなかったけど、家、広かったから、ときどき旅人を泊めてあげていた」

「ひどいことを……大の大人が……」

「そういう集落だったのさ。無知で酷い人たちが集まっていた。十三の子供にいやらしいことを言う夫など蹴飛ばしてやればいい、と思うけど。でも、その女に復讐してやった」

「復讐?　お前は怖そうだな」

「そいつが難産で死にそうになったとき、赤ん坊と一緒に命を救ってやった」

「それが復讐?」

「それまで私はそいつを避けていた。でもそのあとは、わざわざそばに行って抱いてる赤ん坊を見て、まあ、元気に育って可愛らしくなったこと、だの思ってもないことを言ってやった。そいつの困惑した顔を見るたび胸がすうっとしたもんだ」

「人の命を助けて復讐か。変わった復讐もあったものだが、まあ、わかる気もする。スッキリ謝らないところがその女の性根を物語っているな」

私は寝る、とハルナはいきなり言った。

「疲れた。私、明朝、早いんだ。やっと仕事見つけたのに遅れるわけにはいかない」

「仕事？」

「新設のクリスタル放送局。テスト中だから雇ってもらえた」

クリスタル放送局？　放送局と呼んでいるが、ドラゴンクリスタルを利用し遠距離通信を可能にするのが第一目的の施設だ。ハルナを雇ったとはどういうことだろう？　あそこは情報部配下。詮索好きなハルナのこと、知っていて応募したのかな？　ツェータは色々考えたが口に出して言ったのは、

「ドラゴンフライに連れて行ってもらえ」だけだった。

純万葉風の部屋にベッドだけは大陸風。高師を寝かせた。ツェータは同じ部屋に布団を敷いて寝ることにした。

夜中に悲鳴で目を覚ました。ハルナが高師の部屋に駆けつけると、ツェータが高師をベッドに押さえつけていて、高師は激しく抗っている。

「襲ったのか？」

「馬鹿なこと、言うな！」

「だめだ、それじゃあ。どいて」

ツェータがどくと、ハルナは高師を頭から布団でくるんで締め付けた。布団蒸しだ。

「窒息しちまうよ」

「すぐ、観念する。また柱に突進するよりいい。手伝えよ」

「そんな無茶な」

ツェータが手を貸すと確かに高師はすぐ動かなくなった。布団を除くとまだ目を開けていたが、本当に観念したように動かなかった。息が荒い。

「せっかく少し良くなった、と思ったのに。悪い夢でも見たのかな、可哀想に。辛いんだねぇ」と言うハルナの目が潤んでいるのを見て、ツェータは驚いた。

いつも歯に衣着せぬ勝手なことばかり言って人の気持ちなど考えない、と思っていたのだが。感じやすい年頃というやつだろうか？　それとも、え～となんて言ったっけ？　よく高師が言う、サイキックの特徴の一つ……そう、エンパシー、感情移入、感情の共有。いつもは弱みを見せないようにしているだけなのか。

「私が添い寝する。ツェータはそこにいてね。夜中に襲われたら助けてよね」

「どっちがどっちを襲うんだ？」

「つまらないこと、言うんじゃない。マンゴーは話をしろ、声を聞かせろ、と言っていた。でも何を話すっていうんだ？　ツェータ、なんか話せよ」

「話せって言われても何も思いつかない……なんか聞け。そしたら答えてやる」

「う～ん、そうだな……。あ、さっき高師には妹がいると言ってたな。二人兄妹か？」

「上に兄が二人、姉が一人、高師は四番目」

「結構、兄弟姉妹が多いんだな」

「スレイヤー族は早婚の大家族だった。なんたって男は皆、三十前後で死んじまう。女子供も戦った。スレイヤー族の力を恐れた王族が、男たちが翼龍狩りに出たのを見計らって兵隊を送ってきたとき、返り討ちにしたそうだ」

「すごい連中だな」

「高師の世代が戦いを知らない初めてのスレイヤー族だ。双子や三つ子も多い。効率よく増えるように人為淘汰された」

「やだな。まるで家畜だ。スレイヤー社会はきらびやかな世界だと思っていたのに」

「やつらは戦士だ。元は狩猟民族、そして遊牧、放浪の民。皇族貴族とは違う。ともかくやつらのおかげで大陸の人間は生き延びた。何十年かの間に大翼龍は激減して、大陸ではドラゴン保護法が議論され、生活の糧を失うのを恐れたやつらの一部が百葉島を侵略したんだ。京葉諸島には大翼龍はいなかったが、そんな法律もなかった。自由に生きたかったんだろうな。自分たちの生き方を変えたくなかったんだよ」

「成功が失敗の元ってやつか？　もう聞きたくない。それに先生に聞かせる話じゃないね」

と言ってハルナは高師を見る。

「まだ目が開いてるよ。早く寝てほしいのに。ああ、また涙を流してる」

「目が乾いているんじゃないのか？」

「あ、そうか」

ハルナは手の平を高師の目に押し当て目を閉じさせた。

「子守唄でも歌ってやるか」

そう言って低い声で歌い始めた。

いい声だな、放送局が雇ったのも納得だ、と思いながらツェータはすぐ眠った。


ツェータが起きたときには陽はすでに高く、ハルナはもういなかった。

高師は静かに眠っている。

腹、減った。ハルナは弁当買ってくるだろうか？　とツェータは考えながらお茶でも入れようと思ったが、薪でお湯を沸かす気はしない。ハルナの言う通りだ、プロパンガスぐらい入れてほしい……

仕方なく水を飲んだ。あ、そうだ。リンゴがあった。

ツェータがリンゴを噛っているとハルナが現れた。

「弁当、買ってきてくれたか？」

「お腹すいた？　そう思ってちゃんと買ってきた。サケ、鶏肉弁当。それとサンドイッチも。何がいい？」そう言いながらふと気づいて、先生、起きた？　と聞いた。

「さっきは寝てた。見てみよう」

高師の部屋に行くと彼は起きていた。ベッドの上で半身を起こし、じっと両手を見ている。

「あ、起きた」

「何だ、お前ら。なぜここにいる？」

そうして周りを見回して、ここは俺の家だ、と少し不確かそうに言った。

「あ、喋っているよ！」

ハルナが言うと、喋って悪いのか？　と腹立たしそうに高師は言い返した。

「まあ、普通に戻ったようだな、よかった」

普通？　と高師は怪訝そうな顔をしたが、その顔がまた急に苦痛に歪んだ。

「巻物！」

高師は叫んだ。ハルナは間を置かず高師の傍に行き、彼の体を母親が子供を抱くようにかかえた。

「巻物は閉じた。もう大丈夫だ」

高師はハルナの腕を強く掴んでいたが、そのうち落ち着いてきたのか、手を緩めてハルナを見た。

「俺はどうしたんだ？」

「さあな」ツェータは少し高師を気遣って話を逸らした。

「それよりなんか食おう。話は食いながらしてやる。腹が減っていると悲しいことばかり頭に浮かぶ。お前のためにもならん」と言って、ハルナの持ってきた袋からあれこれと取り出した。

「まず、先生、選んで」

高師がサンドイッチを選んでツェータはサケ弁にした。ハルナは「唐揚げ残った」と嬉しそうに言った。

「お茶も買ってきた。紅茶、ほうじ茶、緑茶だ」

それらは湯呑み茶碗を持ってきて分けて飲んだ。皆、当たり障りのないことしか話さなかった。食べ終わるとハルナは家に帰る、と言った。

「お風呂入るんだ。ガス風呂だよ、ガス！」

ハルナはその言葉とともに出ていった。

「何だ、あれは？」

高師が訝しげに聞く。あとで話す、とツェータはハルナを追いかけた。一緒に行く、という声が聞こえる。それに対してハルナが何か言った。

「夕方、また来る」とツェータは高師に言って、いなくなった。

残された高師は一体何があったんだ？　とマンゴーに呼びかけた。

「世話かけたな」

夕方、戻ってきたツェータに高師はベッドから起き上がって言った。

「マンゴーが教えてくれた」

「礼ならハルナに言え。何か覚えているのか？」

高師は首を振った。

「夢を見ていた。イレインが葡萄の皮をむいて食べさせてくれた」

「それはハルナだ」

「違う、イレインだ」

高師は断固として言った。

「俺が……見つけ出されて家に帰ったものの、何も食べられずにいるのを見て……イレインが食べさせてくれた」

「それはお前が……神隠しにあったときの……お前の一族はソラリス家の名にかけてお前を捜し出す、と宣言したそうだな」

高師が「あのときのこと」を話すなど今までなかった。それほどショックがひどいということか？

巻物には一体、何が書いてあった？　何を見た？

「そうして彼らは確かに俺を捜し出した」

高師は布団の端を強く握って言った。

「色々な専門医に連れて行かれた。医者ばかりか親戚が、家族が、俺の目の前で言った。こいつはもうダメだ、と。確かに俺は記憶をなくし言葉すら喋れなくなっていた。でも俺の中にはまだ何かが残っていて彼らの感情を理解できたのだ。父は俺を見つけたことで満足していたが、同時に復讐心を煮えたぎらせていた。長兄はほくそ笑んでいた。あんな醜いものを見たことがない」

「ほくそ笑むって？　そんなこと……」

「彼にとって俺はいつも目の上のたんこぶだった。凡才の長男に天才の三男。彼は俺に、敵は身内にもいる、ということを教えた。母の悲しみに身を切られるようだった、そうして姉の哀れみ。絶望感と威圧感に押しつぶされそうだった」

高師は唇を噛んだ。

「俺の心に寄り添ってくれたのはマンゴーと……小さな妹のイレインだった。何か月も何か月も、俺は言葉を覚え直すのに費やした。その間、人々は俺を馬鹿か何かのように思い込んで、誰かの妻がどうした、新しい看護師はどうのと、平気で話した。俺はあのとき、とりすました大人のスレイヤーズの本性を見たような気がした。でも妹は違った。まだ小さくて単純で純真で、ただ俺が帰ってきたのを喜んでいた。同時に何も食べない俺を心配していた。……葡萄の皮をむくイレインの爪先が紫色に染まっていたのを今もはっきり覚えている。滴った汁の香りや口に入れてくれたときの甘酸っぱさも。苦しかった中であれだけが輝いている。俺の一番古くて懐かしい記憶だ」

「それで葡萄を食ったんだな。やけに素直に食べている、と思った」

「俺の毛を猫っ毛だと言った」

「それもハルナだ」

「イレインだ。俺の半分白く変わった髪を撫でて、猫の毛より柔らかい、と言った」

「マンゴーに頼んで妹を捜し出す、と言っていたな」

「断られた」

「マンゴーがお前の頼みを断った？」

「自分の面倒を見られるようになってからにしろ、と言われた。妹は俺の心の闇に寄り添っているうちに、自分の心も闇に侵されてしまったんだ。俺はこの有様だ。マンゴーはいつも正しい。こんな俺に見つけられたって困るのは彼女の方だろう」

「ハルナはイレインに似ているんだな。言うことも、することも」

「似てるもんか！　あんな失礼なやつ！」

ツェータはじっと高師を見た。

「さっきも言ったが、お前を見つけたのはハルナだ。葡萄を食べさせて濡れてる髪を拭いてやったのもハルナだ。風呂を薪で焚いて、かなり大変だったみたいだ」

「それで今朝……」と高師は言ったが、あっと突然、黙り込んだ。

「あ、心配するな、風呂に入れたのは俺だ」

ツェータはイヒヒと笑った。

「夜中に悲鳴を上げてパニック状態だったお前に添い寝してやって、子守唄、歌ってやってた。なかなか上手だったな」

「なんてこった。覚えてない。醜態さらして……情けない！　も、もう顔を合わせられない……そうだ！」高師はいきなりツェータの腕を掴んだ。

「ハルナについいて知っていることを洗いざらい話せ。あいつの弱みを握ってやる！」

「お前は格好のつけすぎだ。彼女はちゃんとお前の世話をしてた。薬草師の里親に手当てや看護の仕方も習ったらしい。少しは感謝してやれ」

ううう、と高師は唸ってうつむいた。

数日後、高師は訓練場に現れた。マンゴーを駆って自由に飛んでいる。ハルナがそれを見て不動に言った。

「あ、気持ちよさそうに飛んでる」

「高師の飛び方、よく見ておけ。俺たちは力で制したがる。スレイヤーの開発した道具でサイキック能力なしでも翼龍に乗るのは可能だが、スレイヤーは翼龍を心で制する。高師はどちらとも違う。特にマンゴーで飛ぶときは。あいつのあの乗り方が俺の理想だ」

「ふ〜ん、自由だよね。幸せそうだ。乗り手も龍も」

不動とハルナが高師が飛ぶのを見ているうちに沖津やツェータも現れた。誰も巻物のことを口にしない。だが、山川が現れると事情は変わった。

「何かわかったか？」

口火を切ったのは沖津だった。

「ウチでは巻物自体を調べている。材質、表具の模様や色。調査中なのであまり言いたくないが、シグマが読んだのが第一巻、ウチで調査してるのが第二巻、高師が持っていった……今はそれもウチで管理しているが……それが第三巻、と思う」

「シグマはどっと疲れた、もうしばらく見たくない、とは言っているけど、高師先生のような状態にはならなかった」とハルナ。

「彼の見た第三巻が特別おぞましいものだったのか、それとも深読みしすぎるあいつが悪いのか？　情報部はどうしてる？」

「あいつらは手鞠唄で忙しい。あの方が差し迫った問題だ。巻物は別に……」

「全く、子供の歌にまで神経を尖らす時代になったのか？」

高師が降りてきたので皆、彼の周りに集まった。彼はマンゴーを離して自由にしてやった。

高師はまず皆に、「面倒をかけた、すまなかった」と謝罪して、それからハルナに何か言おうとしたが、意図していたことを言う前に別の思考が彼の言葉を遮った。

「お前だな⁉　俺の釜を焦げ付かせたのは⁉　焦げてガチガチで使えなくなっちまったじゃないか！」

「しょうがないじゃないか！　薪で飯を炊くなんて、時代劇じゃあるまいし！」

ハルナはムッとして言い返した。

「あれは俺が祖母から譲り受けた思い出の品だ！」

「だろうと思ったよ。今どきあんなもの、古道具屋だって売ってない！」

売り言葉に買い言葉、言い争いになった。

「おいおい、釜だの薪だの、家庭内のゴタゴタを職場に持ち込むな」

沖津が笑いを噛み殺しながら割って入った。

「家庭内なんかじゃない！」と怒鳴ってから高師はうっと黙った。

こんな小娘のペースに巻き込まれて恥の上塗りだ、と思うと情けなかった。

「すまなかった、礼を言おうと思っていたんだ。世話してもらって。悪かった。鍋や釜のことなんかでとやかく言うつもりはなかった」

「許してやるよ。まだ頭、おかしいんだろう」

「おかしくなんかない！　お前はヒトの心を逆なでするようなことばかり言う！」

「意識のなかった人間の戯言……じゃない……後遺症っていう意味で言った。言葉が悪かった。私は勢いで言ってしまうことがよくあるんだ。だから前に言ったことも許せ。傷つけるつもりで言ったんではない。私はいじめっ子じゃない」

「うう……わかった」

これではどちらが子供かわからない。

何、言われたんだ？　と誰かが誰かに囁いたが、知っている者も知らない者もそれ以上、何も言わなかった。授業で生徒たちが集まってきたのだ。オトナたちの非公式の会合はお開きになった。

家に帰ると誰かがいる気配がした。ツェータはまた夕方来ると言ったが、もう来たのかな、と高師は玄関の扉を開け、音のする台所に行った。

ハルナが釜をこすっていた。手が赤くなっている。

「もういい。随分きれいになったな」

あっとハルナは顔を上げた。

「お湯をグツグツ沸かせば、すぐにきれいになる。でも少し残ったのが厄介だ」

そう言って、もっと力を込めて磨き始めた。

「もういい、と言ったろう？　あとは俺がやる」

「中途半端は嫌いだ。弁償すればいい、と思ったけど古道具屋にもないし、第一、思い出の品とは知らなかった。……私も家から持ってきた草花の種を、ここに住むと決めてからすぐ植えた。種は何年も保《も》たないものもある。思い出深いもの、失いたくはなかった。だから先生の気持ちはよくわかる」

高師が何も言えずにいるとハルナは、この家もおばあさんのものだったの？　と聞いた。

「ああ。子供の頃よく来た。祖母は慣例に背いて俺にこの家を残した」

「慣例に背く？」

「スレイヤーズは遺産の全てを長男に譲るのだが、祖母の長男はすでに死んでしまって女の子しか残っていなかった。だから俺の母が継いで、いずれはその長男、つまり俺の一番上の兄に譲られるはずだった。その特権の代わりに、スレイヤーズの家では長男が全ての家族の面倒を見る。結婚して家を出れば別だが」

「先生、結婚しないの？」

「俺みたいのが結婚してどうする？　自分の面倒も見られないのはお前も見た通りだ」

高師はハルナから釜を取って自分で磨き始めた。

「私を彼女にしなよ。先生がヘコんでるときは面倒見てやる」

「何、馬鹿なこと言ってるんだ？　俺の半分くらいの歳のくせに。俺の面倒なんて見られるもんか」

「半分のハズない。私は十八。先生は万葉連邦ができてから、万葉島で生まれたって聞いた。それに私は、初めのうちは大人の男と付き合うって、決めてるんだ」

「お前は十七だ。背伸びばかりする。それに初めは、ってなんだ？」

「人生経験さ」

「初めから男はさっさと乗り換えるもの、と決めてるのか？　呆れたやつだ！」

ハルナはそんなことは言ってない、とそっぽを向いてかまどの端に跳び上がって座った。脚をブラブラさせている。その姿がやけにあどけなく、口先ばかりで子供だな、と高師をなぜかホッとさせた。

「俺の話よりお前の話を聞かせろ」

「私の話なんて面白くないよ」

「坊さんと旅した話はどうだ？　彼に体術を習ったと言ったな。楽しかった、と言っていた」

「楽しかった！　蒼海《そうかい》というんだ、坊さんは。満腹山《まんぷくざん》、同名寺《どうみょうじ》の」

ハルナは急に生き生きとして声を弾ませた。

満腹山？　と高師は訝しんだ。それに構わずハルナは、

「蒼い海と書くんだって。万葉島は島なのに私は海を見たことがなかった。連れて行ってくれた！　初めて海を見たときはとても感動したな。坊さんは海を指して、あの、蒼ざめた海を見よ！　と言った。どうして海が蒼ざめるのかと聞くと、蒼白い、という意味だと教えてくれた。波が泡立って蒼白く見えるだろう、と。波頭には海龍が隠れているんだってさ。その中に一頭だけ角の生えたやつがいて、そいつが見えるやつは、そいつを捕えられる。そして全ての海龍が思いのままになる。いつかそいつを捕まえて大陸に渡るのだと言った。スレイヤーは大翼龍で空を飛ぶが、京葉人は海龍で海を渡るのだ、って」

「蒼ざめた海の蒼ざめた海龍か」

「その騎手は死神なのだ、言い伝えでは。いつも荒れていて沢山の命を奪う海がそんな言い伝えを生んだ。でも、ものは考えよう、と坊さんは言った。海は生命の源。荒波を乗り切るその騎手は生命の生きる力そのものだ。そしてその騎手はきっと赤い髪をしてるって。私のような赤い髪だよ……」

ハルナは嬉しそうに言った。

高師は、なぜハルナが坊さんとの旅を楽しい思い出、と言って生き生きと語るのかわかる気がした。

ハルナが帰ると、入れ違いにツェータがやってきた。

鰻重を買ってきた、と言って肝吸いを温めた。なんでガスがないんだ、と文句を言うのを高師は言い返しもせずに聞いていた。食事のあと、雑談をしたが、たいしたことは話さなかった。

その後ツェータは、「夜中に騒ぐな」と言って高師の部屋に敷きっぱなしになっていた布団を引っ張って隣の部屋に移し、そこで寝た。


高師はまた夢を見た。死神に追いつかれて抱きしめられた。必死でもがくと死神のフードが落ちて真っ赤な髪が顕になった。高師がそれに見とれてもがくのをやめると、死神は高師を離してスルリと服を脱いだ。その体は極彩色の花でできていて、あっけにとられた高師の体に絡みついてきた。すずらんの香りがした。


これ、と言って高師は小さな袋をツェータの前に差し出した。

「何だ、そりゃ？」

「お前じゃないのか？」

高師は袋の中から何か取り出して手の平に載せた。

「万葉の……半真珠、じゃないか！　それは！　偽もんじゃないよな？　どこで手に入れた？」

「洗おうと思ってシーツを交換していたら、枕の下、アンダーブランケットの下にこれがあった」

「……俺じゃない、ということはハルナだ。あのとき、お前はひどくうなされていたからな。万葉の真珠は半分になっても守りを意味する。守護のお守り、魔除けだ」

「高価なものを……」

「値段などない。京葉人は真珠を売り買いなど……よっぽどでない限りはせん」

ツェータはニヤニヤしながら言った。

「万葉の半真珠の愛の言葉は、たとえこの身が二つに裂けても、私はあなたを守ります、だ」

「勝手に作るな」

「お前は知らない、口承に弱いから。こういったことは、ばーさんから孫に口で伝えられる。本からは学べない」


ハルナに会うなり高師は小さな袋を出して、これは返す、と言った。

「守護のお守りだと知っている。俺はもう大丈夫だ。ありがとう」

ハルナは首をちょっと横にかしげた。

「いいよ。持ってなよ。……シーツ交換する元気が出たのはいいことだけど、まだ必要だと思う」

「こんな高価なもの、受け取れない」

「持ってろ、と言ったんだ。本当に必要なくなったら返してくれればいい」

「売ってしまうかもしれない」

「そのときはそのとき。私はまだその半分を持ってる。私の里親から貰ったものだ」

万葉の真珠は半分でも高価だ。元は一つの半真珠を二つ、つまりペアで持っていれば価値は倍増どころか十倍増しだ。

「？　何者なんだ、お前の里親って」

「よく知らない。二人が自分たちの人生を筋道立てて話したことはないもの。私は小さかったしさ。知っているのは二人が千葉島から来た、ということ。結構いい身分で楽な暮らしをしていた、ということ。おえらいさんに無理難題ふっかけられて島から逃げて、教養のきの字のかけらもない過疎の集落に隠れ住んでいた、ということくらいだ」

それからハルナは、

「万葉の真珠をペアで持てるような身分の暮らしから逃げ出す、なんてよっぽどだよね？　先生なら想像できるんじゃない？　その無理難題がどんなものかさ？」

そうしてハルナは訓練があるから、と言って真珠を受け取らず走っていってしまった。

「あのあと、巻物を見たのか？　水輪とかドラゴンの目とか色々な物を見た、と聞いたけど」

高師は翼龍舎に向かうシグマを呼び止めて聞いた。

「ううん。すっごく疲れる。それに二、三分のこと、と思ってたのに、みんなは二、三十分たってたっていうんだ。ちゃんと見たら僕、浦島太郎になっちゃう」

シグマは初めて巻物を見たとき水がどっと溢れ出してきたこと、その中に溺れていく家族が見えたようで、とても悲しくて怖かった、と高師に話した。

「止めたんだ、僕。行くなって……。誰も信じなかった」

「……山川はお前にいいアドバイスをしたな。一人で読むな、か。そして二度めは違ったんだな」

「うん、水輪を見たときはまた同じか、と思ったけどそうじゃなくって、二度めはみんなが……父さん、母さんと赤ちゃん、それに、ばあちゃんも小舟に乗って近づいてくるような気がした。そうして……もしかして、僕の生まれた村に連れて行ってくれるんじゃないかなって思った」

「だが、実際見えたものは違ったんだろ。水輪、ドラゴンの目に数々の龍の貴石……」

「うん」

「巻物にはまだ続きがある、と思うのか？」

「うん、遠くの方にいっぱい何かある気がした。でも、僕、故郷に帰るための地図が見たい。見えると思ったんだ。でも、違った。がっかりだよ。先生は？」

シグマには高師の起こした騒動は伝わってない。

「あれは何か……禁断の書のようだ。見てはいけない気がする。……しばらくぶりに訓練するか？

明日八時。ハルナにも伝えておいてくれ」

太陽と真珠

「ハルナ、疲れたから今日は訓練お休みします、って言ってた。次回は必ず来ますって」

土曜日、朝八時。大きな木の下。センターは龍の世話も人間たちの食事も終わって静かだった。

「そうか？　疲れた、か？」

「朝早いもの、ハルナの仕事。土曜日には朝寝するんだって前から言ってた。瞑想なんかしたら居眠りするだけだよ。ね、なんか別の、面白いことしようよ。大翼龍の乗り方教えてよ」

「まだ早い。お前の力では一人乗りできない。それに瞑想はサイキックの訓練の基礎だ。……お前、地龍たちと交信できるようになったのか？」

「全然。ダメ」

彼らのささやきは遮断できるようにはなった。だが話しかけようとしても応えてくれない、と肩を落とした。

「ハルナは、水龍みたいに地龍と話すときも彼らの気を引く音が必要なんじゃないかって。でも自分は海龍と話す研究中で、僕のことまで手が回らない、って言われた」

「人の助けばかり当てにするな。自分で考えて自分でやってみることも必要だ」

「……ハルナって頭いいよね。級長……元級長も頭いいと思ったけど」

「サイトーは努力型だ。ど根性で頑張っている。ハルナは彼より年上だ。それに彼女は自分で考えることに慣れているようだ。彼女の里親は賢い人たちだったようだな。人の意見を参考にするが鵜呑みにはしない。自分で調べて考えて、そして自分なりの結論を出す、ということを教えた。なかなかできることではない。

何が本当に正しいかなんて誰にもわからない。教師だって自分の意見を押し付けたがる。知識を伝える、に留めるべきだが、なかなかそれが難しい。昔、証明されたと思って、そうだと信じられていたことが新しい実験で全くの誤りだった、なんてことも山ほどある」

「高師先生も自分の意見を押し付ける？」

「そうしないように努めてはいるが。俺が言うことが百パーセント正しいとは思わないことだな」

「じゃあ、瞑想は基本じゃないかもしれない⁉」

「違うかもしれない。でも一番の近道と今は思われている。だからサボるな」

高師は事務室で聞いたハルナのアパートの前に立っていた。

疲れたくらいで休むような娘ではない、と高師は知っている。何か他に……本当に具合が悪いのではないか？　俺の心に寄り添って自らの心も侵されてしまったイレインのように。あのとき、俺は目新しいものばかりの大陸にいて、それらに慣れるのに没頭していた。何もしてやれなかった。

そのときの後悔が高師を今、ハルナのアパートに引き寄せていた。

この二階のハズ、と思って上を見る。建物の大きさの割にはベランダの広い、住みやすそうな建物だ。上がってノックしたが返事はない。出かけているんだろうか？……それはない……人の気配がする。寝ている？　いや……何か嫌な感じがする。

高師のカンは鋭い。

高師は身軽さを生かしてベランダ伝いにハルナの部屋を見つけた。ベランダの扉は開いていた。少しためらったが中に足を踏み入れた。

「ハルナ？」

答えはない。ハルナはベッドの中にいた。息が苦しそうだ。近づいて額に触れる。熱い、熱が高い。

「ハルナ！」

大声で呼びかけたが反応はない。

医者を呼ぶか、病院に連れて行くか？　少し迷っていると、先生、とハルナが囁いた。

「気がついたか？」

「どうやって私の部屋に忍び込んだ？」

「忍び込まれたくないならベランダの扉も鍵かけておけ。若い娘が不用心な」

弱々しいが言っていることはいつものハルナだ。少し安心した。

「熱が高い、病院に連れて行ってやる」

「それは必要ない。ちょっとそこの」と言ってサイドテーブルに目を向けた。

「水差しから水ついで、そばにある薬包の粉を入れてくれる？　ちゃんとかき混ぜてね」

高師は言われた通りにした。ハルナを助け起こして、それを飲ませた。

「これで熱は下がる」

まるで全て見越して準備していたようだ。

「先生の腕って冷たくて気持ちいいね」

「そりゃあ、お前の熱が高いからだ」

「熱はすぐ下がる。あと二、三時間で良くなる」

そう言ってまた眠ってしまった。

本当に良くなるのだろうか？　飲んだのは解熱剤か？　高師の心配は、ハルナの心の状態から体の状態に移った。熱が高すぎる。汗もひどくかいている。熱だけ下がればいい、というものではないが原因もわかっているような口ぶりだ。

眠っている少女のそばについている、というのも気が引けて、高師は寝室を出て台所に行った。棚には小さなガラス瓶がズラッと並んでいる。小さな鍋がガス台に載っている。あまりいい匂いではない。テーブルの上にすり鉢にすりこぎ、手帳。見るとはなしに開いて置いてあった手帳を見た。数字ばかりが並んでいる。表になっていて最後の欄には、無、発熱、腹痛、無……などと書かれている。

数字を読み直して、初めの欄は日付、と見当をつけた。もしかして、これは……。開いているページの日付は二週間くらい前から始まっていたが、最初のページに戻ってみて、あっと思った。こんなことは……まさか……そんな？　ハルナを叩き起こして聞きたい衝動に駆られる自分をなんとか抑えた。背筋がゾッとして悪寒がしてきた。ハルナの目が覚めるまでの二、三時間がまるで一昼夜かのように感じられた。

「先生、まだいたの？　というか、本当にいたんだ。夢かとも思ったけど。どうしたの？　なんか気分悪そうだね……まさか飲んでないよね？　小鍋の液体」

「お前……実験してるのか？　自分の体使って？」

「先生、ヒトの家のものコソコソ見るもんじゃないよ」

「コソコソなんて見てない。テーブルの上に見てください、と開いてあった手帳を見ただけだ」

「誰か来るなんて思わないもの。勝手に人の家に入ってさ」

「お前だって勝手に俺の家に入った。おあいこだ」

「私は玄関から入った。先生はベランダから忍び込んだ」

ハルナはすっかり回復したようだ。

「そんなことはどうでもいい！　それよか、お前の里親って、まさか、まさか……あの手帳の日付はお前が五歳のときから始まっている！」

「私の里親を侮辱すんな！　二人は賢く親切な人たちだった！」

全く、勝手に人のもの見て、勝手な結論出してさ、とハルナはいきり立ってぶつくさ言いながらも説明し始めた。

「……私が五歳のとき、近くの村で病《やまい》が広まった。万葉島の中心部ではずっと前に流行ったもので、元は大陸から入ってきたという。死ぬような病ではなかったけど高熱と発疹のできる辛いもので、予防法も治療法もあった。二人はまず自分たちに処置を施した。ばーちゃんは平気だったけど、じーちゃんは熱が出た。でも結局、私にも処置をしておいた方がいい、と結論を出したんだ。村人や集落の人たちにも勧めたけど処置を受けたのは数人だった。半数以上の人たちがその病気にかかって苦しんだ。発疹のあとが残ったやつもいる。処置を受けた者は皆、無事だった」

「予防注射か」

「そうなんだろうね。その後も、何度か同じようなことをした。手帳はその記録だ。二人は確かに自分たちの体を使って実験してたけど、私がしたいと言っても子供を使ってはできない、の一言だった。じーちゃんが死んでからばーちゃんは大急ぎ、というふうに私にも実験の仕方を教えてくれた。自分も長くないと知ったんだろう。

ここに来て残っていた草の実を使って私、ちょっと試してみたんだ。量を間違えたらしい。必要なものがまだ揃ってなかった。やるべきではなかった。ばーちゃんが言うことを聞かないバカ娘になった、と嘆く」ハルナの目が潤んだ。

「高師に酷いことをする里親だと疑われて。私が馬鹿なことをしたせいで、死んでからも侮辱されるなんて」

「悪かったよ。俺の早とちりだ。普段、俺はそんなことしないんだが……まあ巻物を見た後遺症と思ってくれ」

ハルナは目を拭った。

「私、シャワー浴びる。汗まみれだ。出てってよ」

「じゃあ、何か買ってくる」

ハルナが返事をする前に高師はまたベランダから出ていった。


「高師、大玉葡萄、好きなんだね」

「ああ」

なぜかを説明するつもりはなかった。洗いはしたが皮はむかずに口に放り込んだ。

「お前さ、薬草を育てたいなら俺の土地を使っていい。ベランダにこんなに沢山、鉢を置いたらそのうち床が抜けるぞ」

「ほんと？　この間、苦情言われたんだ。変な匂いがするって。薬草煮てたらさ。本当にいいの？」

「お前には山ほど借りができたような気がする」

高師はふとマンゴーがハルナには借りがある、と言ったのを思い出した。あれは予告だったのか？

「そんなことない。私は高師に訓練、つけてもらっている」

「……掘っ建て小屋もある。修理すれば使えるだろう。悪いことはするな。違法、という意味ではないが龍たちは気づく。邪悪な気配を嫌う」

「うん、わかってる」

「危険なものには印を付けておけ。触ってほしくないものは鍵のかかるモノの中に入れておけ。あまり人は来ないが、俺が自由に出入りを許している連中もいる」

ふ〜ん、ツェータとかかなっとハルナは思った。シグマなんかが入ってきて実などがなっていたら何でも口の中に入れてしまうかもしれない。あ……。

「ねえねえ、くうりくうって何？」

「なんだそりゃ？」

「そらりそら、かな？　高師の家の門の上に書いてある」

「あれはソラリスだ。俺の一族の名」

「ソラリス？　すっごい当て字！」

「俺がつけたんじゃない。つけたのは祖父母だ。祖父は名高いスレイヤーだった。沢山の大翼龍を殺した、と思われてたけど、殺したはずの龍たちを笹原の森に連れて行った。今でも生きているやつもいる。あの土地は笹原の森に続いているんだ。彼は言ってみれば、最初の龍保護の実践者だったのかもな。万葉連邦が出来る前の話だ。この島は無人島だった」

「万葉に翼龍を初めて連れてきたのが先生のおじいさんってこと？」

「京葉にも原住の翼龍はいるが小型で雑食だ。大陸の大翼龍と区別して京葉翼龍と呼んでいる。大陸の翼龍も昔は、今ほどは大きくなかった。いつの頃からか大型化して、肉を好んで食べるようになった。その逆かもしれないが、関連性は不明だ」

「ギドラは？　大きくならないね？」

「ギドラは謎だ。三頭龍など種子島では見たことがないのに、あいつはひょっこり現れた。成長が遅れているのは大怪我したせいかもしれないが、三頭龍の生態は不明瞭な部分が多い。ツェータの兄の創が興味を持って調べている」

「ツェータって、いいところのボンボンなんだよね」

ハルナは興味深そうに言った。財閥たつみグループの息子が保安部隊にいる、というのが解せないのだ。

「ボンボン？　たつみグループの四男だが」

「お兄さんが社長さんって聞いた」

「ああ、彼はツェータと十四、五、歳《とし》が違う。いつも子守りしてもらったから頭が上がらない、とよく言う」

「いいなあ、みんな兄弟姉妹がいて。私、独りだよ」

羨ましげに言う。

「シグマは？　お前のことお姉ちゃんとかときどき呼ぶな。あいつも独りだ」

「ん、同じ一族みたいだし弟みたいなもんだ」

「お前の一族も謎だらけだな」

「シグマも私も、自分がどうして他の人達とこんなにも違うのかとずっと疑問に思ってきた。だから知りたい。今のところあの巻物だけが頼りだ」

「ああ、サイトーが何か話があると言ってた、そのことで。もう話したのかな？」

「知らない。聞いてみる」


ハルナはカンティーンに行って、ジュニアと一緒にいるサイトーを見つけた。

「うん、前回、シグマの名字、ヒコミからヒミコ神社を割り出したのに気を良くして、今度は君の入れ墨のヒ三己で、ちょっと遊んでみたんだ」

サイトーはハルナに言った。

「順を変えてヒ己三。ちょっと考える……こうすると何かの文字に見えないか？」

サイトーは紙に書いてみせた。出来損ないの漢字のようだ。

「また、ちょっと想像力を働かせて、この左側に立と月を入れると『龍』の文字が出来る。立月《りゅうげつ》の里というところが万葉島にある。小島にも近いようだ。ようだ、というのはどこにあるかがはっきりしないからなんだ。所在地についてもっと調べる必要がある。皆も手伝え」

「巻物、全三巻の模様を写し終えました」

調査分析部の小部屋、風野が三枚の紙を山川に見せた。

「材質は京葉和紙と言っていいと思います。材料は葦の一種。光るものはクリスタルや翠晶。かなり薄い。砕くならともかく、どうやって？　謎です」

「クリスタルに翠晶、大翼龍と京葉翼龍が造るどちらも力のある貴石だ。両石が入っている、ということは戦後、漉《す》かれたものである可能性が高い。絶対とは言えないが大陸には翠晶はほとんどない」

「原材料さえわかれば紙は漉けないことはないでしょうが一体全体誰が、どうやって書いたのでしょうか？　高師にだって、そんな芸当はできないでしょう」

「憶測すらできん」

風野は、所々、模様の絵が抜けている、柵はその意味を考えているという。

「まあ、お前らに任せる。いい線をついていると思う。俺が他に付け加えられることは今のところない」と山川は言った。


僕、思うんだけどさ、とあづまが本から顔を上げた。

「読めば読むほど立月の里って伝説の里なんじゃないかなって、思える」

「……実際にはないってこと？」とシグマは不思議そうに聞いた。

「うん。シグマはあってほしいだろうけど。特別なときしか里に行く道は開かない、とか、里人が人間と龍の子孫だ、とか。信じられることじゃないよね」

異種間婚姻の伝説は各国に沢山ある。何かを正当化するのに使われる。予言の力を持っているのは祖先が月のお姫様と結婚したからなど、理由からして非現実的だ。

「だからってあづま、里自体が伝説とは言えないよ。実際、スレイヤーの冒険家が行ってるんだ。立月の里に」

「でも、その冒険家ってクレセントなんだよ。気がついた？　この本の著者」

あづまはテーブルに二、三冊積み上げてある本の一つを指さした。

「クレセント？　何かいけないの？」

「双子！　彼らクレセントだよ」

「ええ!?　脚色、劇化が大好きな……」

シグマは愕然とした。急に里のイメージがブレてきたのだ。

「で、でも赤の他人かもしれない、そのクレセント」

「双子に聞いてみようよ。その冒険家のことも里のことも、もっとわかるかもしれない」

「うん、彼は僕らの大叔父だ」

シグマは自分の故郷がすうっと、遠のいた気がした。

「その人も脚色、劇化が得意だったの？」

あづまがめげずに聞く。

「有名人が書いたものならともかく、本は楽しくないと誰も買わない」

だめだこりゃあ、とシグマは気が抜けた。

「本の紹介のところに書いてあるけどさ、彼がそもそもその里に興味があって探していたのは、クレセントの祖先がその里に関わりがあるんじゃないかと思ったからなんだ」

「どういうこと？」

「クレセント家をスレイヤーズの中で確固たる地位に押し上げた僕らの先祖、初代クレセントには四人の子供がいた。長男は当然家を継いだけど、下の三人、兄弟と妹は龍にまたがって冒険旅行に出かけた。嵐の中で妹は行方不明になった。兄弟は懸命に捜した。生きているのは感じられたが、どうしても見つからない。見つからないのは彼女が見つけられたくないからだ、と確信して兄弟は家に戻った。そのときの記録が残っている」

「それを調べて大叔父は、彼女が万葉島のどこかで遭難して助けられ、そこで一生を終えた、と推測したんだ。そして立月の里の伝説を聞いてずっと探していた。里には当時いたはずのない大陸の大翼龍と思われる龍の伝説があるんだ」

「そして見つけた」

「え、じゃあ、本当に、本当に、里は実在するの？」

また希望が湧いてきた。

「里を見つけたのは本当みたいだ。その時のことを書いたノートがある。でも里には戻れなかった。探し続けているうちに彼は行方不明になった」

「死んだの?」

「わからない。記録では死亡。七年行方不明なら死亡届が出せるから。興味あるならウチにおいで。ウチ、と言っても僕らが今、住んでるところじゃない。実家のある百葉島だ。ノートはおじいちゃんが持ってると思う」

「冬休みで帰るよ。来るならうちに泊まればいい。年末年始は宴会が続く。親戚の子供も集まる。一人、二人くらいなら増えたって構わない。面倒見てやる」


わあ、きれいだねえ!　と言ってハルナは高師のクロークの前をパッと開けた。

「よせっ。人の着ているものを、勝手に……」

ハルナは怯まず高師のクロークの内側をまじまじ見ている。

「花嫁衣装みたい。華やかだねえ」

高師のクロークの外側は濃紺で刺繍がある。その刺繍糸は布と同じ色だが太陽光を浴びるとキラキラ光った。それだけでも豪華なのに中は極彩色の絹。金糸銀糸の花模様だ。

「そのクロークは俺のものだ、高師が死んだら」

後ろに立って言ったのはツェータだった。ハルナは振り返った。

「きれいだねえ、ツェータのクロークも」

ハルナが彼のクロークに手をかける前にツェータは自分で開いて内側を見せた。彼のクロークの外側は少し薄めの紺。内側は高師のものより地味な色合い、青の濃淡だが金糸銀糸の刺繍は高師のより凝っている。やはり超豪華だ。

「私もこんなの着てみたい」

ツェータは自分のクロークを脱いで、裏表にしてハルナの肩にかけてやった。

「絹だよ、絹！」

ハルナはピルエットをするようにくるりと回った。

「お給料出たら古着屋で絶対に買うぞ、花嫁衣装！」

「花嫁衣装？」

「着たことないもん」

「花嫁衣装は花嫁になったとき、着るもんだ」

「そうじゃなくてぇ、先生のクロークみたいにアップサイクルするんだ」

「おい、そろそろ出番だ。配置につけ」と通りがかりに不動が怒鳴った。

「わかった」と言ってツェータはクロークをハルナから取り上げた。

「なんの出番？」

「来年、万葉の首都、樹里で行われる儀式の予行だ。なんでこんな礼装してると思ったんだ？」

「儀式？　予行？　あ、楽しみ」

「ステージに向かって右手の高い場所に座れ」と言って二人とも、行ってしまった。

「お前、やけに優しいんだな、ハルナに」

高師は歩きながらただ前を見て言った。

「何、言ってるんだ？　妬いてるのか？　子供だ、ハルナは。綺麗なものに目を輝かせて、やっぱ女の子、と思っただけだ。過疎の田舎で育って小坊主のかっこして旅して、綺麗なものを身に着けたことなんてなかったんだろうな。……かわいいと思わないか？」とツェータ。

「かわいいもんか！　あいつは俺に自分を彼女にしないか、と言ったんだ。全く！」

「お前の彼女に立候補？　次はプロポーズかな？　手が早いんだ」

昔のお前に似てる、とツェータはケラケラ笑った。

「プロポーズなもんか。あいつは、初めのうちは彼氏はずっと年上の大人の男にすると決めている、と言ったんだ」

「初めのうちって、何人、彼氏を換えるつもりなんだ？」

「知るか、そんなの。不純だ！」

「三か月ごとに相手を換えてたお前が、何、言ってんだ？」

ツェータは笑うのをやめて呆れて言った。

「俺はいつも真剣だった！　自分が飽きっぽいなんて知らなかっただけだ」

「そんなの自慢になるか」

「自慢になんかしてない。事実を述べたまでだ」

高師は時々、身勝手なことを平然と言う。

「最初から別れるのを前提に付き合おうだなんて、ひどいガキだ。ガキのおもちゃになんかされてたまるか！」

「ヒトをおもちゃにしていたくせに。お前が今、結婚できないのはそいつらの呪いだ」

「俺は結婚には向いてないと悟った、と言ったろうが！」

「お前のクロークを花嫁衣装と言ったな」

ツェータはまたニタニタ笑いだした。

「この図柄は太陽だ!!　花じゃない！　オリジナルだ。花嫁衣装のアップサイクルじゃない！」


儀式が始まった。予行といっても衣装もつけて本番そのもの。違うのは、本番ではいくつもの地域からそれぞれの代表者が出るので総勢は何百人にもなるが、今回は種子島から一チーム、百葉から二チームの合同練習。皆も集まってきた。

きれい、きれい、とハルナとかのこは立ち上がって大はしゃぎだ。サイトーのそばに座っているもみじの方が静かで、よほど大人びて見える。

「唐先生もいる、きれいだなあ」

唐先生は晴装束、襲色目《かさねいろめ》が美しい。

「綺麗だけど、あれで龍に乗るの？」

「龍も綺麗だね、飾られて白夜は嬉しそうだけど、ドラゴンフライはなんだかブーたれてるみたい」

「人間のお祭りに駆り出されて嬉しいもんか」

「ギドラは大喜びだよ。彼は儀式には出ないけどお団子貰って、毎日お祭りだといいって言ってる」

とシグマ。

厳かな雰囲気のうちに儀式は進められた。綺麗だがシグマにはつまらなくなってきた。

「なんて言っているの？　あれ何語？」

「古代京葉語。京葉創造神話だ、今述べられているのは。簡単に言うと、無の中から大陸が創られた、その後、京葉列島が作られた、というその話」

「そんだけの話、なんでこんなに時間がかかるの？」

「色々、美辞麗句やらなんやらに飾られてるし、ゆっくり話してるというか唄ってるというか。儀式ってそういうもんだ」

サイトーは賢《さか》しらに言った。

「なんかしないの？　双子の話みたいに、せめて身振りつけるとかさ」

「かすかな動きに意味がある、そうだ。この創造神話で重要なのは大陸と京葉の成り立ちの違いだ。

つまり京葉の独立性を誇示するための神話だ。ちっとは真剣に物事を見聞きしろ」

儀式は神に奉納される舞いになった。ただ巻物を読んでいるよりは面白いが、やはり飽きる。が、龍の舞いが始まるとそれは全くの別格でシグマが飽きることはなかった。

「やっぱり大翼龍ってすごい。迫力だよ」

「あれを人間が制するって、ちょっとわからない」

「なんでそんなこと、可能なんだろう？」

「だからそれがスレイヤーのすごいところなんだ」

そしてクライマックスは飛龍戦。なんたって三チームだ。

「誰が敵で誰が味方？　それともみんな敵？」

「う〜ん、なんていうか……二チーム以上の飛龍戦のルールも最終的には相手チームのクリスタルの入った袋を奪うこと、で変わらない。でも、三つ巴の乱闘になることは少ない。初めは互いの出方を見る。威嚇し合う。それから大抵は小競り合いがあって……形勢のいいものにつくか形勢の悪いものに味方して、まず一つのクリスタルを奪う。それから残った者同士で対決だ」

「でも百葉が二チーム。彼らは味方同士で争いたくないよね？」

「わからないよ。種子島チームは評判が高いし、結局は一チームしか勝てないんだから」

「やっれ〜!!　先生！　そんなやつら、なぎ倒せ!!」

突然、ハルナが立ち上がって叫んだ。

高師が口火を切って他のチームに飛び込んだのだ。剣を振り上げている。それを合図に誰も彼もが戦いに加わった。

「カッコイイ!! 先生！ 頑張れ！」

「聞こえないよ、ここから叫んだって」

「気は心、だ。お前も応援しろ！ あ〜、松浦!! 先生を盾にするな!! 高師！ そんなやつ、マンゴーに食わせてやれ！」

「ハルナ、それは応援じゃないよ。ただのヤジだ。松浦さんは味方だ」

「うるさい！ お前は先生が怪我してもいいのか!? やれ!! そこだ!!」

ハルナは初めて見る飛龍戦に興奮して身振りを交えて応援している。唐はさすがに衣装を替えて皆もクロークを脱いでいるが、龍も人も飾り立てられてやりにくそうだ。シグマはゲームよりも、そばにいて大声を上げているハルナに気をそがれ、しばらくするうちにおかしなことに気づいた。

「ハルナ……もしかして大翼龍と話してるの？」

「知るか、そんなの。白夜！ 下へ回れ！ 下だ！ そこだ！ 急上昇しろ！ 割って入れ！ 怯むな、唐先生！ 行っけ〜!!」

まるで隊を指揮する大将のようだ。龍たちは彼女の指示に従っている？ 気のせいだろうか？ 逆だろうか？

「百葉のバカ龍！ 高師先生に手を出すな！ 怪我でもさせてみろ！ あとでヒゲを引っこ抜いてや

る！」

百葉の龍が躊躇した？　変だ、絶対、変。

おまけに戦いは大混戦。サイトーが、あまりない、と言った三つ巴の乱戦だ。高師は敵のクリスタルを見つけたようで、まっすぐに標的を目指して突入だ。

「先生!!　やった！　やったよ！　強い!!　断然、かっこいい!!　こんなに強かったのかあ。知らなかった、強いとは聞いてたけどさ」

ハルナは両手を握って跳ね回った。

「決めた！　私、あいつの彼女になる！　絶対なる！」

えっ？？？　ハルナにつられて勝手な応援をしていた皆が一斉に振り向いた。

ハルナ慣れしているシグマもこれには驚いた。

「先生……ずっと年上だよ」

「私は大人の男が好きなんだ」とハルナは言い切った。

「……それに先生にだって好みはある、と思うよ」

「私のどこが悪い!?」

先生、佐保姫様みたいなのが好きなんじゃないかなあ、とシグマは思ったが口には出さなかった。

「どこも悪くない、いいカップルになると思う」と言ったのは、どこからか現れた双子。

「え、どうしてここにいるの？　松浦さん、出ているのに？」

「彼は十八、僕たち十七。出場資格ない。それよりハルナ」とヴィンセント。

「それ本気？　シニアの間で君、人気あるんだよ」

「子供なんかと付き合う気はない！　自分の子供の子守り以外はしない、と決めてる！」

すげえ、と誰かがつぶやいた。

「俺、密かに憧れてたのに」

シニアの一人で確か、「お前はバツ二」とか言ってシグマをパニックに追い込んだ張本人だ。

「えっ、ああいうのが……いいの？」

もみじは唖然として聞いた。

「生活力あるしきれいだし。一緒にいて楽しそうだ。シグマの面倒見てるから年下が好きなのかと思ってた。俺は優しいだけが取り柄の男。髪結いの亭主に向いていると思う」

ハルナが聞いてたらど突かれる、とシグマはちらっと見た。ハルナは半分試合を観て、半分双子の言うことを聞いているようだ。

「そういうことなら僕らは応援する。彼の暗ーい過去を洗いざらい教えてやる」

「暗いの？　先生の人生って？　ちょっと陰がある男っていいけど、真っ暗闇っていうのはなあ……。あとで教えてよ。今は応援だ！　グズグズするな、不動！　守り固めろよ！　先生、一人で頑張ってるじゃないかっ！　せっかく高師が取ったクリスタルを敵に取られるな！」

ハルナはまた大声で叫び始めた。

「ヴィクターはハルナが好きなのかと思っていた」とシグマは小声で聞いた。

「好きだ。彼女のような女を手に入れる」とヴィクター。

「じゃあ、どうして……」

「彼女のような、と言ったんだ。今の僕にはハルナは手に余る。高師がどう彼女をさばくか見て研究する」

「さばくか、なんて……魚じゃあるまいし、ハルナが可哀想だ」

「じゃあ、ハルナが高師をどうさばくか」

「それじゃあ、先生が可哀想だ」

「まあ……ともかく応援する」

「先生の暗い過去って、脚色したんじゃないよね？」

「彼の脚色した過去を恐れるくらいでは、高師の彼女なんて務まらない」

結局、面白がっているだけだ、とシグマは思った。僕がハルナと先生を守らなくちゃ。

「今日は大活躍だったな。唐と気が合ってきた」

予行練習のあと、高師は白夜につけられた花飾りを取り外しながら話しかけた。

——カラ、スキデナカッタ。ムチツカウ。ハルナ、ムチツカウ、デモヤサシイ。カラ、モヤサシイ。

キョウ、ハルナノシジ、シタガッタ。

ハルナの指示？　高師は訝しんだ。

「ハルナは心話は使えない、と思ったが……」

——シンワ、ナイ。コエ。コエ。

あんな距離から？　驚愕だ。第一、戦いの音で、そばにいたって何も聞こえない。

——カノジョノコエ、ヨクトオル。ミンナ、ミミザワリ、ウルサイ、イウ。ヒャクヨウドラゴン、ギョウテン。

白夜は笑ったようだった。

「どうして、お前はハルナと話すようになったんだ？」

白夜の方から声をかけたという。不思議だった。

——イミ、ワカラナイ。ハナシテ、イケナイ？

「そうではない。でもお前は他の誰とも話さないのに、どうしてかと思ったんだ」

——ドコカラハナセバ、ワカル、ワカラナイ。

「初めから話してくれればいい。俺は種子島の大抵の龍たちの話を聞いているが、お前のことは知らない。お前はあまり話さないからな」

しばらく考えてから白夜は話し始めた。

——ワタシ、サバクノ国、ウマレタ。他ノリュウヨリ、白カッタ。ミナ、キレイダ、ホメタ。デモ色、カワル、外ニデラレナカッタ。シバラクシテ、ウツサレタ。眠ッテ、オキタラ、ゼンゼンチガウトコロ。

高師はだんだん白夜の話し方に慣れてきた。

「砂漠の国から百葉に来たのか」

高師が言うと白夜は頷いた。

——ラチャ、というニンゲンをしった。わたしのあたらしいキーパーのむすめ。かのじょニンゲン、ちゃんとたってあるかなかった。よくだかれてて、あるくときはヨタヨタあるいた。かのじょみるのがおもしろかった。あとでとてもちいさいからだ、しった。

私のいた部屋、おりがあった。ほそながいまどが一つ。そこから見える外が私のセカイだった。私、大抵寝てた。たいくつで他にすることなかった。

高師が花飾りを袋にしまうのを見て、白夜は少し悲しそうに言葉を切った。

「これは造花だ。偽物の花。食べられないよ」

私はギドラじゃない、とふてくされたが白夜は話を続けた。

——部屋にはいつも鍵がかかっていて人が来るとき、私はその中の檻に入れられた。あるとき、ラチャが何か持ってきた。それは花というものだった。人間の女が身に付けているしんじゅのように白くて小さくて、いいにおいがする花だった。言葉もろくに、話せないラチャなのに私が喜んでいるのがわかった。それから色々なものを持ってきた。草とか石とか透明な丸い玉。きれいな色が沢山、中に入っていた。よく、ころがった。ぶつかると、ふしぎな音を立てた。私はそれで遊んだ。あきなかった。

「ビー玉かな」

——私は彼女が好きになった。あるときラチャは一人で来た。鍵がかかってなかった。私は檻から出されていた。私に花をくれた、そして私の背中によじのぼろうとした。私はいやじゃなかった。手伝ってのぼらせた。彼女が笑うと私も嬉しかった。はしゃいでいるうちに彼女はわたしの背中から落ちた。泣きだした。なんとかしたかった。

人が入ってきた。彼らは大騒ぎした。悲鳴を上げた。ヤリやムチを持ち出して私を檻の中に入れようとした。

誰かがムチで私をぶった。今までぶたれたことなどなかった。私は叫んだ。それを見てラチャは悲鳴を上げた。白夜が悪いんじゃない、と彼女は泣いた。でも誰も彼女の言うことをきかなかった。彼女は無理やり連れて行かれた。私はラチャを助けようとした。私はムチで何度もぶたれた。ヤリでつかれて檻に追い込まれた。痛かった。檻の中で私は思った。同じ人間の言うことも聞こえない人間というものは、一体どんな生き物なのだろうと。ラチャに会うことは二度となかった。私はここに連れてこられた。悲しかった。悔しかった。人間など初めから好きでなかった。もっと嫌いになった。

白夜の憎しみが高師に伝わってきた。少し黙っていた。また話しだしたときは言葉の調子は変わっていた。

——ここに来て生まれて初めて外に出た。飛んだ。楽しかった。嬉しかった。他の龍たちは私のことバカにした。飛んだことのない大翼龍だと笑った。うまくなくても飛ぶのが楽しかった。新しい匂いが沢山あった。でも高師や双子がいなくなって飛べなくなった。なんでかわからなかった。悪いことしたのかと思った。何も思いつかなかった。何もしてないのに、ひどいと思った。

「……俺は……すまなかった」

高師は忙しくて、白夜の気持ちなどは考えていなかったのだ。白夜は頭をたれた。

——シグマに会った。私を外に出して飛んでいい、と言ってくれた。サイトーが方法を考えてくれた。私はラチャを捜して飛んだ。でも疲れて飛べなくなった。捕まってまた檻に入れられた。ギドラが、私のせいでシグマに大きなバツが付いたと怒った。

なんのことかわからなかったけど、今度は本当に悪いことしたのだとわかった。悲しかった。私に優しくしてくれた人間をまた傷つけてしまった。

ギドラが人間のコトバを覚えるように言った。高師も前にそう言ったけど、人間のコトバなど覚えるつもりはなかった。でも気が変わった。シグマに謝りたかった。少し話せるようになった。サイトーにも謝りたいけど彼には私の心話が聞こえない。

「サイトーには俺から伝えておこう」

白夜は頷いた。

——シグマがハルナを連れてきた。なつかしいにおいがした。ラチャを思い出した。話したかった。声をかけたら彼女は今まで知らなかったやり方で私に挨拶した。知らなかったけど、知っているような気がした。私はいっぺんでハルナが好きになった。彼女はラチャの持ってきた白い真珠のような花の匂いがする。

「すずらん、というんだ。その花は」

――スズラン、スズラン……心の中で転がる。ビー玉みたいに。

外に出て陽を浴びるようになってから私は黄色くなって、誰も美しいと言わなくなった。外に出られる方が白いままでいるより嬉しいから構わない、と思った。でもハルナは黄色い私を綺麗だ、と言った。黄昏の空のように静かで美しい、と言った。

高師は自分の頭を白夜の首に当ててこすりつけた。

「ビー玉もそのうち持ってきてやろう」

白夜はしばらく高師の肩に頭を載せて寄りかかるようにしていたが、高師が重いよ、と言うと笑って離れた。

――ニンゲン、よわい。……でも、ツヨイ。ココロをとろかす。禁断の獲物。

「給料が出たら着物を買うんじゃなかったのか?」

うん、とハルナ。お給料日だ、とはしゃいでいたハルナが、ガスボンベとコンロを持って現れたので、高師は不思議に思って聞いた。

「でも優先順位がある。植物には季節がある。私の都合で育つわけじゃない。着物はいつでも買えるけど花は一定の期間しか咲かない。こないだ来たとき、小屋のそばでお茶にする花を見つけたんだ。収穫していいでしょう？　使わないよね？」

「それは構わない」

「先生、ガスコンロ使っていいよ。私がいないときはここに置いておく。お湯沸かすのにはすごく便利だ」

「ツェータが文句言ってたから喜ぶだろう」

それからハルナは破れた障子をきれいにして洗った。張り替えてくれるという。小さな穴なら修繕するともいう。

「寒くなる前に直さないとダメだよ。それでなくても隙間風、入ってくるのに」

巻物騒ぎで壊れた襖や障子。業者に頼むのが面倒くさくて高師はそのままにしていたのだ。それを見かねたのかハルナは週末を使って障子張りに来てくれたらしい。

洗った枠が乾くのを待っている間、高師はハルナが花を摘むのを手伝った。蒸したり陰干しにしたりするのだ、と言う。

「少し小屋、手直しさせてね。八十先生が鍛冶場《かじば》を作ったとき残った板を使っていい、と言ってくれた。先生の敷地を使わせてもらってるって？　そばにあるの？」

「ああ、彼が武器を研いでくれる。あとで見に行こう」

家に戻るとハルナは取ってきた花に湯をかけてお茶を作った。

「いい香りがする」

「鎮静効果がある。リラックスするよ。今日中に飲み切ってね。これから障子を貼ってやる」

「ふ〜ん。その前に、お前さ、ちょっと奥に来い」

高師はハルナを奥の部屋に導いた。

「そのタンス、開けてみろ」

ハルナが桐のタンスを開けると樟脳の匂いがした。

「好きな着物、持っていっていい」

「わああ……」

タンスの中は全て美しい絹の着物だった。

「なんて綺麗なんだ……これ、おばあさんのもの?」

「ああ、そんなもの集めるのが好きだった。着ないのに眺めて楽しんでいた。袖だけ通して喜んでいた。娘の頃に着たかった、と言っていたな」

「こんないいもの……貰えないよ」

「見ての通りタンスの肥やしだ。使わなくても陰干ししないとならない。俺には面倒なだけだ。お前が喜んで着てくれれば、祖母も嬉しいだろう」

「私、袖、取っちゃうよ。裾も切るつもりだ」

「構わない。使ってやれ。モノにも命がある、と万葉人はよく言うな。カビが生えては可哀想だ。隣のタンスには小物が入っている。それも使えばいい」

ハルナは着物一式を選んで大切そうに抱きしめた。

「切れ端になっても大切にする」

「もっと持っていっていいのに」

「また貰いに来る。今はこれで十分だ。さて」

と立ち上がってハルナは障子紙を切り始めた。花の形に切ったりしている。小さな穴なら全て張り替えることはない、と言う。

高師は何も手伝うことはできなかったので、ただ珍しそうにハルナのすることを見ていた。

「それで、障子に花やらもみじがついてるのか？　金魚もいる。さすがに雪がない。切るのが大変だからだな。春、夏、秋」

ツェータが夜、栗羊羹を持ってやってきた。

「ああ。金魚に目を入れようとしたのを危うく止めた」

「赤い金魚が可愛い」

「赤い金魚なんていない」

「いるよ、気づかなかったのか？　机で隠れてるが……」

「ええ⁉」

確かに机で隠れた隅に赤い金魚がいる。

「あいつめ〜。知らない間に……。遊びやがって」

「いいじゃないか、部屋が……心が明るくなる。見えなくても、そこにいる、と知っているだけで。ま、そういうところがまだ子供だな」

高師はハルナの作ったお茶を飲んだ。冷たくなっても香りはかすかに残っていた。本当によく眠れそうだ、と高師は思った。


女の子って変わってるよね、とシグマは訓練場で高師を見つけて隣に座った。

「お前も女の子のことを考えるようになったのか。何があった？」

高師は面白そうにシグマを見た。

「もみじがハルナと話してた」

「それが変わったことなのか？」

「うん、だってもみじはずっとハルナを避けてたのにさ」

「避けるって？　どうしてだ？」

「だからそれが変なんだ。かのこが説明してくれたけど、やっぱり変だよ」と言って、高師を見た。

「もみじはハルナにヤキモチ焼いてたんだって。シニアのみんながハルナの噂ばかりしてるから。サイトーさん、あんまりもみじと話さなくなったし」

「ヤキモチねえ」
十四、五の子供が、と思うと高師にはただたわいなく可愛いだけだ。
「でもハルナ、子供の子守りはしない、大人の男の人と付き合う、高師先生の彼女になるって予行練習のとき大宣言したから……」

「何いっ⁉」

高師は驚いてシグマを遮った。

「知らないの？　ＶＶが協力するって言ってた。ともかく、それでもみじは安心したんだって。先生は変だと思わない？　サイトーさんは、ハルナがいいなんて何も言ってないのに」

あの娘、何考えてんだ？　可愛いところもあるか、と思えば、馬鹿なこと公衆の面前で宣言して！まったく！

「先生ってなんか複雑なんだね」

えっ？　と高師はシグマを見た。

俺の心のざわめきに気づいたのか？　そんなことするには百年かかる、と思ったがその百年はどうもあっという間だったらしい。心の障壁を強くした方が良さそうだ。高師は気を引き締めた。

「噂を鵜呑みにするのはお前も同じだ。当事者でないとわからないこともある」

噂じゃない、ハルナ、はっきり言ったもの……。

「ハルナがさ、服を作るんだって、かのこと話していたら、もみじがわざわざ二人の間に入っていって話しだした」

「服を作る？」

「キレイな着物貰ったけど、よく見たら模様がつながっていて、どんなふうに切っていいのかわからなくなったんだって」

あ、祖母の着物か。高師は思った。

「もみじはそういうこと慣れてるみたい。ハルナはいい着物をじっくり見たことなんかなかったって。……僕も先生のクローク、すごーくきれいだと思った。僕も見たことなかったよ、あんな豪華なもの。お祭りのとき、遠くからちょっと見ただけ」

シグマは下を見て体を揺すりながら言った。

「気持ちの切り替えができる、というのはいいことだと思うよ。もみじは、彼女の興味あることがすぐそこで起こっているのに、勝手な思い込みや嫉妬に左右されて人が楽しんでいるのを見ているだけなのはバカバカしいことだと気づいたんだろう」

じゃあ変なことではないのか、やっとシグマは納得した。

「一緒にデザインを考えるんだって絵を描いてた。かのこ、嬉しそうだった。もみじとハルナが仲良くなって」

祖母も嬉しいだろうか、と高師は思った。

二人の女の子が一生懸命、デザインを考えて彼女の残した着物を生かそうとしているのを知ったら？　それともちょん切られて悲しいかな？

そんなことを考えている高師の方が楽しんでいたのだ。イレインにしても祖母にしても、高師が自分の家族を懐かしさと愛情を込めて思い起こすのは久しぶりのことだった。

月の舟

「手鞠を献上して雲隠れした真花村の村長が、万葉島に亡命を求めているそうです」

橋立はいつもの調子で淡々と言った。

「万葉島政府は大迷惑だな。誰もそんなことで同盟国とやり合いたくない」

「万葉島政府だけの問題ではありません。種子島に飛び火しました」

「飛び火？」

大江はやはりそうなったか、とため息をついた。

「村長は高師を仲介人に指名しました。他の人間は信用できない、と言って」

「ふざけるな、と言ってやれ。本気で亡命したいなら条件などつけるもんじゃない。怪しい。罠だ。

高師を千葉島におびき出すための」

「高師が知りたい情報を持っている、と言うのです。もちろん、貴族の企みも話す、と」

「高師が知りたいこと？　知りたければあいつは自分で調べられる能力がある」

「彼の妹のことらしいです。高師の妹のサイキック能力もかなり高い、と言われていました。見つけられたくないサイキックを見つけ出すのは困難極まる。はっきり言って不可能。だから高師は今まで捜し出せなかった」

「あああ〜、弱みに付け込んできたか」

大江は頭を掻きむしった。

「ますます怪しい。高師は遣れん！　あいつに漏らすな。ウチでなんとか処理せんと」

「知らせた方がいい、と思いますが、僕は。うまくいかなかったら彼に恨まれます」

「あいつは今、不安定だ。絶対ダメだ。センターとあいつはいわば運命共同体。あいつはセンターの影だ。実体がなければ影はないが、影のない実体もない。高師には、どこかの村長の命とは比べ物にならない価値があるんだ」

大江はイライラと部屋を歩き回った。

「責任は俺が取る。高師にバレて、やつが激怒したら俺の方からマンゴーの口に飛び込んでやる！」

「遺書、ありますか？　大江さん？」

橋立は眉をひそめた。

「そういえば高師は遺書をつい最近変えてます。センターに関係ある部分は変わりませんが。……今までの、彼の母親と妹の種子島での生活保障に姉家族が加わりました」

「それは別にたいしたことではない。あいつは長兄を過去にしがみつくしか能のない能無し、と呼んでいるから世代が変わったあとが心配なんだろう。が、姉家族を加えるのはなぜだ？　好奇心から聞く。最近、姉貴の旦那が死んだそうだが生活には困らないだろう」

「お金の問題じゃないです。死んだ状況が不名誉極まりない。夫が愛人の秘書と舟遊びしていて溺死、です。狭い万葉島のスレイヤー社会、恥ずかしくて表も歩けない。誇り高いスレイヤー族の女にとっては死ぬより辛い屈辱です。スレイヤーなんてほとんどいない種子島に来たい、と言っても不思議じゃない。何しろ親の決めた結婚、それが原因で父親とも仲がギクシャクしてるようですから、高師、心配でしょうね」

「やれやれ、やつも気苦労が絶えないな」

「もう一つの遺書の変更は、二竿の桐のタンスは中身ごとハルナに譲る、です」

「ハルナに？　中身は何だ？」

「僕が知る限りでは着物とその付属品。彼の祖母の遺品です」

「ううう。着物はともかく、いくらタンス預金してたって問題ではないが、高師の心理的変化が気に入らない」

「僕に行かせてもらえますか？　千葉島の件。高師のふりをして接触します」

「ふりは無理だろう。背の高さがまるで違う」

「彼らが知っているのは髪が白黒で背が高いことくらいでしょう。僕は結構背が高い。会うときだけ上げ底ブーツで調整すればいい。髪は脱色してもいいけど、目立つから黒一色に染めた、と言った方がいいかな。付け髭して肩パット付けてクロークをかぶる。夜、落ち合うことにすれば誤魔化せます。第一、本当に亡命したいなら文句は言わないでしょう。高師を指定したのは信用できるから、というのですから。加えて僕の体術はトップクラス、いざとなれば逃げます」

「お前がハイヒールで逃げまどう姿が目に浮かぶ。……久しぶりに外に出たいか？」

大江はちょっとの間、考えてから言った。

「種子島から直接は行けない、万葉島回りだ。観光客は誰でも千葉の役人に目をつけられる」

「僕は密航を考えています」

「無理だ。連中の海洋警備は万全だ。密出国と密輸入の取り締まりが目的だが、定期路線は徹底的に調べられる。小舟では潮の関係で近づけない。もちろん、大翼龍では近づけない。女と行け。万葉で数日過ごせ。万葉で結婚した男が祖先の里を妻に見せるための新婚旅行、という筋書きだ」と言って急に含み笑いした。

「面白いことを考えついた」

「あ、嫌だなあ、大江さんの面白いことって」

「ハルナに行かせる。彼女のムチの技術は唐が太鼓判を押した。加えて水龍と話せる。大翼龍が千葉島に近づいたら目立ってどうしようもない。水龍使いはもってこいだ。賑やかでおまけにあの赤い髪。スパイには見えない上、彼女に注目が行ってお前のことなど誰も気づかない」

大江はそこで言葉を切った。

「……あの娘は謎が多すぎて高師のそばに置きたくないのだ。調べようとしたがナントカ村もそばの集落も、大山火事があって消えていた」

「怪しいです。まあ、だから情報部配下の放送局で雇ったようなものですね。彼女の行動を見張れるように。高師との距離が近づいているようだし、引き離すのにいい機会かもしれない」

「絶好のチャンスだ。まず彼女を高師から離せる。そして彼女が高師に害をなすのが目的なら、この件ですぐ化けの皮が剥がれる」

「個人的にはその見方に僕は否定的です。一番の理由はマンゴーが高師のためにならない人間を放っておくわけがないからです。でも大江さんは大翼龍には大翼龍の目的がある、と言うのですよね」

「マンゴーはカンペキすぎて気に入らない。高師にさえ正直とは言えない。都合が悪いと話を逸らすか黙秘だ。第一、突然、行方不明の子供の捜索に加わって高師を見つけ出した、と聞く。それ以来そばを離れない。

ともかく、緊急に備えて大翼龍は万葉島の、千葉島に一番近い岬に配置しよう。ハルナには取材旅行に行ってほしい、と言えばいい」

「彼女の喜ぶ顔が目に浮かびます。旅をしたくてウズウズしてると言うから」

「観光旅行ではない」

「蜜月旅行です。楽しみだな。高師の彼女になる宣言以来、金目当てだの、スパイ説、暗殺者説だのの噂が飛び交っているから、ちょうどいい息抜きだと思うかな」

「誰が噂を飛ばした？」

「ウチじゃないです。出どころは不明ですが、総まとめにして広めたのは双子。今はハルナの、『山の中の一軒家など誰が欲しいものか⁉　おまけにガスもないとくる。薪集めに走り回った挙げ句、一冬で凍え死ぬ！』のセリフを加えて、皆を笑わせてます」

「あいつらも情報部に入りたがっているな。ヘラヘラしてるが実は百葉大学の二年を終え、休学してここに来ている。百葉の二重スパイになるつもりかな。百葉のスレイヤー、味方といえども油断はできない」

「僕ら情報部員は疑い深すぎる。世界は悪意に満ちていて、誰も彼もが万葉や種子島、そして高師を狙っている」

　本当にそうなんだから仕方ない、と大江は言った。

「お前の負担は増えるが、それでもやってもらえるか？」

「僕も高師の身辺に不安因子を置いておきたくない。やります」

「ハルナは地のままで行かせる。放送局で知り合った技術者に一目惚れ。高師の彼女になる宣言は、その男の気を引くための芝居だ。電撃結婚して取材を兼ねた新婚旅行。敵に情報が漏れていれば撹乱できる。ハルナが情報漏れの源ならすぐわかる上、高師の出方も見られる」

「引っかかりますかね、サイキックが？」

「サイキックでも男は男。嫉妬は判断を狂わせる。本人も知らないやつの本心を暴いてやる。ダメでもともと、問題ではない」

「ただの好奇心ですか？　ヒドい人だな、大江さんは」

「マンゴーの口に飛び込む覚悟だ。少しくらいは楽しい思いをしないと、脳がストレスで爆発する」


「先生、私しばらく訓練お休みするよ。アルバイトが入った。万葉島に行くんだ」

ハルナは高師に手伝ってもらって小屋の修繕をしながら言った。

「放送局の仕事はどうした？」

「工事で閉鎖。お役御免になった。でもクビにはならないみたいだ。他の仕事を探すと困るって臨時のバイトくれた」

「万葉で何するんだ？」

「取材旅行。旅行して美味しいもの食べて、人に会えばいいんだって」

「取材旅行？」

高師は眉をひそめた。

「楽しそうだっ！」

「浮かれるな。美味しいことばかり言うところが怪しい。山の中で大芋虫の味見かもしれない」

「ここだって山の中だよ。お魚、川で獲って食べてるんだろう、先生？」

「魚と芋虫は違う。釣りは俺の趣味だ」

「結構美味しいって話だ。いざというときのために何でも食えるようにしておいた方がいい。先生、なまこ食べたことある？　海の大芋虫だよ、あれは」

「餓死しそうになったら考える」と高師はまた眉をひそめた。

「あれを最初に食べた人間はどういう状況に置かれていたんだろう、とつくづく思うよ」

ハルナはクスッと笑ったが口調を変えて高師に聞いた。

「ね、先生。渋い色目の着物、草花の模様の。あれ貰っていい？」

「全部持っていっていい、と言っただろう」

「うん、でも先生の家の奥に入って、勝手にタンス開けるわけにいかないじゃないか？」

「お前ならやっても不思議じゃない。……冗談だよ、怒るなよ」

ハルナの顔を見て、高師は素早く付け加えた。

「何に使ってもいいけど、理由、聞いていいか？　ちょっとどころかかなり渋めだ。それなりに豪華ではあるが、お前の好みとは程遠い」

「シグマにクロークを作ってやるんだ。先生のクロークに感動してた。私の服のデザイン、じっと見てるのに作ってほしい、と言わないところがあいつらしいよ」

私が十二、三のときはまだじーちゃん、ばーちゃんに甘えてた、と低い声で付け加えた。

「あいつには言わないでね、新年のプレゼントだ」

ああ、と答えたが心にはハルナの言葉が引っかかっていた。

俺が十七の頃は毎日が憂鬱で自己憐憫に浸っていた。頭が雲の上に浮いていた。食べるものにも住むところにも苦労をしたことなどなかった。ハルナは働いて生活してその上、他人の心配までしてるのか……。

曲がった釘を引き抜こうと悪戦苦闘するハルナを見ながら、彼女には何か欲しい物があるのだろうか、と高師は思った。


「生野道雄《いくのみちお》、なんて呼んでほしい？」

橋立のコードネームだ。

「あなた、でしょう。夫を呼ぶのは」

「あなた、なんて……匿名みたいだ。間違って前の彼の名を呼ばないようにしてるだけだと思わないか？　寝言で言っても当たり障りがない」

「随分、穿ったものの見方ですね、それは」

「道雄さん、道雄くん、道雄ぉ……どれにしようかな〜。あ、みっちゃんは？」

ハルナが新妻役、という設定には異議を唱えるべきだったかな？　と橋立は思い始めた。

「楽しんでますね、ハルナさん」

任務については詳細は教えていない。危険かもしれない、というのはさり気なく伝えてあるし、ムチも持ってくるように言ってある。もちろん、村長と接触するとき連れて行くつもりはないが、ハルナだってただの取材旅行、とは思っていないはずだ。何しろこの旅行の設定は、

「新婚旅行なんて初めてだもん。嬉し、恥ずかし、新婚旅行だ」

「僕だって新婚旅行、行ったことありません」

「だったら楽しめ。こんな若い奥様貰って。ちっとは嬉しそうにしろ」

「押しかけ女房という設定にしませんか？」

「失礼なやつだな、みっちゃんって」

「高師の気苦労がわかってきました」

「なんの苦労だ？　あ、高師の押しかけ女房になろうかな。春になったら」

「押しかけ女房って季節ものなんですか？」

橋立には初耳だ。

「山の中の家は寒いもの」

「種子島は山の中だって凍死するほど寒くはなりませんよ。それに、寒いときにこそ寄り添って暖め合うものです。それが夫婦です」

「なんか古風な物言いだな。やっぱ、華族」

「旧華族です」

「あ、タコせんべいがあるよ。姿焼きタコせんべいだって。押し花みたい。押しダコだ。可愛いよぅ。

食べようよぅ」

万葉の港には色々な出店が並んでいる。その中からハルナは目ざとく種子島には売っていないタコせんべいを見つけた。

あのね、ハルナさん……と橋立が言うのを遮って顔を近づけた。

「あのね、みっちゃん、道雄さん。好きなもん食べさせてくれるって、雇用条件の一つだよ」

「嘘です！　そんなの！」

「私が書き加えた。大江さん、サインしてくれたよ」と言ってせんべい屋に走っていった。

「おじさん、タコせんべい、ちょうだい。二つ買うから負けてよ。あそこにいるのは私の旦那様なんだ。いい男だろう？　でも財布の紐が堅いんだ」

大声を出してもいないのによく通る声で、せんべい屋の主人だけでなく周りの人のほとんどが振り向いた。

負担が増えてもやります、とは言いましたよ。でももっと増やせとは言ってないです、大江さん。

橋立はフードを深く被った。

「このタコ可愛くない。横、向いてる。みっちゃん、取り替えてよ」

「タコに前向きも横向きもありません。どこ向いてても同じです。第一、食べてしまえば同じです」

「みっちゃん、取り替えてやりなよ」

そばの出店にいた女主人が笑いながら言ったが、そのあと真顔でハルナを見た。

「旦那の操縦は初めが肝心なんだよ。甘やかすと図に乗る。しっかりおやり」

「はい、その言葉、心にしっかり刻んでおきます！」とハルナはにこやかに答える。

ああ、早く千葉島に行きたい、橋立は思った。


海が荒れて船が欠航になり、万葉での滞在は延びた。橋立の心配をよそにハルナはカンペキに旅行を楽しんでいた。だが一方では、たびたび水辺に行って顔を水に近づけて何か見ていた。何をしているのかと聞くと水龍の様子を見ている、と言った。浜辺で貝を拾ってはきれいだ、とはしゃいでみせる一方で、海や風の変化に気を配っていた。

「どうしたの？　その傷」

橋立の腕、手首から肘にかけて大きな白い傷跡があるのに気づいてハルナは言った。

橋立は袖を引っ張って隠した。海辺で石や貝殻を拾っていて腕まくりをしてしまった。

「古傷です。ハルナさんには関係ありません」

「あのね、みっちゃん。奥様が旦那様のそんな大きな傷について何も知らない、なんて変だよ」

「旦那様が奥様に全てを話すわけではありません」

ふ〜ん、だったら私が話を作ってやる、とハルナは言った。

「本当に古そうな傷だよね。……そうだ、子供の頃、悪さしてできた傷、それで奥様に言いたくない、ということにしておこうよ」

　橋立はハルナを睨んだ。

「あ、図星だね。何したの、みっちゃん？」


　天気が回復し出航できるようになった。足止めされた人々で港は混雑していた。検査が手薄になる、とホッとしたのもつかの間、千葉島の検疫でスーツケースを開けられる列に並ぶよう指さされて橋立は緊張した。疑われているわけではなく順番で列を決められたのだが、ハルナのケースにはムチが入っている。案の定、これは何だ？　と検査官に問われた。

　これはね、といつもの調子でハルナは答えた。

「水龍の鱗で作った帯飾りなんだよ。これとこれを一緒にして、帯のここに付けるんだ。みっちゃん……道雄さんの故郷は海に面していて、日の出も日の入りも見られる有名な岬があるんだよ」

　言葉を切ってハルナはうっとり～、というように橋立を見た。

「そこに二人で正装して立つんだ。陽に照らされると、この飾りはキラキラ光って私たち二人の永遠の愛を祝福してくれる……ロマンチックだろう？　岬のお寺は夫婦円満のお寺として有名だ。そこで御札を貰ってね、それでね、それでね……」とハルナは絹の着物を広げようとして手をかけた。

「もういい！　ケースは閉めて、行っていい。列が詰まってる」

　検査官は笑っているような怒っているような妙な表情で言った。列に並んでいる他の旅行者も同じ表情だった。

出口に向かったとき誰かが橋立に、頑張れよ、と囁いた。頑張るしかないですよ、と橋立は思った。外に出てそばに誰もいないのを確認してから橋立は聞いた。

「それはムチですよね？」

はっきり言ってムチには見えない。ハルナの言うように飾りに見える。

「解体した。すぐ組み立てられる」

「本当にあるんですか？　その岬とやらは？」

「もちろんある。なかったら役人がなんとか言うだろう？」

「調べたのですか？」

「当たり前だ。取材旅行に行くのに下調べしないでどうする？　みっちゃんのお得意だろ？」

それから調子を変えて「ね、そこで正装して日の出を拝もうね」と言った。

「御札を貰うんですか？」

「押しかけ女房の円満御札なんてあるかな？　どう思う？　みっちゃん？」

もう高師の押しかけ女房になる、と決めているようだ。

だがハルナの取材旅行の下調べの方が、ずっと徹底しているのではないか？　と思い始めると急に他のことも不安になってきた。

事前にムチの実演もしてもらうべきだった、自分の生死がハルナの戦闘能力にかかることがないとは言えないのだ、と橋立は後悔した。久しぶりの外での仕事に舞い上がっていたと言われても仕方ない。ハルナのはしゃぎすぎに顔をしかめていたが、はしゃいでいたのは自分の方だ。村長と会ってどう対応するか、どう万葉に帰るか、の問題で頭がいっぱいで、そこに行くまでの計画が適当すぎた。

「どうしたの、みっちゃん？　考えすぎると頭、ハゲるよ。ねえ、もっと教えてよ、どこで何するかさ。千葉島には大芋虫、いないよね？」

よく考えて宿に着くまでには橋立は腹を決めた。ハルナに旅の本当の目的を話すのだ。必要最小限だけを話せと大江には指示されていたから、これは橋立の独断だ。だが大江はここにはいない。放送局で垣間見たハルナの好奇心、そしてそれを追求する情熱は本物、と橋立は判断を下した。放送局では早朝の仕事にもかかわらず遅れてきたことなどないという。責任感もあるということだ。好き勝手なことばかり言って遊び好きな空っぽ娘、などというのは上辺しか見ない連中の戯言だ。

確かに人を煙《けむ》に巻くようなことを言い、嘘も平気でつく。だが悪意は感じられない。協調性がないのは確かだが、実績を上げればユニークな人材として重宝される。ヒトの意見などはヒトの都合でかわる。スパイ説の判断は保留……、高師を傷つける意図はない、とみる。

「ふうん。高師に言いたくなかった理由はわかる。高師、かなりヘコむよね、妹のことになると。センターは結構、彼を大事にしてるんじゃないか？　重要人物なの？」

まあね、と言って橋立は話題を変えた。

「今回の件は超怪しい。タイミングが良すぎるのです。悪すぎる、かな？　僕らには」

「情報漏れ？」

「それで僕がここにいるのです、ハルナさんと一緒に。村長に会うのは僕一人で行きます。ハルナさんは小舟を用意してください。向こうで用意してある、というのは罠かもしれません。海龍は呼べるのですか？　彼らに頼れるか頼れないかでは大きな差だ」

「実験段階だ。それに海龍は数が少ない。不確実すぎて頼るわけにはいかないよ。万葉に配置されたのは誰？」

「不動です。大翼龍は星月《せいげつ》。探査能力に秀でています。時間が来たら、僕らに集中して捜してくれる手筈です」

「海が静かだといい。曇ってくれないかな」

「上弦の月です。明るいというほどではありません」

「沖に出れば潮は万葉小島の方向に流れる。潮に乗ってしまえばいいけど、大きな川ならともかくこの近くにあるのは小川だけ。水龍が海に出てくれる距離は短い」

「二日あります。最善の準備をしましょう」

「かっこいいね、みっちゃん。キマってる」

ハルナは橋立の腕を取って言った。

気をつけて行ってらっしゃい、と宿の主人が声をかけた。

月見の舟遊び、と言ってある。運が良ければ光るオキアミが見られるかもしれない、と言われた。

風のない静かな夜、舟遊びにもってこいだ。

「いい風習だよね、雅の世界。貴族っていうのはいい遊び方を知っている」

ハルナは嬉しそうで緊張のかけらもないようだ。

「怖くないんですか？」

「緊張はしているよ。ドキドキ、ワクワクだ。だからといって恐怖に凍りつくつもりはない」

「つもり？」

「心のあり方が緊張や興奮の行方を左右する。それを行動する力に変えるか、恐怖に変わって凍りついてしまうか。ヒト、個人の心がけ次第だ」

「なるほどね、頼りにしてます」

「バックアップとしての役目はちゃんとやってみせる」とハルナは水龍の鱗の飾りを帯から外した。

「待っている間にムチを組み立てて、水龍を呼ぶよ。海龍も探してみる」

「お願いします。僕が待ち合わせの場所に現れなかったら、ハルナさんはそのまま万葉に向かってください。決して僕を捜そうなどと思わないように」

約束の場所に人影が現れた。男だ。

「万葉、真珠の守護」

「千羽、かもめの願い」

合言葉はまず合致した。橋立はさらに声をかけようとしたのだが、その前にその人影が手招きした。ついてこい、と言っているのだ。村長本人ではないのか？　橋立は一瞬怯んだが、ついていくしかない。姿形の特徴は村長のものだ。顔がよく見えないのはお互い様だ。

その男は茂みに見せかけた扉を開けて洞の中に入る。橋立も従った。何も喋らない。松明の明かりを頼りに先に進む。狭いトンネルの終わりは小さな部屋のようなもので、そこで男は手帳を橋立に渡した。読め、というのだ。椅子を指さし、そしてヤカンを火にかけた。部屋は空気が滞っていて湿気っぽく息が詰まりそうだった。

一酸化炭素中毒になりそうだ、と橋立は思った。示された椅子に座って手帳を読み始める。名前が並んでいるだけだ。

変な匂いがする、橋立は顔を上げた。男は火のそばに座って、手に持った干し草のようなものを火の中に投げ入れていた。ゆっくりと機械的に動いていて切迫した様子はない。

橋立は立ち上がって何か言おうとした。が、体が動かない。

しまった、と、足に力を入れたが、結果は椅子から転がり落ちただけだった。男も突然、前のめりに倒れた。橋立は這ってその男のそばに行き、顔を見た。動かない。聞いていた村長の特徴と一致したが、もちろん確証はない。体を探ったが何も持っていない。手帳と彼の持っていた草をポケットに押し込んで、出口を目指して地面を這った。

苦しい。息が詰まる。意識が遠のく。そのとき、誰かが橋立の体に触れた。クロークを掴まれ引きずられたが、すぐに足が止まった。激しく咳き込んでいる。女？

ハルナ……。

どうして来たのか聞きたかったが、あと何秒、意識が保つかわからなかった。

「ポケット……」と、ようやく言った。ハルナは橋立のポケットを探った。

これでいい、手がかりをセンターに持っていってもらえる、無駄死にはならない……。

目を開けると月が見えた。上弦の月。なんだかとてつもなく美しいものを見たような気がした。揺れている。舟の上だ。

月の舟　星の林に……このあとの句は何だったろうか？

目の隅に赤いものがチラチラ見えた。ハルナ？　頭を動かそうとしたが動かない。

ああ、そうだ、あとの句は確か……。

漕ぎ　隠れ　をとめの姿　ただ垣間みる

？　なんか変だ。これではストーカーだ。

「気がついたね」

ハルナが囁いた。

「ずぶ濡れです、ハルナさん」

「海龍が来ている。潮に乗せてもらえた……」

ハルナは橋立の隣に身を横たえた。

「先生に貰った着物が潮で台無しだよ」

喘いでいる。苦しそうだ。胸のあたりがピンクに染まっている。血を吐いたのだろうか？

「来るな、と言ったのに」

「一生懸命、訓練した。自分を試したかった」

「……毒が相手です。引き返すべきでした」

「……私は色んな毒にも強いんだ……。橋立、死んだら親御さん、嘆くだろう？」

「両親はとうの昔に死にました。僕は……僕と二人の弟は祖父に育てられましたが、その祖父も死にました」

「弟が二人か。私は独り。誰も本気で嘆いたりしない」

それからハルナは静かになった。橋立は動かない体を無理やり動かして、なんとか横を向いた。

ハルナの頬に触れた。

「高師……」ハルナが呟いた。

橋立は自分には呼びたい名前もないことに気づいた。

まあ、きれいな女の子のそばで死ぬのだから文句は言えないか……。

連れてこなければよかった。やはり一人で密航すればよかったのだ。スパイかもしれない、という疑いだけで死なせてしまう。血の気の全くなくなったハルナの顔。赤い髪がますます赤く見える。まるで髪が彼女の血を吸い取ってしまったかのようだった。息をしているのかしていないのか、定かではなかった。

ハネムーン、新妻殺人事件、と双子が語り伝えてセンターの伝説となるのだろうか？　それとも無理心中？　ハネムーンで無理心中とは前代未聞だろうな。それだけに、お話としては面白い。情報部、大失策大絵巻は嫌だ……クライマックスは、大江部長、マンゴーの口に飛び込む⁉　そんなことを考えているうちに意識が再び遠のいた。


まだ生きている……。白い壁、ベッドの上。病院のようだ。

「ハルナ……」

「ハルナは生きている。意識はあるが、なんとも言えん」

そう言ったのは大江だった。

「毒には強い、と言っていた」

「動き回って、お前より多くの毒を吸っている。医者は本人の体力と気力次第、と言っている」

「彼女が死んだら高師に合わせる顔がありません……高師は知っているのですか？」

「十日で帰るはずのハルナが帰ってきていない。今頃、放送局でこのバイトの出どころを聞いているだろう。橋立、俺と二人でマンゴーの餌になるか」

「大江さんと心中は嫌です。死ぬならハルナと死にます。十日、ということは、僕は三日間、眠っていた？」

「ああ、お前の持っていた草は分析した。毒草には違いないが名前はわからん。千葉固有のものではないかという。毒を分析した結果、吸引した場合の治療法はない、ということだ。手帳は分析中。頭ははっきりしているようだな。苦しそうだが話は続けられるか？　詳細を聞きたい」

息が苦しいのは確か。

「何が何でも話します。水をください……」

「月の舟　星の林に　ずぶ濡れの　をとめの姿　しばしとどめむ」

「何だ、それは？」

ハルナは喘ぎながらつぶやいた。

「僕が見た、この世で一番美しい光景です」

その日、夜になってから橋立はようやくハルナに会うことを許された。ベッドのそばの椅子に座り、彼女の耳元で囁いた。

「ゆっくり休んでください。治療費も全快するまでの生活費も心配はない、と大江さんからの伝言です。慰謝料も出るでしょう」

「太っ腹だな、情報部は」

「当然のことです。それと、これは個人的に伝えておきます。高師の押しかけ女房になって気に入られずに追い出されたら、ハルナさんは僕が面倒見ます。そのとき、僕に女房子供がいても、あなたの面倒は僕が見ます」

「それって、いい話なのか悪い話なのか、訳わからないな」

ハルナはクックと笑ったが、すぐに咳き込みだした。

「もう喋らない方がいい。ゆっくり休んでください」

橋立は繰り返した。

「覚えておいてください。ハルナさんが僕より先に死んだら、僕は心の底から嘆いて号泣します。命日と誕生日には墓に必ず花を供えます」

「火葬にして灰は川に流してほしいと思っている。私はどのみち無縁仏だ」

「では、その川に花を流しましょう。僕はバカげた冗談を言う、とよく人のひんしゅくを買いますが、冗談や気休めで言っているのではありません。約束します。そして僕は約束を守る男です」

「橋立を、頼れるやつリストに載せてやる」

「光栄です」

「花は野の花がいい。川は……どこかな?」

何かつぶやいていたが、橋立にはもう聞こえなかった。

橋立は久しぶりに情報部に顔を出した。休んでいていい、と言われているが、何かわかったことがあるならそれを知りたかった。大江を見て驚いた。短い間に目立って痩せていた。橋立が何か言う前に大江は言った。

「俺はスレイヤーに呪いをかけられたんだ」

スレイヤーは力で勝てない敵には呪いをかける、と言うが、今の時代それはない、とわかっている。

「え？　精神攻撃ですか？　高師の？」

「呪いだ。犬に精神攻撃はかけられない」

「犬？　一体何があったんですか？」

「俺の犬が死んだ」

「犬って、あの老犬？　いつ死んでもおかしくない、と言っていた？」

「突然死んだんだ」

「そんなの突然、とは言いませんよ」

そんなことで呪いをかけたなどと言われるのは、とんだ濡れ衣だ。

「それだけじゃあない。歩いてたら馬車止めに蹴躓《けつまず》いて顔を地面に打ち付けた」

「ボーッとして歩いてたんじゃないのですか？　馬車止めを見逃すなんて。それは視覚と反射神経の老化です。トシですよ、大江さん」

「俺だけじゃない！　霧立も階段から落ちて入院だ。何も事情を知らなかった沖津でさえ、高師の怒りに触れて鼻の骨を折った」

「殴られたんですか？」

「いや、急いで家を出ようとして開き切ってなかった扉にぶつかったそうだ」

「そんなの、呪いじゃないですよ！」

「呪いだ！　じわじわ攻める、スレイヤーの呪いだ！」

橋立は救いを求めるように天野を振り向いたが、天野の机に置いてある破魔矢に気づいた。

「念のためよ。私は呪いなんて信じてないけど、あなたの机にも置いておいたわ。なんといってもあなたが、ハルナが入院している原因だもの」

沈着冷静、理論的、現実的であるはずの情報部が……と思うと、これはスレイヤーの呪いだと言えないこともなかった。


「あ、高師先輩」

「先輩？　後ろめたいんだろう、橋立」

高師はじろりと橋立を見た。睨まれると恐ろしい。呪いどころか眼力で殺されそうだ。

橋立はハルナが退院したと聞いたので彼女のアパートに来たのだが、建物の一階の部屋から出てきた高師にばったりと出くわした。

「責任をひしひしと感じています」

「お前のせいじゃない、とハルナは言っていた。自分が勝手に見に行った、と」

「それはそうですが、彼女を連れて行ったのは僕ですから。それよりハルナの部屋は二階じゃないんですか？」

橋立は不思議だった。

「一階に部屋を借りた。目を配れるように」

「押しかけ亭主ですか？」

「亭主なんかじゃない！　押しかけてもいない！」

「ハルナは春になったら押しかけ女房になる、と言ってました。春まで待つのは山の中で凍死したくないからですって」

「種子島で凍死なんかするか⁉」

「押しかけ女房を否定するのが先だと思いますが、そうでないのは追い返さない、ということかな？」

高師はうっとためらって声を低めた。

「ハルナは俺に温かい夢を見せてくれる。その夢を凍死させるつもりはない」

「先輩がそれでよくても彼女の夢はどうなるのですか？　彼女が先輩を諦めて、他の誰かが彼女の夢を壊すのは構わないのですか？」

「それは……」

「自分に関係なければいい、と思っているならそれはそれ。僕はハルナに、先輩に捨てられたら僕のところに来い、と言ってあります」

「……随分、手回しがいいな」

「新婚旅行にはもう行きました。あとは実践あるのみです」

「………」


橋立と高師が二階に行くとハルナがすぐドアを開けてくれた。寝ていたわけではないようだ。だが顔色は悪い。

「退院、おめでとうございます。お祝いに『花の木』のケーキ、持ってきました。杏の森、ライムの湖、柚子姫……甘酸っぱいケーキがお好きだと聞いたので」

「ありがとう、『花の木』はネーミングがいいよね。私は柚子姫にする。形も可愛い」

早速、ケーキの箱を開けて中を見ながらハルナは言った。

「名前と形で食うのか？」と高師。

「色や匂いで味は変わる。見た目やネーミングも同じだ」

「見た目が大事、というのはわかるが」

「高師、氏姫《うじひめ》ライスプディングや王殿《おうとの》オートミールなんて食いたいか？」

「いやなこと言うな。オートミールが食えなくなる。一本取られたよ」

高師が紅茶を淹れて皆でケーキを食べ始めた。

「美味しい！　高師、味見する？　みっちゃんも。味見させてよ」

みっちゃん、という呼び方に高師が眉を上げると、橋立はすぐにコードネームです、と言った。

「取材旅行ではなくて新婚旅行だったそうだな？」

「取材を兼ねた新婚旅行という設定だった。好きな男に全てを言わない女は、私が初めてではない」

笑い声を抑えている橋立を高師はいまいましそうに見た。

橋立が帰ると高師も腰を上げた。

「夕食は俺が作って持ってきてやる。外に出るな」

「階段を上るのが辛い。少し世話になるよ。ありがとう。でも高師、ご飯作れるの？　美味しく作ってよね。弁当屋のよりまずかったら食べないよ」

いつも通りの憎まれ口だが高師は言い返せない。ハルナに今までのような活気がないのだ。どこまで回復するのだろう？　全快しなかったらどうしてくれよう。

「高師、怖い顔してるね。怒ったの？」

「お前にじゃない。責任は大江にある」

「彼が悪いわけじゃないよ。仕事くれただけだ。多少の危険があるのは知っていたし、指示に従っていれば私は無傷で帰れた」

それは事実だった。

「橋立は死んでいた。行方不明で処理されただろうな」

「みっちゃんはいい人だから死なせたくなかった。私のこと、信用してくれたよ。……私は種子島に来て初めて、無垢というものが赤ん坊以外の中にも存在するのを知ったんだ」

知ってる？　高師、とハルナは口調を変えて言った。顔に血の気が戻った。

「万葉の真珠の中心にあるのは真っ白な核だ。それを守るようにいくつもの層がある。万葉の真珠は絶対の防御を意味する。守りの力が及ばぬときは、その身を破裂させて核を守る。純粋無垢な核を守るために我と我が身を切り捨てる。……なのに人はそれを半分に割ってしまうんだよ。懐疑心から、あるいは好奇心から……好奇心は九つの命を持つ猫をも殺す、という」

ハルナはフッと笑った。

「私は好奇心の塊だから十分注意せエ、とばーちゃんがよく言ってたな」

高師は山の家に戻ると、タンスの中から前にハルナが持っていった着物に似た色と柄のものを選んだ。ハルナは外に出るのも大変で退屈しているから針仕事にちょうどいい、と言ってシグマのためにクロークを縫っていた。それももうすぐ完成だ。

貰った着物は潮と血に汚れて万葉の病院で捨てられてしまったらしい、と言って謝った。着物としては使えなくても小物に利用しようと思っていたのに、と悔しそうだった。

橋立の言葉も耳にまだ残っていた。高師が壊さなくても他の誰がハルナの夢をぶち壊す？　そんなこと、許せない。妹を守りたい兄か、俺は？　守れなかったイレインの代わりか、ハルナは？

着物は包んで、すぐに持っていけるようにした。

考えのまとまらないまま美しい紙と数本のペン、そして色インクを揃えて高師は久しぶりに机に向かった。障子の赤い金魚が目に入った。

プロポジション

笹原の森の入り口でツェータは足を止めた。龍保護地区、入るには注意が必要だ。ただの散歩なので緊張して歩くつもりはなかった。向きを変えようとして、そばの木の下に座っている人影に気づいた。佐保だ。近づくと佐保は顔を上げていきなり言った。

「どうして私ではだめなの⁉」

「え？」

「高師はサイキックにはサイキックのサポートが必要なんだ、と言って、いつも私の気持ちに待ったをかけていたわ。でもハルナだってサイキックなんかじゃない。なのに、おばあ様の形見の着物をあげて、退院後の様子見るって彼女と同じアパートに部屋まで借りて。あんな勝手なことばっかり言って好き放題している女の子のどこがいいの⁉」

「そりゃあ！　お前がいつまでも煮え切らないからだ！」

ツェータはぶち切れた。ずっとそばにいたくせに、佐保は一体、高師の何を見てきたんだろう？

「高師は、戦士だ！　戦争がなくたってその本質は変わらない。スレイヤー族は大翼龍と戦うために何百年もかけて創られた血統なんだ！　しかも高師はスレイヤーの理想、と言われる男だ。いつか大人しくなって、お前の前に片膝ついてプロポーズすると思ったら大間違いだ‼」

ツェータはいつも夢見ている少女のような佐保が好きなのだが、それにも限度がある。

「青柳の家にこだわって、高師に遠慮して、お前自身が迷い続けている！　好きだと彼に言ったことすらない。私の気持ちはわかるだろう、だ。ハルナを見ろ！　金目当てだのスパイだの言われてもメゲやしない。高師に真正面から向き合って言い返し、あいつのために泣いてやり、力づけてやった。血を拭い、汗を拭き、吐物を始末してやった。お前が怖がって高師のそばにも行けない間、彼女はあいつの面倒を見てやったんだ！」

いつもは優しく慰めてくれるツェータの、初めて、とも言える批判的な言葉の数々に佐保は唖然とした。

「そんなに迷ってばかりで自分で何も決められないなら、さっさと高師は諦めて俺と結婚しろ‼」

勢いに乗ってそう言ってしまってからツェータはしまった、と唇を噛んだ。佐保の驚いた顔を後目《しりめ》に、踵を返し、足早にその場を立ち去った。

「それで、ついにお前も告白したわけか」

満面の笑みを浮かべて高師は言った。

「怒鳴ってしまった。格好よく正装で片膝ついて言うつもりだったのに……」

「予定は未定であって決定にあらず、だ。お前らしくていいんじゃないか？」

と言ってから高師はツェータをまっすぐに見た。

「それで返事は？」

「俺は逃げ出して、それ以来会ってない」

「情けないやつだな、俺にはあーせいこーせい、と言うのに」

「自分のことと人のことは違う。お前の方こそどうなっているんだ？」

「どうなるもこうなるもない！　そういう間柄ではない！」

と威勢よく言ったが、ツェータの見透かすような視線に黙り込んだ。

「どうしていいかわからないんだろう？」

ツェータは、高師が「サイキックもどき」と呼ぶほど人の顔色を読むのがうまい。四男という立場上、身につけた技と本人が自負する才能だ。

「自分が何をしたいのかさえ、わからないんじゃないのか？」

高師が何も言わないので、さらに追い打ちをかける。

「図星だな」

高師はようやく口を開いた。

「お前の言う通りだ。俺は……あいつが自分の好奇心の犠牲にならないように何かしなくては、と思うばかりだが、実際はどうしていいのかわからない」

「あ〜！　俺たちって、つくづく情けない！」

「佐保に言ってやれ、永遠には待たない、とな。ハルナなんてプランBがもうあるんだ」

「プランB？」

「橋立がプロポーズした、と言った」

「命を救ってもらったからって結婚するのか？　単純というか短絡的というか……」

「橋立は冗談めかした物言いに反して真面目で誠実なやつだ。情報分析の専門家。短絡的な思考とは程遠い」

「それは彼がハルナを信頼することにした、ということかな？」

「わからない。敵はそばに置いて監視しろ、とも言う。寝首を掻かれても後悔しない覚悟はあるのかな？　カマキリだ」

「あいつらには殺される、という意識はないだろう？　お前は寝た相手とも一緒には眠れない、と言っていたな」

「そんなことは言ってない。そばに人がいると眠れない、と言ったんだ」

「ハルナのそばでは眠っていた」

「気絶と睡眠は違う！」

「寝てた。眠っていた、ぐっすりと寝てた」

「エコーかけるな……」


「ハルナ、お水あげなくていいの？」

「涼しくなって植物の成長が鈍っている。水のやりすぎはかえって良くない。それにほとんどは収穫したから残っている鉢は少ない。自分でできる」

お茶にしよう、とハルナに声をかけられてシグマは椅子に座った。

白玉ぜんざい。栗も入っていた。

「おかわりしていいよ」

二杯たいらげて大満足して口直しのあられを食べていると、ハルナが手を拭きな、と言った。おしぼりで手を拭くとハルナは紙包みをシグマの前に置いた。

「新年の贈り物にしようと思ったけど、もうできたし、今の季節、少しでも早い方がいいと思ってプレゼントする。開けてみな」

「ぼ、僕にプレゼント？」

答えを待たずにシグマは紙を破いた。

「クロークだ！」

茜色、深い赤のクローク。刺繍は三頭龍だ。超かっこいい。黒い糸で目立たないが、光が当たるとキラキラ光る。内側を見て目を見張った。

濃紺の地、金茶色で草が描かれている。青や紫、白い花はなんだろう？

「茶色の部分は陽に当たると金色に見えるんだ、綺麗だよ。先生に貰った着物で作った。お揃いの小物入れもある。どうしたの？　あまり嬉しそうじゃないね？　地味すぎるか？」

「そうじゃない、嬉しい。僕、何かプレゼント貰うなんて初めてだ」

目が潤んできた。

「でも僕、ハルナにあげるもの、何も持ってない」

泣くな、と自分に言い聞かせた。人前で泣くなんて男の子がみっともない、とばあちゃんはよく言った。でも……嬉し涙はいいのかな？

「何もいらない。もう貰った。それは礼だ」

「何もしてないよ」

「旅行中、鉢植えの世話してもらった。帰ってきてからは私の世話をしてくれた。何よりシグマは私に無垢の意味を教えてくれた」

「僕、残酷じゃあないよね？」

シグマはハルナが初めて会った頃、言ったことを思い出して聞いた。

だから、とハルナは微笑んだ。

「お前は飾り言葉でない無垢の意味を教えてくれたんだよ」

「クローク、大切にする。汚れないように飾っておく」

「馬鹿なこと言うな。お前が寒くないように心を込めて作った。汚れたら洗ってやる。破れたら繕ってやる。遠慮せず使え」

ありがとう、と言い、もう一度クロークに触ろうとしたが涙がますます溢れてきて、それを拭うので精一杯だった。ハルナはそんなシグマを引き寄せ抱きしめた。

シグマは最後にいつ人前で泣いたか覚えていなかった。いじめっ子の前で涙ぐめばもっといじめられる、とすぐわかった。先生たちは無視した。

だからいつも一人で泣いた。隠れて泣いた。

ハルナに抱かれて泣いていると、昔、誰かがそんなふうに抱きしめてくれたことを思い出した。ずっと、ずっと前のことで覚えていなかった。でもそんな誰かが昔はいた。シグマは切なくなってハルナにしがみついて泣いた。


「ハルナ、俺は山の家に行く。明日戻る」

高師は八十と待ち合わせをしていた。八十の娘、明菜がハルナの様子を見に来てくれる、というので安心して出かけられる。ハルナはもうその必要ない、と言ったが料理上手な明菜との約束を思い出して一緒にご飯作って食べるよ、と気を変えた。

「高師、干しておいた草、カビ生えてないか必ず見てね」

わかっている、と高師はマンゴーが待っているセンターの広場に向かった。


山の家に着くとまず人の多さに驚いた。ツェータが襖を手配してくれて、それを持ってきてくれるのは知っていた。

八十はガスの配管を手伝ってくれる。だが沖津、大江、橋立、おまけに唐までいる。高師は、俺は呪いなんてかけてないからな、と大江を見て言った。

「いやあ、もうあれはいいんだ。双子の言った通り、ハルナが退院したら呪いは解けた」と晴れ晴れとした表情だ。

「VVの言うことなんか信じるな‼　かけてもない呪いが解けるか⁉」

「まあ、今日はお前が、ハルナが押しかけ女房に来る日の準備をする、と聞いたから手伝いに来た」

「誰もそんなこと、言ってない！　話に勝手な尾ひれをつけるな！」

「じゃあ、なんで今さらガスなんて入れるんですか？」と橋立。

「それは！　ハルナの持ってきたガスボンベは小さすぎて、しょっちゅうガスを入れないとならないから大きなボンベに変えようとしているだけだ。他意はない！」

「他意がないのに風呂までガスにするって変ですよ。他意じゃなくって下心？」

「下心なんてない！　あいつはすぐ川に入って水龍と話をしようとするし、水、冷たくなってきていて風邪なんかひくと困るからだ。肺炎にでもなったら……ただのついでだ！」

だんだん言い訳じみてきたのに気づいて高師は矛先を変えた。

「唐はなんで来たんだ⁉」

「ハルナの好きそうな小物を持ってきたの。この家、色気がなさすぎよ」と大きな箱を抱えている。

「色気なんてなくていい！　ハルナを押しかけ女房になんて、させるつもりはない！」

「唐さん、その小物はいずれ僕のところに来ることになりますが、それでいいですか？　ちょっと見せてください」

橋立は箱を地面に置いて中身をあれこれ見始めた。口を開けば何倍にもなって戻ってくるのがわかって、高師はだんまりを決め込んだ。六対一だ。

「沈黙は金なり、沈黙作戦ですか。まあ、いいでしょう。ともかく配管組と襖組に分かれましょう」

「ガスメーターに注意しろ。使っていないときに動いていたらガス漏れだ。この家は換気がいいから中毒や爆発の恐れはない、と思うがな」

「早速、ガスを使ってお湯を沸かしてみましょうよ。お茶を淹れるわ。見て、高師。全部、新しい襖よ、気持ちいいでしょ」

唐が我が物顔で言った。

新しい襖は草花の模様。すずらんと桜ぐらいしか花の名前を知らない高師にも、部屋によって草木の種類が違うのはわかった。襖だけではなく部屋の全てが新鮮で明るく見えた。

唐の持ってきた色とりどりのガラスの小瓶があちらに一つ、こちらに二つ、という具合に置いてあって、それらはぴったり部屋に合っているようにも場違いのようにも見えた。

ハルナがなんとかするだろう、と高師は思った。

お茶菓子は誰が持ってきたのか草団子があるかと思えば、たこ焼きもプチシューもあり、それぞれが勝手に好きなものを取って食べた。

「情報部の皆には言いましたが、先輩、僕は古いイリス語の本を見つけたんです」と橋立。

「それによると後にシュリンクヘッダーに変わった、と思える猟師は、ドラゴンの目を自分の体に埋めるんです。ただのお話だけど僕は他のバージョンと違っているので興味あります。盾の飾りにする代わりに体に埋めるって、どういう事情の違いでしょう？」

「時代や地域でなぜ、話が変わるのか、その点が興味深いな」

「非現実的な世界が現実に近づいたんじゃないの？」

「俺は、それは誤訳と思う」高師が言った。

「誤訳？　僕はイリス言語の原本で読んだんですよ」

「だからそれが誤訳。一番初めの話はイリス古語で書かれている。語り伝えられてきたものが字になった」

「じゃあ、高師は猟師が目をどうしたと思うの？」

「食ったのだと思う」

「食った？」

「飲み込んだ、かな？　ともかく体に取り込んだ。それがイリス古語の原本だ」

「体に取り込んだ……なるほど、体に埋めたとも食べたともとれる」

「神通力を手に入れるのに何か神聖なものを食べる、という行為はよく行われた。今でもそういう行為が実在する。魔の力も同じだ」

「でも食べちゃったら……出ちゃうじゃない……？」

「食べ物と同じだ。出ていっても栄養は吸収される。力の象徴を食らうんだ。力は体に残る。ドラゴンの目は使うときに出現する、という」

「どこにですか？」

「知らないよ、そんなの。おとぎ話だ。まあ、額とか手の平が妥当なところじゃないのか？」

「でも、出物腫れ物所嫌わずって」

「だからおとぎ話だって言ってるんだ。真剣に考えると不具合が生じる。下腹に出現して服、脱いで、このドラゴンの目が目に入らねえか〜！　なんて啖呵切ったら、ただの露出狂だ」

「見たい体と見たくない体があるわね」唐が眉をひそめた。

「去年のような腹芸は今年の忘年会ではやめてくださいね、大江さん」

「それは性差別だ、いや体型差別」と大江はむくれた。

「私は耽美主義なだけよ」

二人の言い争いを始めそうな気配に、

「高師、お姉さんに手紙は出したのか？」と、ツェータが話題を変えた。

「いや、エリザベスにはカードを書いた。返事が来た」

「何と言ってる？」

「年末年始休暇に来たい、と言った。長居するかは別で、ただ会いたい、と。お祭り気分の親戚の祝賀会には行きたくないし実家にも帰りたくない。当然だろう？」

「当然だな。子供がいたな。初めて会うんじゃないか？」

「ああ、確か九歳と六歳。女の子と男の子」

「おじさんと呼ばれるのに慣れておけ」ツェータはニヤリとした。

言葉にする者はいなかったが、高師の家族との関係改善は誰にとっても色々な意味で吉報だった。

「来年のことを言えば鬼が笑う、と言うが」と高師はツェータを無視して言った。

「コトが一段落したらもう一度、巻物を見てみようと思う」

皆の注目が高師に集まった。

「おい……大丈夫……と思うのか？」

「シグマは自分の故郷への道がどこかに書いてある、と感じて知りたがっている。俺は何か重要なことが……龍たちと人間との深いつながりの謎が記されている、と感じるんだ。だから俺も読んでみたい。山川がシグマにいいアドバイスをした。一人で読むな、と。俺はシグマと読もう、と思う。その頃にはハルナも元気になるだろう。彼女にも頼むつもりだ。俺を現実に引き戻してくれた。個人的理由で恐縮だが、できたらあと、二、三人、誰かに協力してもらえれば、と思っている」

「お前を抑えるには強い男たちが必要だな。俺は腕力には自信がある」と八十。

「前の経験を生かして俺もサポートする。あとは不動がいいな。あいつも強い」

「私は心を支える人間も必要だと思うわ。ハルナ一人では大変すぎる」と、これは唐。

「沖津さんと大江さんはやめた方がいいです」と橋立が、二人が何か言う前に遮った。

「お二人とも、ご自分の体をいたわった方がいい。僕、結構、強いです。先輩はもちろん、ハルナのこともよく知っているつもりだし、サポートさせてください」

「体力には自信はないが監視役として出席はしたい」と沖津は主張した。

「なんだか大人数になってきたな。ありがたいことだがマンゴーが監視役だ。マンゴーは前の件以来、俺が巻物を見るのに神経質になってはいるが。センターの総務長官になにかあるのはまずい。沖津、何があってもあんたは決して手は出さず、後始末に全力をそそいでくれ」

「承知した」

「先の話だが心の準備をしていてもらえればありがたい。第一巻から読み始める。危なくなったらすぐ止める」

「僕、何か非常識なことしたの？　僕、また、双子に担がれたの？」

シグマは助けを求めるように高師を見た。

「いや、俺にはカンペキな挨拶に見えたが。何か挨拶の仕方が変わったのか、エリー？　知ってのように俺はスレイヤーズの最新流行には疎い」

高師はエリザベスを見て言った。久しぶりに会う姉、彼女の子供たちに会うのは初めて。高師は一人で行くのが気詰まりでシグマを誘ったのだった。

「え？　いえ、そうじゃなくて……」

「あ、こいつは十二歳だ。小さく見えるが」と高師は言った。エリザベスが何を思ったのかわかったからだ。

「あ、そうだったの。オトナのような挨拶をするから随分おませさん、と思って。ごめんなさいね。カンペキだったわ、シグマ。ね、ソフィー？」

ソフィーはピンク色に頬を染めて頷いた。赤みがかった金髪も巻き毛もシグマは初めて見た。水色のドレスが似合って、とっても可愛い。

高師の姉家族に会う、と聞いた双子はシグマに挨拶の特訓をつけた。

「今は十二歳なら子供とみなされて礼儀がどうの、とは言われないけど、昔だったら戦場に駆り出されていた」

「どのみちもうすぐ十三歳だから知っておいた方がいいよ。それに伝統派のお姉さん家族に会うのだから印象をよくしといた方がいい」と珍しく双子は真剣に言った。

カンペキと言われてシグマはホッとした。歩き出すとソフィーはシグマの腕に手をかけてきた。シグマはソフィーが取りやすいように、腕をくの字に曲げた。これも双子のお仕込みだ。

巻き毛が頬に触れそうなほどシグマのそばに寄って、ソフィーは囁いた。

「あのね、私にレディにするような挨拶をしてくれたの、シグマが初めてなの」と微笑むソフィーはますます可愛く見えた。

だが、弟、ウイルの冷たい目線に気づいてシグマはドキッとした。彼は挨拶もムッツリの目礼だった。母親にくっついている。ソフィーと口をきくのも恨まれそうだったが、そばにいる彼女に何か話さないのも気が詰まる。

「君の髪、朝日みたいだ、僕、初めて見る。キラキラしてキレイだ」

ふふっとソフィーは笑った。

何を言っていいかわからなかったらホメる！　何がなんでも褒める、というのが双子の女の子との接し方のルール、その一だった。

あのね、これは内緒、とソフィーはまた囁いた。

「私の髪、巻き毛だけど本当はこんなにクルクルじゃないの。お母さんがおじさんに初めて会うのだからってカーラーで巻いてくれたの」と言ってソフィーは頭を左右に振った。クルクル縦ロールの巻き毛は少し揺れてからピッタリ元の場所に収まった。

「シグマの髪もとっても綺麗」

えっ、とシグマは驚いた。

「僕の髪、きれいだって言ってくれたの、ソフィーが初めてだ」

「そうなの？　でもとっても綺麗。私の髪がお日様ならシグマの髪は月の光のようよ。クロークととても合ってる」

「あ、ありがとう」

女の子を褒めるどころか逆に褒められている。女の子にも初対面ルールがあるのかな、とシグマは思った。

『花の木』でお茶を飲んだ。

シグマの注文したスミレの花の載ったケーキをソフィーが羨ましそうに見ていたので、食べていいよ、と言った。ソフィーはちょっと肩をすくめて母親を見た。彼女がにっこり頷くと、ありがとう、と言ってスミレの花を食べた。

双子のルール、その二。女の子が考えていることを口に出す前に先読みして期待に応える。君のような優れたサイキックにならできる、絶対できる、とおだてられた。照れる歳ではない、失敗したら笑って誤魔化せ、と念を押された。吉報を待ってる。これはプレッシャーだ。

だが、高師先生に絶対、恥をかかせたくない、という強い思いで臨んだシグマにとっては、これは任務のようなものだったのだ。ありがたいことにソフィーはきれいなだけではなく素直だった。

「荷物はちゃんと、着いていたか？」とホテルで確認してチェックイン。夕食の時間になったら迎えに来る、と言って姉家族と別れた。

外に出ると高師が、ありがとうシグマ、助かったよ、と言ったのでシグマは嬉しかった。任務無事完了だ。双子にも胸を張って報告できる。

「そのクロークもキマってる」

「ハルナのプレゼント。今日、初めて着たんだ。先生に布を貰ったたって聞いた。ありがとう、先生」

俺に礼を言う必要はない、と言ったが、高師は目を細めて微笑んだ。高師がそんなふうに微笑んでいるのを見るのは、シグマは初めてだった。

「お姉さんに会えてよかったね。先生が嬉しそうで僕も嬉しい」とシグマは小石を蹴りながら言った。

十二やそこらの子供にまで気を使われているのか？　と高師は思った。ちょっと前なら情けない、と考えただろうが、今はなんとなくシグマをいじらしいと思い、微笑ましくもあった。

子供は子供で、それなりの強い思いで心配したり悲しんだりしているのだ。

どうせ子供の考えること、浅はかですぐ忘れる、と一笑してしまう傾向にあったのだが、子供は単純な分、一途なんだよ、とハルナに言われた。

そういえば自分にもそんな頃があった、と高師は思い返した。確かに超真剣で超深刻……のつもりだった。信念に基づいて行動した。あの頃の方がよかったのかもしれない。今は複雑怪奇としか言えないような世界で右往左往しているだけだ。深読み、先読みのしすぎで膠着状態に陥っているのた。


ホントに本当に、やったのか？　が双子の第一声だった。高師の姉家族と会った話を誇らかに報告できる、と思っていたシグマはこの言葉にガクゼンとした。

「もしかしてＶＶ、また僕を担いだの？」

「担いでなんかいないさ。ただ……」

「ただ、何さ」

「いやあ、立派、立派！　君の教師として誇りに思う！」

したり顔で何度も二人は頷いた。

「本当はしないんだね、ああいう挨拶？　女の子の手の甲にキスするって」

シグマは二人をじと～っと見る。

「だから言ったろう？　微妙な歳なんだ、十二歳って。おまけに相手は九歳？」

「お姉さん家族は伝統派だし、ウケる、と思っただけだ」

「どうしてそんなに差があるの？　十二と十三って？」

シグマは不思議でならない。双子は顔を見合わせた。

「伝統だ。風習だよ。理由はティーンエイジャーになるから、だろうな」

シグマがまだ不思議そうな顔をしているのを見て、双子は続けて言った。

「十二はトゥウェルヴ、十三はサーティーン、十四はフォーティーン。つまり十三歳以降はティーンエイジャーということだ」

うーん、よくわからない。

「ともかく成功。女の子に気に入られたのなら大成功だ。僕たちの兄貴には機会がなくて、十六歳で初めて行った伝統派のパーティーで、そういう挨拶をする状況になった」

「緊張しすぎて、隣にいた、彼女にそっくりの兄の手を取ってキスした」

「殴られそうになって、そのパーティーが終わるまでずっと逃げ回っていた」

「お兄さんって……面白い人だね」

シグマはようやく、ふさわしそうな言葉を見つけて言った。

「ああ。ロレンスというんだ。彼は知能指数が超高くて頭はいいはずなんだけど、非常識なんだ。常人の考えることがわからないんだよ。父も母も、彼を見てると天才とバカは紙一重というのがよくわかる、と呆れている」

「僕、VVの家に行ったときは、あんなことしなくていいんだね?」

シグマは念を押した。

「ウチは伝統派じゃない。初めましてとか、お世話になりますくらいだ、挨拶は。あとはごちそう食べてゲームして、夜は子供は子供部屋で幽霊談でもするのさ」

「じーちゃん、ボケてきたから昔の武勇伝を繰り返し聞かされるかもしれない」

「僕は立月の里について聞きたいのだけど……」

「聞いてやれば喜ぶ。君は聞くのが上手だから。他の子供たちには気をつけろ。クチの悪いやつも手の早いやつもいる。君、一人で来るの？」

シグマは誰かに一緒に来てほしかった。皆、初めはスレイヤーの家に行ける、というので大乗り気だったのに、だんだん怖気づいてきたようで最近はその話になると静かになってしまうのだった。

「誰か来ると思う……」

「まあ、僕たち、君を取って食おう、というわけじゃないから心配しなくていい。あ、じいちゃんのところにはボケた大翼龍がいる。食われないように注意しろ」

「冗談だよね？　それ？」

双子はヘラヘラと笑いながら行ってしまった。


シグマは初めて見る百葉島の首都、桃葉《ももは》の様子に目を丸くした。あづまは体ごと丸く固まってしまってシグマの手をギュッと掴んで言った。

「ぼ、僕、こんな賑やかなところ、来たことない」

「僕だって同じだ……」とシグマ。

何もかもが近代的。万葉小島はもちろん、種子島にも滅多にない三階建ては当たり前。雲まで届くのではないかと思えるような高い塔もあった。何より人の数が並外れて多い。万葉島の首都にも驚いたが建物はずっと古風だし、人もこれほど集まってはいなかった。

「あれは放送塔。種子島の龍誘導灯より高い」

シグマもあづまもキョロキョロあたりを見回し、しばしば足を止めた。完璧におのぼりさんだが、

「ここにいるのは皆、観光客。島民は郊外に住んでいる。行政部門は桃葉といっても地区の反対側にあるから、ここにいるのは本当に観光客と観光関連企業で働いてる人たちだけだ。道を聞きたいならどこかの店に入って聞く。通行人に聞いたって、ここはどこだ？　と聞き返されるのがオチだよ」と双児は言った。

用もないのに観光の中心地に来たのは、シグマたちに百葉の様子を見せるためのようだった。もっと見たいと思ったが、間もなく広場に連れて行かれた。

何頭もの大翼龍がいた。その中から二頭借りて二人乗りで舞い上がった。郊外の建物はほとんど一階建て、たまに二階建てがあるくらいだった。純万葉式から近代的なのまで、建物は様々だった。レンガ造りのやたら凝った感じのものは古い大陸様式で建てられたものらしい。そのやたら凝った、とシグマが思った建物の一つの庭に双子たちは舞い降りた。龍たちは自由になると観光地目指して飛んでいった。

赤いレンガの立派な建物は二階建て。建物のあちらこちらにある奇妙な動物の像をシグマたちが見

ているると、家の中から女性が飛び出してきた。

「おかえりなさい！　待ってたのよ」と言って双子にキスの雨を降らせた。

それからシグマを振り返って、あなたがシグマね、と頬にキスした。シグマが何かを言う前にあづまにも同じように、あづまくんね、と言ってキスした。

「お世話になります」

シグマもあづまも、ようやくそれだけ言った。

「母のレイラ」

「レイラと呼んでね。百葉は初めて？　楽しんでいってね」

ともかく中に入りましょう、と言って歩き始めた。

「お腹すいた？　それとも喉、渇いてる？」

喉が渇いていたが、いきなり水、ください、とも言いにくい。中に入るとすぐ、二階に行く階段を示された。

「VV、あなたたちのお客様、ちゃんと面倒見てあげるのよ」

遠慮しないでね、とにっこりシグマたちに微笑みかけると自分は奥の方に行ってしまった。はっきり言ってシグマもあづまもホッとした。

「まあともかく荷物を置いて、それから何か食べよう」

大きな部屋に通された。二段ベッドとソファがあったが、それらはすでに誰かが使っているようだ。

「子供たちは雑魚寝だ。部屋の隅にあるのが寝袋。好きなの使って」

荷物を置いてから子供ばかりが集まっている広間に行った。食べ物のいい匂いがした。たいした自己紹介もなく、これはシグマとあづま、と双子が紹介して、部屋にいた皆がこんにちは、とか言ってそれぞれ名前も言ったようだったが、人数が多いし早口でシグマには何も聞き取れなかった。

「好きな物、いつでも来て食べていい。夜中でも飲み物とスナックは置いてある」

シグマが何を食べようかと迷っているうちに一人の男の子が寄ってきた。シグマより年下だ。他の子も見ている。

「あのさ、君、ドラゴン使ってカンニングしようとしたって、本当?」

「ええ！　ど、どうしてそれを……」

聞かなくてもわかる。当然、双子が広めたに違いないが、センター内だけでなく彼らの親戚が知っているのがショックだった。

「本当なんだね！　すごいや！」

「え？　すごい？」

「すごいよ。ジュニアでそんなことできるなんて！　僕てっきりＶＶの脚色話かと思ったんだ」

他の子たちも驚嘆の眼差しでシグマを見ている。

「君はここでもジュニアの英雄だ」と双子が満足げに言った。

「僕、英雄になんてなりたくない、そんなことで。まさかお母さんも知ってるんじゃないよね？」

双子は少し悲しげに首を振った。

「母さんは僕らの才能を評価していない」

ああ、よかった、とシグマは安心したが、次の双子の言葉はあまり喜ばしいものではなかった。

「僕らは何も言ってないけれど他の誰かは言ったかもしれない」

あづまはすでにチキンナゲットやらジンジャービスケットやらをゴチャゴチャに載せた皿を持って何かを頬張っていた。シグマもあづまを見習って見たこともない食べ物を取って食べた。ホットジンジャーティーというものを初めて飲んだ。体が温まってとても美味しかった。

その後、皆でゲームをした。双子がジュニアの子守役のようだ。面倒見がいいので驚いた。ときどき、一人が出ていったりもしたが、二人ともいなくなるのは稀だった。

ゲームに飽きたのか、子供たちは双子に話を聞かせて、とせがんだ。

「ドラゴンの目の話してよ。一番古いやつ。皆、聞いたことないって言うんだ。ニンゲンが出てこないやつ」と一人が言うと、ヴィクターは笑って、僕がじいちゃんに聞いた話だから、じいちゃんがしたように話して聞かせてやる、と言って話し始めた。

「むかーし、昔の話じゃて。人間なんぞはいないときの話じゃて。だが龍どもはいた。龍族は人間なんぞよりずっと早くに、この世界に現れたんじゃからのお。

世界に陸はなく彼らは海に住んでおった。小さい……今の水龍より小さな龍じゃった。海藻などを食べておった。仲良く暮らしておった。争いごとなど知らなかった。

だが、あるときから水が冷たくなり、だんだん餌も減ってきた。飢えて死ぬものすら出てきた。餌である海藻を取り合って争ってるうちに、互いの血の味を覚えた。そして終いには共食いするようになったんだと。そうしてみると不思議なことに、彼らは徐々に大きくなり賢くなっていった。頭が良くなると食べ物のためだけでなく縄張りのために、繁殖のために互いを殺し、食うようになった。

そうやっていつしか巨大になり、強く賢くなった。しかし海はどんどん冷たくなるばかり。いつしか凍りついて世界にはただ一頭の巨大な龍がいるだけになった。数々の戦いで一つの目を失った、一つ目の龍。最強のドラゴンじゃ。長い時がたち、そんな龍にも最期の時が来た。海の全てが凍りついて、その巨大龍も凍りついた。だが、生命が全て凍りついても世界は動き続けた。大陸ができ、島もできた。山ができ、谷ができた。

時が流れ、さらに流れ、世界の形も変わっていった。やがて氷河期が終わり、海が暖かくなると、その凍りついていた龍の体も溶けて、腐った肉からわさわさと小さな龍が生まれでてきたんじゃと。そうしてどんどん増えて、だんだん世界中に散っていった。

じゃが、大龍の目はそのまま残った。あまりの力の大きさに別のものになることができなかったのじゃ。それは自ずと持つ力の重さに耐えきれず、どこかの地の底、海の底深くに沈んでいったんだよ。

しかし、そのどこかで、一つ目は今も世界を見ている。どうしたいのかは知らん。力があれば使いたくもなるんじゃろうか？　それとも、もうそんなことには興味もないのかもしれん。

ある者はそれを人間が手にした、と言う。他の者はその目は龍たちが守っている、と言う。真実はわからんて。クレセントの血を引く子供たちよ、未知を愛する我が子孫たちよ。憧れに惹かれて冒険旅行に出かけるのもいい、じゃが、そっとしておいた方がいいものもある。一つ目の力もそんなもののうちじゃ」

そのとき、大人が二人、入ってきた。それまで大人と子供は完璧に分かれて、それぞれに楽しんでいたのでシグマは驚いた。

あ、おじいちゃん、おばあちゃん、と皆が一斉に声を上げた。シグマとあづまは立ち上がってお辞儀をした。

「ああ、挨拶はええんじゃあ」

シグマの予想に反して全く威厳のない表情と声で男は言った。

「じいちゃん、少しボケてんだ」と双子が囁いた。

おじいさんは少し顔をしかめて、その様子からシグマはこのヒト、ボケてない、と思った。

「わしはボケてなんぞおらんわあ。ゆうっくりなだけじゃわい」

「耳は地獄耳」とまた双子は囁いた。

「おじいちゃん、と言ってるけど本当は曾祖父《ひいじい》ちゃん」

「お前があ、シグマかのお？」

「あ、は、はい」

シグマは直立不動の姿勢になった。

「VVがあ、昔話を聞きたいとお……」

「あ、そうそう。君が立月の里の話を知りたがっているって、言っておいたんだ」

ヴィクターが口を挟んで話を要点に持っていく。

「ノート、持ってきてくれたよね、おじいちゃん」

おじいさんがノートを探しているのを機会にシグマは、レイラの様子をヴィクターに聞いた。

おばあさんが皆に酒が回ってきたので逃げてきた、とヴィンセントに囁いているのが聞こえて、奥の方から聞こえる音楽や人声が大きくなっていた。時々、雄叫びが聞こえる。何が起こっているのか気になったのだ。

「あの、お母さん、大丈夫なの？」

「母さん、結構強いんだ。それに暴漢用スプレー、今年は買ったって言った」

「暴漢用スプレー？」

「手に負えなくなった酔っぱらいにかけるのさ。バタン、キューだ、それかけられると。おばさんの推薦」

「すごく野性的なパーティーなんだね」

あづまは目を丸くした。

「三十年前までは大翼龍と戦って血を流し、今も大翼龍と渡り合って職場で血を流している連中が集まるんだ。飲んで騒ぐだけだ、平和だよ、万葉のスレイヤーズのパーティーは。大陸のイリス国では傷害事件にまで発展することが結構ある、という」

「な、なんかすごいことになっているんだね、大陸は」

「イリスの隣国クロシスなんてもっとすごいって話だ。政治が不安定になってて、酒が入るとその不満が噴き出るんだ。なんたってもともと血気盛んなスレイヤーズだもの」

「万葉も困ってる。三十周年記念が近いっていうのに、また戦争になるんじゃないかって」

「え？」

「国内の不満を外国のせいにして矛先を変えさせる、なんてよくあることだ。高師も狙われてる、という話も聞くし。剣呑としてる、種子島も」

「な、なんで先生、狙われるの⁉」

初耳だ。そんな素振りは全く見せない。他の先生方だっていつも通りだ。

「種子島は万葉連邦の大きな戦力、そして高師はその種子島の要だ。ＤＫ時代、彼は数々の支部を結束させ大企業に揺さぶりをかけた。奇襲攻撃が得意だ。戦争ともなれば高師はその実力を発揮する」

「なのに今、彼、ちょっと変だ。精神攻撃を受けたら自衛できるか、皆、心配してる」

「変って？　高師先生？　何が？　どうして？」

「わからない。なんとなく落ち込んでる、と感じるだけだ。初めはなんかあったのかと思ったんだ、小島で」

「万葉小島？　ま、ま、まさか僕のせいじゃないよね⁉　僕、期待外れ？」

「初めはそれを考えた。でもそうじゃない。高師は君を見つけて連れてきたことに関してはすごく喜んでる。京葉のサイキックを見つけたって、自分もメンターだって」

「あとから行った調査分析部が何かを見つけたらしい。それを彼が見て……でも僕らには詳しいことはわからない。君は知ってる？　小島でどこに行ったか？」

「あ、いつみ川の上流に行った。炭坑みたいなものがあった。川が赤くなったって僕が言ったから、原因、探しに」

「いつみ川の炭坑？」

「おじいちゃんが帰ってきた」とヴィンセントが口を挟んだ。

なんとなく、話を中断したかったのではないか、とシグマは思った。

高師先生が落ち込んでいる？　万葉小島で何か見つけた？　戦争になる？

そんなこんなで初めのうちシグマは、気が散りがちだった。だがさすがに立月の名が聞こえると真剣に話に集中した。

地龍と水龍の里、立月。そこに数百年前だかに大翼龍がやってきた。月の使いのお姫様が乗っていた。月光のような髪をして、未来を見ることができたという。三夜日姫《みやびひめ》というのがお姫様の名前だ。

その話を知って、おじいさんの弟はそのお姫様が同じ頃、行方不明になった初代クレセントの娘ルナではないか、と思ったのだそうだ。

万葉島には当時いないはずの大翼龍の伝説。夜の日とは月、三夜日は三日月、つまりクレセントなのではないか？　と推測して。そしてスレイヤーが万葉を抑えたあと、その推測を実証する手がかりを探して冒険旅行に旅立った。

万葉島にあるのは確か。小島に近いのも確か。山の中でいくつもの滝がある。その一つを暗陰の滝という。満月の夜、暗陰の滝壺に女尾《めび》の渦ができるとき、そこに飛び込むと願いが叶う。もっともそれは滝壺から上がってこられたら、の話で上がってこない者もいる。立月一族の成人の儀式でもある。

彼は一度帰ってきて、自分の発見したことを書き付けたノートを置いていった。そして再び旅に出て行方不明となった、それが全容だった。

シグマはなかなか寝付けなかった。おじいさんの話はもちろん興味深かったが、高師先生のことが心配になった。いつみ川の炭坑に案内したのはシグマだ。

あづまはぐっすり眠っていた。シグマも大人たちのパーティーの雑音を聞きながら、そのうち眠った。


翌朝、朝ごはんを食べているとおじいさんがやってきた。シグマに見せたいものがある、という。彼に案内されて地下室への階段を降りた。

明かりはランプだけ。その中に大きな影が見えた。真っ黒な大翼龍だ。

「ナイトメアというんじゃ。最近はいつも眠っとるわ。大翼龍としても相当の歳じゃ」

「ふ～ん」

ナイメー？　「無い目」かな？　眠ってばかりいるから目がなくなっちゃったのかな？　龍の年寄りっていくつなのかな？

「こいつは立月の里のすぐ近くまで行っておる」

「え？　どこにあるか知ってるの？　立月の里」

「さあてな。近くまで行ってこれ以上は自分は近づけない、と言ったそうな」

「どうして？」

「そりゃあ、わからんよ。わしには、そのときのことはあまり話さなん。聞いてみるといい……じゃがさっきも言った通り、大抵寝とるでなあ。ちょっと、声かけてみろや。起きるかもしれんがな」

寝ていたら挨拶もできない。それに双子はおじいさんのところにはボケた大翼龍がいる、と言っていた。いきなり声かけて驚かせた挙げ句に食べられたのではかなわない。それを察したのかおじいさんは言った。

「わしと同じで動きも鈍いがな。食われそうになったら逃げればいいで」

そんな呑気な、と思ったが、やってみる価値はありそうだ。

十分な距離を取ってシグマは呼びかけた。

「無い目」は目を開けた。あ、目がある、挨拶をしようとしたが龍はすぐに飛び立ってしまった。どこまでも飛んでゆく。月の淡い光に真っ白な滝が浮き上がって見える。月虹がかかっている。滝のそばに鳥居がある。白い鳥居だ。ぼうっと光っている。

きれいだな、と思ってシグマはふと気づいた。僕は地下室にいるはずだ。なんで「無い目」に乗ってるなんて思うんだ？　なんで滝が見えるんだ？

誰かに手を強く握られた気がしたが誰もいない。再び手を握られた。前よりもっと強く、あまり痛いので誰が握っているのか懸命に見ようとした。

「ああ、気づいたかいな。ちっと、心配したで。意識を持っていかれて帰ってこられないんでないかと。いや、お前は特殊なサイキックなんじゃゃな。ＶＶの言うことを信じてないわけではなかったが……お前は幽媒《ゆうばい》か？　やれやれ……年取って判断力が鈍ったと言われるで、ＶＶには言わんとってくれ」

「僕、『無い目』に連れられて立月の里の上を飛んだよ。月が出てた。夢かなあ」

「お前はのう、ナイトメアの幽体について空間だけでなく時を飛んだんじゃよ」

「幽体についたって……僕、龍に取り憑いたの？　僕、幽霊？」

シグマは驚いて足元を見た。足はちゃんとあった。

「幽体と幽霊とは違うがな。幽霊なんぞおらん。つまり死んだものの霊など出てこん、という意味じゃ。幽霊を見た、と思うのは幽体を見たか、そうでなければ気のせいじゃ。幽体は生きておる体の一部じゃがのう」

高師先生がなんか似たようなこと言ってたっけ……とシグマは思った。

「幽体分離というじゃろうが。生命体には肉体エネルギーと精神エネルギーがある。精神エネルギーの塊を幽体というんじゃ。幽体は時を飛べる。時間に縛られないからのう。じゃが実体……肉体を失えばやがて消える」

幽体分離は経験した。しかし幽体は空間だけでなく時を飛ぶ?

夜はまた他の子供たちと一緒に遊んだ。お腹いっぱい食べて、また遊んだ。楽しかった。


翌日、皆に別れを言った。子供たちは皆、親切だった。ごちそうもいっぱい食べた。何もかも、とってもとっても楽しかった、と言うとレイラは満面の笑みを浮かべた。

「おじい様がとても喜んでいらしたわ。自分の昔話を熱心に聞いてくれたって。また来てね」とシグマとあづまにキスしてくれた。

双子が船着き場まで送ってくれた。お土産、と言って年越しプディングなるものをくれた。パーティーのとき食べたが干しぶどうやデーツ、ドレンチェリーという赤や緑のとてもチェリーには見えないものが入っていて、いい匂いがして美味しかった。とても長持ちする蒸し菓子なのだそうだ。二人とも、船が出るまで待っていてくれた。

別れるときは、またすぐ会えるとわかっていても、なんとなく悲しかった。二人の姿が見えなくなっても、シグマとあづまは船の手すりに寄りかかって百葉島を眺め続けた。

謹賀新年

「先生。これ、お年始。今年もよろしくお願いします」

とハルナとしては神妙に挨拶して、小さな包みを高師に差し出した。

「必要ないのに。俺は何も用意してない」

「生徒から先生に渡すものだ。たいしたものではないけど、先生のために作った」

「手作りか。ありがとう。開けさせてもらう」

と言って包みを開いた。水龍の革の飛龍用のポシェットだ。大小のポケットがついていて小型のナイフも差せるようになっていた。

「実用的だな。ありがとう、使い勝手が良さそうだ。大切に使わせてもらう」

「気に入ってもらえれば嬉しい」

こんにちは〜とシグマの声がした。

今日は友人を招いて高師が万葉料理を振る舞う新年会。龍たちの為には樽酒が用意されている。

「先生、僕ね、ＶＶのお母さんに貰った年越しプディング持ってきた」

「子供たちにって貰ったんじゃないのか？」

「あづまも貰ったからそれは皆で食べた」

「子供用にできてる」

「大人用って違うの？」

高師はニッと笑った。

「大人用は酒がタップリ含ませてある。もともと入っているけど、調理しているうちにアルコール分のほとんどは飛ぶ。香り付けだ。大人用はあとからまた、酒をかける……。いや、今からでも遅くはないな。酒、ぶっかけてやろうかな？　皆が集まるまでには時間がある。あ、お前の分は別だ、シグマ」

目をぱっと見開いたシグマを牽制して高師は言った。

「私は？　私は？」とハルナ。

「う〜ん……こっそり他の酒を飲まないと約束するなら、オトナ用プディングを食わせてやる」

「お屠蘇《とそ》は？」

「縁起物だからな……一杯だけだ。盃に、だぞ。グラスじゃない」

「先生って抜け目ないね」

「お前の考え方はわかってきた。約束しろ」

「わかったよ……約束する」

ハルナは渋々、というように約束した。

「僕もおとそ。おとそ飲みたい」

「う〜ん、お前は小さすぎる、脳の発達に悪いんだ。一杯ぐらいって思うだろうが味に慣れるのが怖い」と高師は渋った。

「元旦の食事で出ただろう？」

「お酒抜き、おとそモドキ」

「先生、私たちになんか頼み事あるから早めに来い、って言ったんじゃないの？」

「タノミゴトきいたげる。おとそ飲ませてくれたら」とシグマ。

「偉そうに言うな。お前のせいだ、ハルナ。交渉だのなんだの、おかしなことばかり教える」

ハルナは天井を見上げて私には関わりはありません、という様子。

お前、背が伸びたな、と言って高師はシグマを見た。

「授業が始まったら飛龍技術を教えてやる、それで手を打たないか？」

「打つ！」

交渉成立。

「で、頼み事ってなんなの？」

「巻物を読もうと思うんだ。二人にも協力してほしい」

「読みたい！　僕、先生と一緒なら全部、読めるかもしれない！　あ……でもハルナはだめだよ」

高師はなぜ？　というような顔をした。

「病気、良くなってないもの。咳き込んでる」

「たまに、だ。もう大丈夫。私、大丈夫だよ、先生」

あ、と高師は思った。顔色もいいし、もうすっかり良くなった、と思い込んでいた。だからといっていつまでも延期したくない。だがハルナにいてほしい……高師は迷った。ハルナの力が必要なのだ。蒼海和尚の言う彼女の生きる力、「生命の兆候が肉体から消えても、それでも蘇ってくる力」だ。

「お前に負担はかけたくないが、そばにはいてほしい。三人で手をつないでと思っていたが……。前に読んだとき、周りにいた他の子たちは何も感じてなかったんだな?」

「うん」とシグマ。

「配置を考え直す」

高師は迷いを捨ててきっぱり言った。

「配置?」

「ああ、今日、集まる連中は皆、巻物朗読会に参加する」


ツェータは万葉の実家に行って、まだ帰ってきていなかった。沖津は奥さんの実家の新年会から仕事を口実に抜け出してきた、と言った。八十は明菜と来たが他は皆、独り者。年始祝いを共にする家族も親戚もいないのだ。

「弟たちはどうしたの、みっちゃん」と最後に来た橋立にハルナは声をかけた。

「お兄ちゃんと一緒、というような歳じゃないです。それに彼らは万葉島に住んでます。友達と初詣にでも行ったでしょう」

家族がいるのに会わないなんて、とハルナは顔をしかめる。

「一番下の弟、今、僕に腹を立ててるんです。会ったら喧嘩になりそうだから」と言ってハルナの次の質問を避けるように、大きな包みを台所に持っていった。

僕も大学で万葉料理研究会の一員でしたから少し作って持ってきました、という声が聞こえる。

「こないだみたいな、ドクヨモギ餅じゃないだろうな？」

「今回、ヨモギはお店で買いました。大丈夫です」

居間で聞いている人々は互いに顔を見合わせた。

「橋立は植物を見る目が全くない。不安だ」

「俺は前回、食っちまった。高師が気づく前に。ひどい目にあった」

「でもお店で買ったって」

「チューリップの球根も店で売っている。玉ねぎと間違えて食って死んだやつがいる」

「私、ちょっと行って、ちゃんとヨモギとして売っていたか聞いてくるわ」

シグマはヨモギ餅は食べない、と心に決めた。

「お前、栗きんとんばかり食ってるな。独り占めするな」

「だって美味しいもの」

シグマは素早くまた栗を数個取って、すまして言った。

料理はどれも美味しかった。見た目もきれいだ。高師が作ったものと橋立の持ってきたものの見分けはつかなかった。

「二人ともお料理、上手だね。感動だ。先生はお掃除も好きみたいだし。洗濯も自分でするの？」

「俺は一人暮らしに慣れている。大抵のことは自分でできる」と言ってから、「俺はきれい好きなだけで掃除するのが好きなわけではない。お前の小屋の掃除なんかしない」と付け加えた。

「何も言ってないのに……先読みしすぎだよ、先生」

ハルナがムッとしたように言った。


食事のあと、唐の手作りの福引きゲームをした。

シグマにはコマやメンコのゲームセットが当たった。明菜が羽子板を当てたとき、このゲーム、なんかインチキじゃないかな、とシグマは思った。誰の手にも、当たった人が喜ぶような、あるいは必要としているような物が行った。

それも終わると真剣な話になった。デザートを食べながら、巻物を読むための打ち合わせだ。明菜とシグマの皿には子供用というプディング。温かい。横にたっぷり載った泡立てた生クリームが溶け始めている。その上に柄の付いた赤いチェリーやスミレの砂糖漬け。

ハルナは自分のが小さい、と文句を言った。

「文句言うならお子様用のに変える」

ハルナはブー、と言ったが皿を取った。皿からはくらくらするような香りが立ち昇っていた。

「いい匂い。なんか匂いだけで眠くなりそう」

「やっぱ、お子様用に変えるか？」

ハルナは皿を持ったまま席を立って高師の手の届かないところに逃げた。高師は仕方ないな、というように肩をすくめた。そうして紙に書いた配置図について説明し始めた。

「シグマと俺とで手をつなぎ、巻物を読む。その外側にハルナとツェータ。向き合って、つないだ俺たちの手の上に、手を添えてもらいたい。直接、輪に加わるより負担が少ないと感じるんだ。その外側に四人、必要になるまでそれぞれ誰にも触れないようにしてくれ。巻物の力に巻き込まれてほしくない。内側の四人に悪い兆候が見えたら状況を分析、まず二人で援護する。もしこの二人にまで悪い兆候が広まったら朗読は中止。他の二人で外から内に向かって順番に引き離す。シグマと俺は最後まで離すな。俺が本当にヤバそうに見えたら、シグマを引き離し面倒を見てやってくれ。俺は自分でなんとかする」

「僕、絶対、先生を見捨てたりしない！」シグマは叫んだ。

ショックだった。見捨てることも見捨てられることも嫌だった。

「見捨てろ、と言っているんじゃない。態勢を立て直して……それから助けてほしい、と言っている。

共倒れではまずい。……それに一巻目はお前とハルナがもう読んでいるから危険があるとは思えん。万全を期す、というだけだ」と高師はシグマを安心させるように言った。

「サイキック能力がどう働くのかはわからん。お前が十分考えたことだろうから配置に異論はない」

「心への影響に備えて、平静を保つ特訓でもするか？」

「シグマもお、先生もお、絶対、見捨てたりしない！　必ず現実に引き戻してやる！」

ハルナがシグマに大声で言った。顔がピンク色で目がとろんとしている。色っぽい。

「お前、もしかして酔ってるのか？」

「デザートで酔っちゃうんですか？　危ないなあ」

「酔ってなんかない！」

「酔っぱらいは皆、そう言うのよ。でも心配しなくていいわ。私がちゃんと家まで送っていくから」

「よってなんかないよ……」とハルナは繰り返したが、今度は小声だった。

その様子を見て沖津と不動は微笑んだ。八十に鬼のような形相で睨まれて高師は目を伏せた。年頃の娘を持つ父親からの長々とした説教を予測したのだ。

助け舟を出したのは橋立だった。

「ハルナさんの名前は漢字だと春の菜？　春と七かな？　そうすると名字のゴギョウって春の七草の御形《ごぎょう》と考えてもいいかもしれないですね」

「母子草《ははこぐさ》ね。あれもお餅に入れてもいいみたいね」

「香りはヨモギの方がずっといいと思う」

ヨモギはちゃんとラベルが貼ってあった、と聞いたのでシグマはヨモギ餅を食べた。お腹がすでにいっぱいの上にもうちょっと、と思って押し込んだので眠くなった。ヨモギのかすかな香りが記憶をくすぐる。

……昔、食べたことある、同じ香りの……ヨモギ餅だったのか。ごぎょうの草餅……母子草……なんでそんなふうに呼ぶのかな？　母さんってどんな人だったんだろう？　顔もよく覚えていない。僕を連れて逃げた、というのだから僕を守りたかったんだろうな。すぐ、気が狂って死んでしまうとわかっていても？

誰かがシグマを抱き上げた。

ベッドに運ばれるのかな、と思った。夢うつつのシグマの目に赤いものが映ったが、なんだろうかと思う間もなくそのまま眠ってしまった。


目が覚めると赤いものがやっぱり目の前にあった。ハルナだった。眠っている。ぼーっと見ているとハルナも目を開けた。

「ここどこ？」

「う～ん。多分、先生のお家」

身を起こす。ベッドの中だった。

「唐先生、うちに連れて帰ってくれるって言ったのに……」

「あ、ごめんね」と下の方から声がした。唐はベッドの横に布団を敷いて寝ていた。

「私も酔っちゃった。でも酔っぱらいの男が来たら追い払おうと思って隣で寝てたの。あ〜、気持ち悪い。頭痛い。ハルナは大丈夫？」

「頭？　大丈夫だよ。どうして？」

「飲みすぎ……二日酔い。ああ、痛」

飲みすぎ……二日酔いって頭、痛くなるのかあ、とシグマは思った。なんでそんなになる、とわかっていて飲むのかな？

誰か起きているのか？　と襖の向こうから声がした。

「味噌汁できた。飯も炊いた。あと昨日の残り。食いたいなら来い」

皆、のろのろと起き上がって台所に行った。

「あ、お味噌汁、いい匂い」

ハルナは味噌汁にご飯、魚の煮物を取った。申し訳程度にナマスも添えてお盆に載せた。シグマも取ったが魚の代わりに栗きんとんを盛った。栗はかけらしか残っていなかった。黒豆も載せた。

「栗きんとんや黒豆なんて甘い物、ご飯のおかずにならない」

「なるよ」

「ならない」

「なるよ。ハルナだって、おはぎ大好きじゃないか。朝、昼、晩、それしか食べなかったって。この間」

「そんな食生活、体に悪いぞ」と高師。

口では誰にも負けないハルナなのにシグマに言い負かされた、と思うと笑いがこみ上げてきた。

「子供には勝てない」と言ってハルナは言い返さなかった。

食欲がない、と唐は味噌汁だけよそった。

「他の人は帰ったの？」

「ああ、素面《しらふ》だったのは明菜だけだった。お父さんの目が光っていたから、お屠蘇以外は飲まなかったんだな。沖津は限度を知ってる。橋立はよくわからん。結構飲んでいたのに全く変わらない。八十と不動は酔ってはいたが龍から落ちるほどではなかった。龍たちも飛べないほどではなかった」

午前中は皆で文字通りゴロゴロして過ごした。

「先生、ガラスの小瓶がいっぱいあるね。きれいだ」

「唐が持ってきた。持っていっていい」

唐も持っていっていいわよ、と言った。

「本当？　小屋に二、三本、持っていきたい。薬草とか入れるの」

「ああ、あなたの小屋、見たいわ。私の使ってるところも見せてあげる」

「何してるの？　唐先生？」

「新しい技の練習とか、ムチの開発とか……。失敗することも多いから、あまり生徒に見られたくないの」

「失敗して自分にムチ当てて血まみれになってたな」

「八十さんも同じよ。奇妙な武器を開発して自分を吹き飛ばしかけたわ」

高師に笑われて唐は面白くなさそうに言い返した。

「みんな、危ないことしてるんだね」とハルナ。

「お前も同じだ」

「私のは爆発なんてしない。せいぜい中毒死。シグマ、赤い実、食べるんじゃないよ」

「そこらに生えてるものなんて、もう食べないって言ってるのに」

村にいた頃はともかく、今はカンティーンに行けば食べ物はいくらでもある。

「紫の実は食べていい」

「食べる！」

昼を過ぎて、散歩がてら高師の家の敷地にある小屋などを見に行くことになった。

唐の小屋は、小屋とも呼べないような屋根と板壁の仕事場だ。周りの地面は、硬い所と砂場の所があある。ムチの練習場だろう。

ハルナのは本当に小屋だった。風が入って種が飛んだりすると困るので、土間とはいえ、板でちゃんと仕切った小部屋があった。棚もあるが何もない。そこにハルナは持ってきた小瓶を数本置いた。

風通しが良いように作ってあるもう一つの部屋には、草の束が沢山吊るしてあった。小屋の周りは植物に囲まれていたが、季節がら、あちこちに空間があった。

シグマは紫の実を採って食べた。少し甘いが美味しい、というほどではない。指が紫になった。舌も紫だよ、と言われた。

柵があるわけではないので、どこまでが高師の土地なのか、どこからが笹原の森なのかはわからない。しばらく歩くと白い鳥居があった。

「なんで鳥居があるの？　どうして白いの？」

「わからん。俺が作ったんじゃない」

「先生、いつもそればっかだね」

「仕方がないじゃないか。俺が天地創造したわけじゃないんだから。知らないことだって山ほどある。大人になったら全ての謎が解けるわけじゃない。わからないことが沢山あるとわかるだけだ」

「じーちゃん、ばーちゃんも一生勉強だって言っていたから、それはわかるけどさ。身近にある物のことくらいわからないの？」

「一番身近なハズの自分のことさえ、よくわからないんだ。お前と話していると知っていることなど何もないような気がしてくる。もう嫌だ。もう話さない。何も聞くな」

「駄々っ子みたいだね、先生って」

高師は黙り込んだ。

「白い鳥居って僕、前に見たよ。『無い目』に連れられていった立月の里で」シグマが言った。

「ナイメ？」

「VVのおじいちゃんのところの黒い龍。年寄りで寝てばかりなんだ」

高師には初耳だ。シグマは百葉で見聞きしたことを説明した。

「幽体に乗ったのか？　そうか、幽媒なんだ、お前って。幽体を乗せたこともあるのか？」

「幽体を乗せる？　やだよ、僕、幽媒なんて訳のわからないもの」

年初めから縁起でもない。

「嫌だ、なんて思うな。幽媒の力は欲しいといって手に入るものじゃあない。取り憑かれることなく他の幽体と融合できる、和合の力だ。使いこなすことを覚えろ」

「大木や古木にも精霊、つまり幽体があるよね。群生する植物にも幽体が現れるって話だ」とハルナ。

ゲッ、シグマは思った。植物の幽体？　草の上もおちおち歩けない。あ、白い草、見たことある……綿毛みたいの……あれが植物の幽体？

「あ、そうか！　群生だ！」と、高師が嬉しそうに言った。

「シグマ。お前が地龍たちのささやきが聞こえても、話しかけられない理由がわかった。地龍は大翼龍に比べて精神エネルギーが弱い。でも彼らは群れをなして生活している。お前が聞いているのは集合体としての彼らのささやきなんだ。だから集合体としての彼ら、つまり群れに話しかければいいんだ。今度、試してみろ。宿題！」

「え、宿題？　そんな……草に取り憑かれない方法だって研究しなくちゃなのに？」

ダブルショックだ。

「草に取り憑かれるなんて聞いたことない。第一、植物に人に取り憑くような感情はないだろう」

高師は訝しげにハルナを見た。

「私たちにわからないからといって彼らに何も考えがない、と思うのは間違いだ。それに、柳の精は取り憑くって言うよ。惚れっぽいんだ。いい男だっていう話だ。ほっそりとして背が高いって。みっちゃんみたいかな」

ハルナはうふふ、と笑った。

「いくらいい男だって柳の男に憑かれて、どーするんだ？」

高師はなんとなく面白くない。

「知るか、そんなこと。風に揺れて気持ちよさそうだ。ブランコ吊るして二人で揺れる。ロマンチックだ。風流だよ」

「ブランコなら僕も乗る！」

他の二人は顔を見合わせた。子供の考え方は大人にはどうもよくわからない。

まあ、ハルナなら……柳の精とでもうまくやれるかもしれない……と高師は思った。

巻物朗読会の当日。参加者が、高師の家に集まった。ただし沖津は風邪をひいて欠席だ。監視役にはマンゴーがいるのだから別に問題ではない。

「僕、朝ごはん食べなかった」

「俺も食ってない」

シグマが食べなかったのは緊張して、で、高師の場合は吐くのが怖くて、だ。前回のような醜態はもう誰にも見せたくなかった。プライドの問題だ。

「俺は力つけなくちゃ、と思って無理に食べた」とこれはツェータ。

「吐くことまで考えなかった。迂闊であった」

腕組みしたその深刻そうな様子に高師は思わず笑った。

「みんな緊張してるんだねえ。ピクニックに行くと思えばいいのに。水遊びだ」

「ハルナさん、先入観を持つのはやめてください。思い込みが見えるものを変える可能性もあります」

「だからこそ楽しい方がいい。嵐で水の中に沈む、なんて考えたくない」

「僕、泳げない」

「俺は泳げる。ちゃんと助けてやる。暖かくなったら、水泳レッスンだ」

先生も泳げるのか。じゃあ安心……。

「今回は俺が読む。もうすでに読んでいるお前らは援護してくれ。訓練でいつもやっている要領だ」

高師とつないだシグマの左手の上にハルナ、右手にツェータが手を重ねた。

二人の間には巻物、一巻。高師はそれに集中する。


シグマが言ったように始まった。水輪の波紋の中に現れるドラゴンの目。六つの貴石。それらが水輪と目の中に吸い込まれる。広がる波紋。遠くから小舟が近づいてきた。誰か乗っているような乗っていないような……舟は高師のすぐ近くまで来た。いつの間にかシグマが横にいた。高師は彼を促して二人で舟に乗った。あたりは暗い。月も星もないが、真っ暗というわけではない。両岸を覆っているのは巻物の模様、幾何学的にも文様化した植物のようにも見える。舟は水面を滑るように進む。

「誰か漕いでるの？」

シグマの問いに高師は答えた。

「フードを被った何者かが竿で操っているようにも見えるが……定かではない。見ようとしても焦点が合わない」

カロンの渡し守、という言葉が浮かんだが、口にしなかった。シグマを怖がらせたくない。

なぜか大陸にも京葉にも生死を分ける境の川のイメージが伝えられている。そして渡し守。川を渡るための小銭を用意していない……。

高師ははっとした。渡し守が振り向いたのだ。笑ったように思えた。赤い髪をしている。渡し守はクロークの下から木の実のような物を取り出して振った。何も聞こえない。しかしそれが合図のように、巻物の模様でできた大地から小さな龍たちがわさわさと溢れ出した。地龍だ。群れの一部が水の中に移動した。水から頭を上げた龍の姿は変わっていた。水龍だ。そのうち舟の舳先に小型の赤い龍が座った。

六種類の龍が現れ、舟の周りを回り始めた。泳いでいるものもいれば水面を走るもの、飛ぶものもいた。たまにすれ違い、何かささやいているようでもある。飛ぶ龍たちは小型の翼龍だ。それが急に大きくなった。大陸種、と高師は思った。彼らが集まってきた。今度は彼らの言うことが聞こえた。

――禁が犯された。同じことが繰り返される。

――どうにかしなければ。

――私たちだけの問題ではない。龍族全体への影響は免れられない。

――皆の代表を集めよう。

やがて六種類の龍たちはそれぞれ一頭ずつ、六頭だけ残してあとは消えた。

龍族の集会？　ほとんど動かないので一頭一頭がはっきり見える。地龍の片目は龍ひすいのような黄色。水龍の片目は万葉真珠のようだ。瞳がないのに心の奥まで見透かされそうだ。

そういうことか。それぞれの石はそれぞれの龍族を表しているのだ。何を言っているのかはわからない。

「高師先生、水も模様になってるよ」

確かに模様になって流れている。地面と同じ、巻物全体を覆っている模様のようだが、舟の後ろ、周りや向かう方向にはない。一本の曲がりくねった黒い水だ。

「まるで道のようだ。巻物の図柄の抜けたところが、どこかへ行く地図なんだろうか」

「立月の里への？」

「俺にはわからん」

六頭の龍たちはまだ輪になって宙に浮いていたが、どんどん高く昇って丸く見えるだけになった。満月のようだ。

「水の流れが速くなってきてないか？」

いつの間にか渡し守はいなくなって、渡し守が着ていたクロークとすずらんの花がそのあたりに落ちていた。

「た、滝だよ！　先生!!」

高師は考える間もなくシグマとクロークをひっつかんで川に飛び込み、倒れ込んでいた木にしがみついた。間一髪。小舟は滝に落ちていった。

どうしたものかと思っていると、水龍がクロークをくわえて岸まで運んでくれた。巻物の模様ででき た岸は、今は白い花で覆われていた。

どうしようもなく疲れて高師は倒れた。気絶しそうだ。

「先生、寝ちゃだめだ。すずらんが満開だ。すずらんの花の中で眠ると死んじゃうって、ハルナ、言ったよ。起きてよ！」

シグマの叫ぶ声が聞こえた。睡眠と気絶は違うんだ……。

起きろ！　とか、大丈夫か⁉　などの声に、高師は目を覚ました。

「あ、起きた。心配したよ」

ハルナの腕の中で目が覚めた。夢の続きのようで、すずらんの香りがする。

「めちゃくちゃ疲れた」

「シグマなんて目を覚ました途端、眠いって、眠っちゃったわ」

中心の二人がもがきだしたのでツェータとハルナで二人を起こそうとしたが、起きない。他の二人が加わろうとした矢先、静かになって、どうするか考えているうちにシグマがまず目を覚ましたそうだ。高師が起きたのはそのあと。

初めから終わりまで二時間あまりがたっていた、という。

「話せる？　話は別々に聞きたいの。ツェータたちの話はもう聞いたわ。影響し合うと困る」と唐。

高師の話が終わるとツェータは、

「俺の話は短い。ほとんど何も見えず、何も聞こえなかった。ただ、暗くて川のようなものだけが動いていた。握った手の感覚から、大丈夫とか危ないとか判断した」と言った。

ハルナはうつむいて珍しく何も言わないので、代わりに唐が彼女の見聞きしたことを話した。

「そうか、重複するところも多いな。大翼龍の言ったことは……まあ俺と同じだ」

輪に直接加わらなかったにもかかわらずツェータと違って、ハルナはかなりの事を感じとったのだ。

「ともかくシグマの話を聞いてから全員で検討しましょう」

「疲れた、お茶にしよう。シグマも食べ物の匂いを嗅げば目を覚ます」

その通りだった。シグマは飲んで食べて、喋った。まだ疲れてる、とは言ったがウキウキしているようだった。

「先生と一緒に舟に乗った。地龍が水龍になって、みんなで遊んでた。川の模様が地図みたいになって滝まで続いてた。滝の前に白い鳥居があった。立月の里には沢山、滝があるんだって。その一つだと思った。だって立月で同じようなもの見たもの……『無い目』の幽体に乗って飛んだときだよ。

龍たちが輪になって井戸端会議してた。六頭いた。おやつ、誰かが独り占めにして食べすぎで酔っぱらって頭が変になったんだって。滝に舟ごと落ちそうになったけど先生が助けてくれた。岸には沢山、すずらんが咲いてた。先生、寝ちゃったから起こそうとしたんだ。……そしたら目が覚めた」

おやつに井戸端会議、シグマらしい話だが誰も笑いはしなかった。

「一応、模様は地図と考えて実際の地図と照らし合わせる必要がある。しかしどこから始まっているかわからん。どう考えたって種子島からではないだろう？　そこまで都合よくできてはいないだろうから。立月の里への地図と考えるのが妥当だが、実際はわからない」

「クレセントの冒険家が残したノートやナイトメアによると、立月の里は万葉小島に近い万葉島の山の中、沢山の滝がある。その一つを暗陰の滝というのだそうだ」

「六頭の龍たちは、地、水、火龍、大翼龍……」

「それと万葉翼龍と海龍だな」

「貴石はそれぞれに、龍ひすい、万葉真珠、血晶石、ドラゴンクリスタル、翠晶そして海泡石」

「六つの龍族が六つの貴石で表される。では水輪やドラゴンの目は何を意味するのだ？」

「ドラゴンの目はカオスの目だ。無の海に住んでいた古代最後の巨大海龍。どうこの巻物に関わっているのだ？」

わからん、と皆は顔を見合わせた。

「ともかく、この巻物は覚え書きか何かではないのか？　龍の六族が集まって会議した」

「誰かが禁を犯してそれをなんとかしよう、と言うんだ。つまりは犯されてしまったことへの解決策が議題。誰が何をしたのか、解決策は何かというとさっぱりわからんが、第一巻には続きはない、と思えるから何か見逃しているな。覚え書きや解決策を書くのに、何について か書かないわけがない」

「誰が何をしたのか、の手がかりはシグマの聞いた……何かを独り占めしたのはともかくとして、シグマ……おやつって……思い込みじゃないのか？」と言うツェータに、シグマは持っていた両手のおにぎりとまんじゅうに目をやってから自信なさそうに高師を見た。

「二巻目を読めばわかるだろうか？　だが次を読むのはしばらく先だ。疲れた」

「調査部に伝えて実際の地図と照らし合わせてもらおう。この巻物も持っていっていいかな？」

「情報部にも知らせて話の詳細を検討してもらいます」

外側にいた四人は元気で、まだ何かしら物足りない様子だ。期待外れとでも言いたそうに、それぞれに散っていった。中にいた四人はその逆。疲れ切っていた。ダラダラと飲み食いしたが身も心も重い。体がこわばっていた。ほぐすために散歩をすることにした。


「渡し守って、私だったんじゃないの?」

他の二人が遠くで立ち止まったのを見計らって、ハルナは言った。

「見たのか?」

ハルナは首を横に振った。

「その話をしたとき、先生、私を見て、後ろめたそうだったから」

「ごめん。俺の先入観だ。赤い髪してた。お前はツェータと同様、人の顔色を読むのがうまいな」

「先入観がそれほどあの巻物を読むのに影響するなら、どこまでが書いてあることで、どこからが思い込みなのかわからないね」

ハルナはそこで言葉を切り、それから思い切ったように言った。

「私も言えなかったことがある。みっちゃん、聞いてたし……。私、おやつの話は聞かなかったけど、龍たちは何かを食べた。毒だった、とささやいていた」

「毒?　毒ヨモギ餅の影響か?」

「ヒトのせいだ、ヒトが元凶だ、と言った。人間が仕込んだその毒を、誰かが取り除かなければならない、そうしなければ大翼龍は絶滅して、その影響は大翼龍だけには留まらない、と」

「人間が仕込んだ毒？　……俺はサイキックだ、自分の直感を信じる。だが、シグマの話は……おやつを独り占めして酔って気が狂った、か。まるで新年会の夢だ。わからん。ともかく赤い髪の渡し守は俺の先入観だ。だから言わなかった」

高師が立ち止まったので自然とハルナも止まった。高師は地面を見ている。

「……俺は夢を見た。初めに見た巻物の中で……死神に追いかけられた。俺は死神が怖かったわけではない。そいつが俺に見せようとしているものが恐ろしかったんだ。見たくなかった。見たら、気が狂うと思った」

高師の固く結んだ唇が小刻みに震えている。思い出すだけで恐怖に駆られるのだ。

「……お前が俺を現実に引き戻してくれた、そのあとで……俺はまた夢を見た。また死神に追いかけられた。今度は逃げ切れなかった。捕まってしまった。もがいてももがいても、そいつは固くしがみついてきた。そうしているうちにそいつの髪が見えた。真っ赤だった。お前の髪のように……」

高師は大きくため息をついた。

「でもそいつにとっ捕まって、ようやく俺はそれが死神なんかではないことに気がついたんだ。そいつは……生きる力だった。何がなんでも生き延びようとする、がむしゃらな力だった。天が上、天が下、我、独り尊きものぞ。自分の命が尊いものだと、自分には生きる価値があるのだと言ってのけられる、他者が口を挟む余地もない……純粋無垢で理屈抜きの、狂信的とも言えるような力だった」

高師は再び言葉を切った。それから思い切ったように続けた。

「それでわかったんだ。俺はなんのことはない、生きることから逃げていたんだって」

そう言って高師はまた歩きだした。ハルナが後ろから高師の手を取った。高師はそれを振りほどこうとはしなかった。


「嘘、つくなよ。今回は」

「嘘なんてついてません。千葉の件は先輩が知る必要はない、とご自分で判断されたんです。ハルナに大怪我させてしまったことについては釈明の余地もありませんが、僕を捜さないように、とは言いました……捜してくれなければ僕は死んでいたので文句は言いません。彼女には感謝してます」

「……まあ、起きたことは起きたこと。今さらとやかく言うつもりはないが、今回は知りたい。真花村の村長の件で手に入れた手帳から何がわかった？」

笹原の森の白い鳥居を見ながら高師は答えを待った。橋立はしばらく口を開かなかったので高師の思考は彷徨った。

本当に立月の里はあるんだろうか？　ここと同じ白い鳥居？

「手帳は名前の羅列です」

橋立が高師の思考を遮った。

「表面上の名前はあまり意味はなさそうです。攪乱が目的でしょう。でもあの男にわざわざ持たせたのには意味がある。あなたの目に触れさせたかった。僕が死んでいても手張はなんらかの方法であなたに届いたでしょう」

そこで橋立は口をつぐんだ。

「で、深読みの橋立くん、君は何を見つけたんだ？」

橋立は口を閉じたままだ。

「言いたくない、か？　大江の口止めの他にも理由があるな。よほど嫌なこと」

橋立は深く息を吸った。

「日付と思える数字が浮かび上がってきました。その下に多くの名前。反政府組織のリーダーやソラリスの名がありました。何かの集会とその出席者ではないかと思っています」

そう言って数枚の紙を取り出した。高師がそれを取ろうとすると橋立は待ったをかけた。

「わかってる。十分、注意する。それと、お前がハルナに言ったことは必ず守れ」

橋立に話す機会を与えないように高師は向きを変えて歩きだした。


家に近づいた。しかし足はハルナの小屋に向かった。小屋には誰もいない。人が二人も入ればいっぱいになってしまうような小さな部屋。

ここがいい。受け取った紙をじっくり読み始めた。

橋立のメモは手帳の材質から始まっていたが詳細は調査部に教えてもらえ、ということだった。高師は橋立の要約に目を通した。

手帳は万葉か百葉の紙専門店や大陸で売っている小型のノートだが、千葉で作られる和紙のカバーが掛けられている。鶏の模様。闘鶏で有名な島が千葉皇国の領土にあったはず。軍鶏島？　違う、尾長島だ。いずれにしても千葉の手鞠の里の村長だかその身代わりがわざわざ手作りした、とは思えない。誰かが作ったものを貰った？　持たせられた？

次に名前の羅列から日付、そしてソラリスや反政府組織のリーダーなどの名を見つけた過程が書かれてあった。

加えて、ブドウの詩。書いてあったのではなく他の紙に書いたものが跡として残っていた、筆跡が違う、と橋立のメモ。

ブドウという言葉が何より高師の気を重くした。そこまで調べたのなら誰であれ高師を知り尽くしている人間だ。高師の後悔、罪悪感そして思慕。彼の妹への想いを全て知っている……。ああ、嫌だ。

ふと顔を上げるとガラスの小瓶が目に入った。赤と青が寄り添うように並んでいる。空だった。それより小さな白と緑色の丸っこい瓶が少し離れて置いてあった。白い瓶には大きく毒という文字の他、小さな角の生えたきのこの絵のラベル。そのあからさまな毒の文字と絵に高師は微笑んだ。緑色の小瓶に書かれた文字は聞いたこともないが、そういう名前の植物なのだろう。ハサミの絵は何を意味するかわからない。

庭に出るとシグマが食べた実がまだ少し残っていた。潰すと指先が紫になった。

「お前に精神的拷問をかけよう、という意図が見える。かなり個人的だ。お前のすぐ上の兄は酉年じゃないか？　マイケルだっけ？」とツェータが言ったが、高師はそれに関しては何も答えなかった。

「集会らしきものの出席者、加えて日付とくれば、あとは場所を探すのが常識。日付はすでに過ぎた日のもあって、それらはご丁寧にも線で消してある」

「お前をおびき出す罠だ。行くな。ハルナには言ったのか？」

「いいや、言いたくない」と高師はきっぱり言ってから、ボソボソと続けた。

「俺はもう一度ちゃんと生きてみたくなったんだ。俺が始末をつけられずに放っておいた過去の亡霊との戦いにハルナを巻き込みたくはない。つまらん男の意地と言われても仕方ないが、そうなんだ」

高師は言い出したら聞かない。ツェータはどうしたものかと思案した。

「俺がいなくなれば橋立がうまくやる。あいつはちょっと柳の精のようなところがある。姿かたちが、という意味だ。ハルナの好みだ」

「柳に風、暖簾に腕押し、という意味かと思った。何を考えているのかわからない。ライバル払拭を企てていてもおかしくない」

「種子島の龍たちは俺とセンターの守りだ。彼らは邪悪な気配を持ったものを放ってはおかない。それに加えて自分の直感に疑いを持ち出したら俺は終わりだ。大学の後輩だったあいつに頼まれて、推鷹状を書いたのはこの俺だ」

「邪心なしで……無心でするべきでないことをするやつもいる。シグマが、VVがスパイなのかって心配してた。万葉小島であったこと、喋っちゃったって。信頼していたのにショックだ、と言ってた。お前がハルナとお手々つないでお散歩してたとき、俺はシグマの子守りしてて聞いたんだ」

お手々つないで、というツェータの茶化した言い回しは無視した。

「……誰がそんなこと、あいつに言ったんだ？」

「あいつは馬鹿じゃない。結構、人の言うことを聞いている。あちこちで聞いた話をまとめて、そういう結論を出したらしい」

「ちゃんと説明してやったのか？」

「ああ、味方同士でもスパイし合うってな。百葉がお前の状態に関心あるのは当然だと。ハルナスパイ説もシグマを悲しませる。身元がはっきりしない人間は誰でも種子島では徹底的に調べられて、それができなければ疑いの目で見られる、と言っておいた」

「サイキックだという自覚を持って自分の直感を信じるよう、念を押しとくか。俺は今度、万葉に行くとき、小島の旧金鉱に行ってみようと思うんだ」

「山川のチームが何かを見落とすとは思えないが……」

「見落とした、とかいうのではなくて、あの岩が砕かれた場所、新しく掘られたという坑道を見てみたい」

「一緒に行く。一人ではどこへも行かせない」

久しぶりだな、と山川が言った。調査分析部に足を踏み入れるのは本当に久しぶりだった。万葉小島で見つかった岩の破片を見に来て以来だ。

「うん、すまんな。思い出すのが嫌で、つい……。今日は礼を言いに来た。巻物のことでシグマにいいアドバイスをしてくれた。役に立った」

「シグマと読んで、いい結果が出たようだな」

「ああ、あんたが聞いた通りだと思う」

「地図に関して知りたいならまだ結論どころか、どこから手を付けていいかわからない状態だ。ヒミコ神社の建物自体にも調査を広げたいが……まあウチは今、忙しいんだ」

今のところ巻物解読は個人的な理由だが万葉連邦全体に関わる何かがある、と高師は感じる。そう山川に言うと、

「お前のカンはよく当たる。嬉しくないが仕方ない。いずれにしても、できるだけのことはしている。巻物自体に関して言えば、あまり古いものではない、という気がしてきた。少なくとも巻物にかけられている紐は二、三十年しかたってない。大陸産だ」

と言い、おやつ会議についてはウチは担当ではない、と付け加えた。

「いや、そうじゃないんだ。今日は橋立が持ってきた手帳について聞きに来た。調べればわかるが、

あんたに聞いた方が早いし……まあ新年の挨拶がてら来た」

「古顔を思い出してわざわざ来てくれて嬉しい」

「思い出すも何も忘れるはずがない。皆、ＤＫ時代の仲間だ」

山川は高師をまっすぐに見て言った。

「俺たちがお前のことを心配していると言えば、ふざけんな、お前たちを守っているのは俺だ、と笑うかもしれないが、俺たちは本当に心配してるんだ。お前が今、言ったように俺たちは仲間だ。一人で全て背負い込むな」

「今、俺が直面している問題は個人的なものだ。センターとは関係ない」

「個人的だろうがなんだろうが俺たちは仲間だ、と言っている。シグマを見ろ。自分が非力だと知っている。それでもお前を心配して何かできることはないかと気をもんでいる。俺たちも同じだ。それをしっかり覚えておけ」

高師は何と言っていいのか言葉が見つからなかった。

彼が何も言わないので山川は続けた。

「お前も昔は俺たちを師と仰ぎ、それなりの敬意を払ってた」

「今だって敬意を払ってる」

どうだかな、と山川は鼻で笑った。

「昔はよかった、などと言うと年寄りの戯言とか言われそうだが本当にそう思う。ＤＫは子供のお遊び。今度は本当の戦争になりそうだ」

「あんたがそこまで言うとはな。何が起きてる？」

問題はな、と山川は一息置いて続けた。

「万葉の伝統派スレイヤーはお前も知っての通り、青息吐息。今まで貯め込んだ金も底をつき、金の入るアテもない。金がなくなれば権力もなくなる。万葉制圧後に新しいアイデアと最良の血統の大翼龍を連れて入ってきた急進派スレイヤーに勢力を奪われ、権力の移行も目の前だ。世も末とばかりに、まるで貴族のように乱痴気パーティーに明け暮れる。

やつらは、高師、お前が、お前のやり方が正しかったのだ、と今さらながらに歯噛みし、悔やんでいることだろう。いち早く万葉社会に溶け込み、政治的にも経済的にも万葉の真髄にまで根を下ろしたお前は、今はどこの国のスレイヤーからも称賛と嫉妬の目で見られている」

山川は高師の反応を見ようとするように言葉を切った。

高師は表情も変えず聞いているだけだ。

「一方、全くスレイヤーと関係のない千葉島、こちらも穏やかではない。圧政に続く圧政で一般人の密出国が絶えない。バツを重くすればするほど人々は追い込まれ、殴られようと蹴られようと働く気力どころか生きる気力さえなくした。人口は減少し自殺率だけがうなぎ上りだ。その中で緑の宝石と呼ばれる万葉島、世界中の富裕層が集まる観光地の百葉島、龍族の守りの堅いこの種子島が、彼らの夢と欲望の対象になっている。

その結果、万葉島はここ何年も千葉からの難民でてんてこ舞い。万葉島庶民の不満が高まっている。自分らの税金が密入国者の支援ばかりに使われて、自分たちの生活が改善されなくなったのだから当然だろう？　つまりだ、この機に乗じて万葉の伝統派スレイヤーが千葉の皇族貴族と手を結んだ、という情報は確実だ、ということだ。そして標的は」

「俺か」と高師はため息をつく。

「俺を殺せば種子島は落ちる、と思っているのかな。種子島が落ちれば万葉連邦の守備に大穴が空く……保護地区の龍たちにも警告しておくべきだな。防衛体制を整えなければ。たとえ俺が不在でも、いつでも対応できるように」

そうだな、と山川はつぶやいた。

「お前は手帳について何か聞きに来たんじゃないのか？　それを聞くとしよう」

再　訪

「じゃあ、行ってくる」

万葉で行われる通常の保安部集会に行くだけ、見送ってもらうようなものでもないのだが、ハルナはセンターの龍発着場に来てくれた。どうせセンターにいるから、と言うのだが、高師はなんとなく嬉しくもあった。

「気をつけてね、悪い女や男に引っかかるんじゃないよ」

なんのことだ、と高師は思った。どうせVVに有ること、無いこと吹き込まれたのだろう。

有ること、有ること、と高師につぶやいてからツェータは「心配するな。俺が見張ってる」と言って肘で高師を小突いた。彼も集会に出席する。

「だったら佐保さん、見張っておいてあげる」

「いいよ。そんなの」

ツェータはやぶ蛇、とばかりにそそくさとドラゴンフライに跳び乗った。高師はそれを見て笑いながらマンゴーの手綱に手をかけた。

「お前こそ柳の精に憑かれるな」

答えを待たずにマンゴーに跳び乗り、出発した。


「それでお前、佐保をデートに誘ったのか?」

飛行中は風を切る音で会話などはできる状態ではない。それでも高師は声を限りに叫んだ。

ツェータは聞こえないふりをしていたが、高師がドラゴンフライに仲介させて聞くので無視できなくなった。

「うるさい、と伝えてくれ」

ツェータはドラゴンフライに頼んだ。マンゴーが仲介してくれればいいのだがツェータは心話で話しかけられないので、そばにいるドラゴンフライに頼むしかない。

「なるほどなあ、それは名案だったかもしれない」

予期せぬ高師の答えにツェータはドラゴンフライが何か別のことを答えたのだと気づいた。

「お前、高師に何を言ったんだ？」

――ありのままを伝えた。佐保をデートに誘って答えを待たずに、来るならこい、来ないならそれが返事と受け取る、と言ってその場を立ち去った、と。

「お前な」とは言ったものの何を言っていいのかわからなかった。龍は小賢しいものなのだ。

「お楽しみができてよかったなー！」

仲介なしで高師が叫んだ。

「高師に、お前の方こそどうなっているのか、と聞いてくれないか？」

――俺は伝言板ではない。

と言ってドラゴンフライは黙り込んだ。龍たちは努めて寡黙だ。心話できるもの同士ではルールがあるようだが、心話のできないツェータにとっては仲介を頼むのは至難の業。無視されればそれまでだ。腹立たしい限り。

万葉島に着くとすぐ休憩した。空を飛ぶのは夏でも涼しいのにこの季節、寒いどころではない。それなりの支度はしていても、とても万葉の首都まで休憩なしには行かれない。

龍たちもほっと一息だ。

「来なかったらどうするんだ？」

着地するなり高師は言った。

「しつこいね、お前も」

いいじゃないか、と高師はツェータがよくするように肘で小突いた。

「お前こそハルナに何も言えないのは、自分が飽きっぽいのが怖いからなんじゃないか？」

とツェータはやり返す。

図星だ、高師は眉をひそめた。だが、今、ツェータにそれを指摘されたくなかった。

「俺のことはいい。お前のことが先決だろう。デートはいつ？」

高師が粘り強く聞いてくるのでツェータも覚悟を決めた。

「三日後。来なかったらキッパリ諦める。ハルナを見てて思った。プランBどころかプランCも用意して逞しく生きてやる。佐保が結婚する前に結婚して、招待状を送ってやるんだ」

「それって、あんまりキッパリ諦めた男のすることじゃない、と思うが」

「う～ん、俺もそう思う」

そう言って二人で笑った。

万葉の首都、樹里には黄昏時に到着した。高師は白夜の言ったことを思い出した。

「黄昏って、いいもんだな」

高師は鞍を外してマンゴーを餌場に放しながら言った。

「何を急に……」

「静かで美しい、……一日が終わりに近づいて、その日を思い返す。まだ何かをする時間がある。やり忘れたことがあっても、まだ何かできる時間が残っている」

黄色がかった水色の空を眺める高師の横顔を見ながらツェータはなぜかはわからないが、明日も明後日も同じように一日が終わってくれればいい、と思った。


万葉の集会は通常通り進み、通常通りに終わった。強いて違いを言えば新年会を兼ねた集会だというのに皆、緊張していることと、もう一つ、誰もが高師を注意深く見ていること。高師への言葉はそれぞれに、元気そうで安心した、そして、気をつけろだった。

「気をつけろって言ったって、もっと具体的に言ってくれなきゃ、どうしようもないだろうに」

高師は不平を言った。

「情報不足だ。匂う、臭い、だ。まあ勘だ。悪いな」

万葉保安部の佐藤が言った。

「万葉三十周年記念は無事に済んでほしい。俺たちの責任だ。敵は浮かれている隙をつくのか警備厳重と見て別の機会を待つのか、まあ五分五分」

「だが争いは避けられない？」

「外交でどうなる問題ではないようだ。千葉は変にプライドが高い」

「プライドに関してはスレイヤーも負けてない」

ツェータと佐藤は高師を見た。

「否定はしない」と高師。

実際、プライドだけにしがみついてやり抜いたことが多々あった。

「無ければ骨無しになる。ありすぎるとこれまた厄介。ま、ほどほどに、だ。飲みに行くぞ」と言って佐藤は立ち上がった。

これも恒例。親睦を深めるため、というのが理由だ。何しろ互いの命を互いの手に委ねる、ということもあり得る。


集会も非公式集会も終わった。聞けば聞くほど気が重くなるような話ばかりだった。危機が迫っているなら万葉貴石の研究に人材を集中させねば。防御力も攻撃力ももっと高めなければならない。小龍たちの貴石には、クリスタルに匹敵する力が必ずある、高師の直感だった。

頬も髪も涙に濡れて目が覚めた。なのに、どのような夢を見ていたのかは思い出せない。

私の最愛の高師……。

その言葉だけが心に残っていた。辛く悲しい夢だった気がする。だがそんな気持ちとは裏腹に、切ないのに温かい、そんな想いが高師の心を包んでいた。

高師は万葉小島には夜間飛行で行く、と決めた。ツェータが絶対自分も行く、と言うのに応えてマンゴーは、ドラゴンフライは万葉島に残し、高師とツェータの二人を乗せて小島に行くことを提案した。短距離だ、問題はない。直接、旧金鉱に行って帰ってくる。どの村にも立ち寄るつもりはなかったのだが高師は髪を染めた。

万葉小島は昔から独立性が高い。独自の文化があり、法の目をかいくぐって古い習慣がまかり通っている。任務で行くのではないから、ともかく目立ちたくない。

「本当に来なくていいのに。お前が怪我したら佐保に恨まれる。デートは明日だろう？　遅れるぞ」

「お前が怪我したら佐保に恨まれるどころか、ハルナに殺される」

自分がいない方が彼女は平穏で幸せな人生を送れるのではないか？　高師はそう感じる。だがハルナには不幸も幸福に変える力がある、と信じられるのは、高師の身勝手な願望なのだろうか。

「本当に必要なとき助けてくれればいい。あそこで何かが起こるとは考えにくい」

山川チームが何度も行っている。何者であれ、前にいた連中が旧金鉱に今、戻っているとは考えにくい。だが、何か嫌な予感がする。

ああ、嫌だ。……だが避けては通れない。避ければ、あとでその余波が押し寄せてくる。……誰だろう？　そう言ったのは？

　闇に紛れて万葉島を飛び立った。

「俺は一人で坑道に入る。外を見張っていてくれ。助けが必要ならマンゴーがなんとか言うだろう。もっと危なくなればドラゴンフライに救援を頼む」

「承知」

　クリスタルの明かりを頼りに坑道を注意深く進んだ。何度も止まって壁を見た。何もない下り坂。しばらく進むと広い場所に出た。誰かいる。

　二人の男は顔を上げた。男の一人を高師はよく知っていた。そしてその驚いた様子から高師にはわかった。

「お前、ここにいるべきじゃないんだろう？　アルバート兄さん」

「ゼフィアス！」

　男は歯噛みした。もう一人の男は慌てた様子をあからさまに何か言った。

「お前は黙っていろ！」

　アルバートの叱責にもかかわらず男は、だから言ったのに、とか、なんでこいつは尾長島に行ってないのだ、だのと言い続けた。

　尾長島か、やっぱり……と高師は思ったが、言葉にしたのは、

「部下の一人もコントロールできないとは、相変わらずだな。アルバ」

「私は部下などではない！　策士だ！」

高師は笑った。

「千葉の策士か。万葉に来るときは服ぐらい変えろ。たいした策があるようではないな。あ、鶏模様はお前の案か？　罠をかけるっていうのは芸術だ。やりすぎは良くない。優れた芸術家はどこで筆を置くべきか知っている」

男は黙った。アルバはなんとか言葉を見出した。

「古巣に戻ってきたか？　ゼフィアス」

「古巣？」

高師の目に疑問の色が浮かぶのをアルバは見逃さなかった。能無し、と言ってもスレイヤーだ。

「記憶が戻ったというわけではなさそうだ」

どういうことだ？　と高師は訝しんだ。記憶？　記憶が戻る？

「マイケルが言っていた。お前は最近、頭がおかしくなっている、とな。ああ、前にも増して、というべきか？　あの手帳書いたのはあいつだよ。筆跡で気づかなかったか？」

黙り込んでいる高師に追い打ちをかけようとアルバは家族を持ち出した。家族から絶縁された高師にとって兄弟の話は痛みでしかない。だがそれは逆効果だった。

「悪いな。俺は、直接は手帳を見てないんだ。どうせお前が何も知らないあいつに書き写すように言ったんだろう。マイケルはそんな人間じゃない」

「自信がありそうだな。だが言っておいてやる。マイケルは私の部下だ」

「部下なもんか。仕事ではともかく、マイケルはお前に人として従う部下にはならない」

アルバは鼻にシワを寄せてふん、と笑った。

「お前が何を知ってる？」

「俺には知らないことが沢山あるが、それは知っている。理由はな、画鋲《がびょう》だよ、画鋲」

「画鋲？」

「お前が体も自由に動かなくなった俺の枕元に置いた画鋲だ。覚えているだろう？」

アルバの顔色が変わった。

「覚えて……いるのか……？」

「もちろん、覚えている。口がきけなくなっても体が動かなくなっても、頭が空っぽになったわけじゃなかった。俺は見ていた。壁に貼った地図から画鋲を取って俺の枕の下に忍ばせたお前の顔を、はっきりとな」

アルバはうつむいて黙った。

「枕に付いた血の跡は忘れてないだろう？　お前はそれを見て笑った。でもな、あれは俺の血ではなかったんだよ」

えっ？　とアルバは顔を上げた。

「あれはマイケルの血だ。俺の枕元に座ろうとして手を置いたとき、画鋲はあいつの手に刺さった。

初めの痛みと驚きの表情は疑いに変わった。しばらく壁の地図を眺めたあとで、画鋲と自分の手の血を見せて俺に言った。……あいつの言葉を理解したとは言わない。でもマイケルが言おうとしたことはわかった。……決して画鋲に触るな……。

それから自分の血を枕に付けて画鋲を元の位置に戻した。あいつがそのあと、何を見てたか、何を言ったかは知らない。だが少しして、壁の地図を留めていた画鋲は外された。それが外されても、あいつは俺の周りに注意を払った。動けるようになってからは、俺の行きそうな場所に何か危ないものが置いてないかと気を配ってくれた」

アルバの固く握った拳が震えている。

「俺が言いたいのはな、マイケルはお前の本性をあのとき、知った、ということだ。あいつはそれを忘れはしない。あいつにはお前と違って家族への情愛があるんだ。だからお前の部下などには決してならない、と俺は自信を持って言えるんだ」

「そ、それで勝ったつもりか！」

アルバは叫んだ。

「お前らはいつもそうだ！　どいつもこいつも、一様にお前の優秀さをたたえ、私を見下した。何が私にできたと言うんだ？　私は長男になろうと思って生まれたわけではない！　優れたサイキック能力も頭の良さも、持って生まれたものだ。努力でどうなるものではない！」

「お前は何もする必要はなかった！」

アルバの叫びに高師も叫び返した。

「何も、何一つ、する必要などなかったんだ!! お前は次の家長として、どっしり構えているだけでよかった。天才と呼ばれた弟が一生のお荷物に変わっても、家長として自分が世話してやる、それだけ言えばよかったんだ。そうすればお前は一家の尊敬を、そして俺の敬意と感謝を得ることができたんだ！」

「尊敬や感謝で何ができる！ そんなものはゴミと同じだ！ なんの役にも立たん！」

「父が今なんとかやっているのは人々の敬意や感謝があるからだ！ 過去の栄光とは一笑できない、確実に人々の心に植え付けた大切なものを父は持っている！ お前にはないものをな！ 俺たちがお前を見下した、だと⁉ 人を見下しているのはお前の方だ！」

アルバに答える機会を与えることなく、高師は一気に叫んだ。

「確かに天才と呼ばれるような頭の良さは持って生まれたものかもしれない！ だがよく言うだろう？ 『天才少年、大人になったらただのヒト』って。天才って言ったって、のほほん、としてれば進歩などしない。逆に並の頭があれば大抵のことは努力で補える！ 俺は言葉を覚え直した。お前に嘲笑われながらも這うことからやり直した。それは努力だ！ どんなに辛かったか！ どんな屈辱に耐えたか！ お前なんぞにはわからない‼」

感情を抑えようとしても声が震えだした。

「あのまま一生を終えるつもりなら、それもできた。でもしなかった。俺には俺の誇りがある‼ お前はどうだ？　誇りだけは高かったお前が、今は京葉貴族の使い走りか⁉」

「私は貴族の犬ではない！　私には私の考えがある！」

「ろくなことじゃなさそうだ。どうせ俺を殺せば種子島が手に入って大手を振って家長に収まれる、とでも吹き込まれたんだろう？」

アルバが目を見開いた。図星だ。

「あれはもともと私のものになるはずだった！」

「ああ、お前は前にもそう言った。それで止めたんだ。お前なんかに渡したら無駄になるばかりだと思ってな。権利ばかり主張して悪いことは皆、他人のせいにする！　なんの努力もせずに嫉妬ばかり募らせる。……父との共同経営でどうにか保っているようだが、お前の荘園は潰れかけている、と聞く。俺は間違ってなかったようだ」

「私のせいじゃない！　ウチの事業はずっと前から傾いてる。あんなもの譲られたって何もできるはずがない！　何もかも私に押し付けて、皆、涼しい顔だ！　金もないのに気が触れた妹まで、どうやって面倒見ろと言うんだ？」

「気が触れた妹？」

「ああ、お前らは知らないのさ。あの女は行方不明なんかじゃない。本当に行方不明ならよかった！　長男だけが背負わされるんだ。全ての責任、全て面倒なことばかり！　種子島があればなんとかなる。いい龍たちが山ほどいる！　事業を建て直せる‼」

そうか、そうだったのか……。妹への想いを押し殺し、高師は静かに言った。

「お前、何、考えてるんだ？　俺を殺したあと、どうやって種子島の龍たちを納得させるつもりだ？」

「方法はある！」

「方法だと⁉　どんな？　できるわけがない！　千葉の貴族に何を吹き込まれた⁉　ちっとは考えてみろ。千葉島には大翼龍がいないんだぞ！　大翼龍をコントロールできるのはスレイヤーズのみ！　その俺たちだってやつらに無理強いするのにどんな犠牲を払わねばならないか！　お前だって知っているだろうが⁉　祖父や俺たちが選んだ種子島の龍たちを舐めるなよ！」

アルバの顔に疑惑の影がちらりと横切った。

昔から自分に都合のいいことだけに耳を傾ける奴だった。全く変わっていない。

「千葉の貴族じゃないな、それができるとして……そんなことをするのは……黒幕はクロシス国？」

「なにをばかげたことを⁉」

「お前、知らないんだろ」

アルバの顔に今度ははっきり疑惑の表情が浮かび上がった。

「そんなやつの言うこと、聞いてはなりません！」

策士が遮った。

「お前は黙っていろ‼」

「いいえ、黙りません！」

「だったら知っていることを言え！　お前は何か知ってるな⁉」

私たちには葉滓が……と言いかけて策士は絶句した。言ってはいけないことなのだ。

葉滓？　大翼龍に葉滓を使うのか？　そんなこと、できるのか？　誰かが言った新生物兵器……。

高師が考えているうちに策士の様子が変わった。息が荒くなった。せかせかとあたりを見回し歩き回る。そのうち手で首を掻きむしりだした。首の横が瘤のように膨れ上がってきた。策士は小刀を取り出した。瘤を切り取ろうというのだろう。だが手が震えている。高師は彼をまだ死なせたくなかった。聞きたいことがあるのだ。何がどうしたかはわからないが、ともかく手を貸そうとした。だが、瘤は次第に大きくなる。

高師は本能的に後ずさった。間もなくそれは破裂した。血が飛び散った。そばにいたアルバは血まみれた。

「お前、食わせたのか？　こいつに？　葉滓を？」

まさかのことに驚愕して高師は言った。

「そ、そんなもの手に入るものか⁉」

アルバの勢いは全くなくなって全身が震えている。

なんで葉滓が発動したんだ？　強い感情に反応する、と聞いた。口を滑らせたくらいで発動するのか？　しかも大翼龍に葉滓を使う？　千葉の技術では絶対にない、そんなことができるのはやはり……クロシス！

「お前、ソラリスの裏切り者だぜ。千葉どころかクロシスの片棒を担ぐなんて」

「そんなことはない！　知らない!!」

「知らぬ存ぜぬ、で済むもんか」

「お前だ、お前がやったんだ。そうだ、それだ！」

「疑い深いくせにお前は、変なところで素直だよ。お前に付けた策士に葉滓を飲ませたやつが、お前を放っておくものか！」

アルバは何も知らないのだ。ただ利用されているだけ、哀れなもんだ。

「な、な……」

おやまあ、というのが高師の最初の反応だった。アルバの首の付け根が膨れ上がってきたのだ。当てずっぽうで言ったのだが、

「図星だぜ」

呆れてそれを見ていたが、すぐにいつもの高師に戻った。どんなに嫌いな男でも兄は兄なのだ。何かしなくては……。

「た、助けてくれ!!」

「平常心を保て!!　葉滓は感情に反応するんだ。疑心と裏切りの強い邪気に」

「どうにかしてくれ!!」

まるで今までの憎しみなどはなかったかのようにアルバは高師にすがりついた。

「だから、平常心を保て、と言ってる。深呼吸しろ。ここを出て、ちゃんと明かりのあるところに行けば取り除いてやれる。ここでは何をしても出血多量で死んでしまう」

アルバは高師の言葉など聞こえないように無目的にそこらを走っていたが、やがて策士の体のそばに跪き、小刀を手に取った。瘤はますます膨れ上がる。ここまで来ると止めろとは言えない。今、取り除かなければアルバは策士のお供であの世行きだ。

「俺がやる」

高師はアルバに近づいて彼の手を無理やりこじ開け、首の瘤を注意深く見た。だが手遅れなのはすぐにわかった。葉滓は成長し始めていた。血管に、そして神経に根を下ろして成長するのだ。

変だ、こんなに早く成長するとは？　それともこういうものなのだろうか？　高師は葉滓を実際に見たことはない。知っているのは噂、そして本から得た知識だけ。どうする？

「何か言い残すことはないか？」

高師は聞いた。

「い、嫌だ～！　助けてくれ！」

高師にまた、すがりついてくる。

「こんなふうに死ぬとわかっていたら、お前、今まで生きてきたように生きていたのかな？」

高師は憐憫の情を込めてアルバの髪をそっと撫でた。それから絡みつく彼の腕を振り払って距離を置いて立った。侮蔑する兄の、最後の血しぶきなどは浴びたくなかった。やがて悲鳴は聞こえなくなり、沈黙があたりを覆った。

床に転がった死体を見て、高師は静かに哀れんだ。帰ろう、自分に囁いた。

しかしその前にしなくてはならないことがある。薬滓を回収するのだ。調査チームを待つ時間はない。さて、どうしたものか、と思案した。そのとき、何か音を聞いたような気がした。……いや、声だ。心に響く声。助けて？　いや、出して、か？　壁の中から聞こえる。声に近づいて高師は岩に触れた。心の目を開き、注意深く調べた。岩の一部がほのかな青白い光を放っている。今は馴染みとなった模様が浮き出る。ドラゴンの目、そして目の中心は水輪。眼輪のシンボル。

——出して……。

思わず手を伸ばして触れた。触れた途端、してはならないことをしたのに気づいた。

——思い出せ！

体中の力が抜けた。触った腕は感覚もない。生体エネルギーを抜き取られたのだ。

しまった！　何なんだ⁉　邪気を感じなかった。見抜けなかった。この俺が？

湧き上がってくる怒りは自分自身へのものだ。

心話は使えるか？　……だめだ、マンゴーも呼べない……。

巨大な岩の擦れ合う音、転がり落ちる音がした。

昨日、今日、仕掛けられたものではない。罠は長いこと待っていたのだ。邪気が消えるほど長く。

誰かが来るとも来ないとも知らずに、ただの可能性のために。

目に見えぬものに押され、屠殺場に追い込まれる家畜のように、高師は新しく開いた細い道によろめきながら入っていった。細いトンネルには馴染みはなかったが、その先の開けた空間は知っていた。ベッドのような二つの岩の台。力が出ない。倒れそうだ。台の一つに腰を掛け、そうしてもう一つの台を見た。

ああ、そうだった。

もう一つの台には仔龍が寝かされていた。動かなかったが生きているのはわかった。

「ナユタ?」

仔龍が何も答えないのでゼフィアスはあたりを見回した。自分も台の上に縛られて寝かされていた。

「誰?　ここどこ?」

ゼフィアスは人影に向かって聞いた。誰も答えない。白装束の人々、背中にはあの眼輪のシンボル。顔はよく見えない。薄暗い上に皆、マスクをしている。

「お父さんはどこ?　お母さんは?」

何も言わないまま彼らは動きだした。やることはわかっている、というようだった。何かの無言の儀式のように躊躇することなく、機械的に人々は動いた。

ああ、ナユタ。

忘れていたことが蘇ってきて高師の目は濡れた。忘れていたなんて。可哀想なナユタ。

——起きろ、ナユタ。

ナユタはゼフィアスの心話にも応じない。一体何をされたのだろうか？

「起きろ！　殺される!!」

小刀を持った人影が仔龍に近づいた。ゼフィアスは必死にナユタを呼んだ。肉声と心話で何度も繰り返し叫んだ。

誰かが動かないナユタの目をくり抜き、それをゼフィアスの無理やりこじ開けた口に……喉の奥まで押し込んだ。

あああ……。恐怖に囚われた。吐きたかったが口も鼻も押さえられていて吐けなかった。

何なの？　何が起こってる？　これは夢？　そうだ！　悪夢だ！　こんなの、現実じゃない!!

だが喉に何かが通る感覚も、頭を岩に押し付けられる痛みも現実だった。ナユタは動かない。痛みもないようだ。ただ、モノのように転がっている。

可哀想なナユタ、僕の大翼龍。忠誠を誓い合った小さな優しいドラゴン。彼の目を……友の目を、僕は……。こんなこと、現実じゃない！

子供のゼフィアスは吐けなかったが、今のゼフィアス、高師は吐いた。たいした食事は取っていない、上げたのは飲み物と胃液くらいだった。吐くものがなくなっても、身を二つに折って高師は何度も吐く動作を続けた。それでも吐き気は収まらなかった。

ナユタに会ったのは笹原の森。悲しそうだったので話しかけた。彼は小さかったのに「しなければいけない大きなこと」を背負わされているのだと言った。恐ろしくて逃げ出したい、と。じゃあ、逃げればいい、と言うゼフィアスに、逃げ出せない、だって龍族の未来が僕にかかっているのだもの、と言った。

だったら僕が助けてあげる。無邪気さと九歳の子供だけができる真剣さでゼフィアスは言った。

——僕は誇り高いスレイヤー。いつか戦場に出て命をかけて戦う日が来る。僕はその日までに、僕の身も心も支えてくれる大翼龍を探さなければならない。君が僕を必要なら僕は君を支える。

——じゃあ、僕も君を支えよう。

そう言って誓い合った。子供同士ができる、ありったけの誠意を持って。

「やはりだめか」

「シンクしてなければ、ダメなのだ」

ゼフィアスには何が起こっているか見えなかったが、人が苦しむ声がする。壁にぶつかり地面を転がり、身悶える音がする。

「せっかくの目が無駄になった。龍の目にはやつらの力が集中する。しかもこの龍は伝説のドラゴンの目を備えた特別な仔龍……。もったいないことをした。子供はどうだ?」

「生きてる。変化はない」

やがて、ぐあっというか、どかっというか嫌な音がして、血だけではなく吐物と汚物が混ざったようなどうしようもない臭いが部屋中を満たした。

「心臓は俺が食う。肝と脾臓、腎臓はお前らが食え。あとはステーキにでもするか?」

初めに口を開いた男が言った。

人々はざわめいた。目を食った男のような目には遭いたくないのだ。

「目だけだ、危険なのは。臆病者には龍を食う資格などない」


——名前を探さなくちゃ。

——名前を探す? 僕、ゼフィアス。

——僕はナユタだけど、そうじゃなくて、お互いの隠された名前を探すんだ。

——隠されたって、誰が隠したの? なんで?

——なんでかは知らない。でもそうするんだ。信頼の証に、互いの真実の名前を見つけて食べるんだ。やり方は知ってるよ。教えてあげる。

——ドラゴンって奇妙なことするんだね。

――ニンゲンだって同じだ。

二人で懸命に心の中を探した。そうして互いが互いの心の中に見つけた名前を食べた。そうした後で、初めてその意味を知った。

それは約束。破ることはできない、契約。

――あと一つ、することあるんだよ。

――え？　まだあるの？　何？

――う～ん、知らない。ニンゲン側の条件だ。

――ニンゲンの条件？　僕、知らないよ、そんなの。

――頼りないなあ。

――戦場に出たらどうする？　お互いに命を託すんだよ。

大翼龍の仔と人間の子供は困ったように互いを見交わした。

――聞いてくる。今度、会うときまでに。

――僕も聞いてみる。今度、会うときまでに。

そう言って別れた。


「真の名を聞き出せ。ドラゴンの目を発動させ、こいつをコントロールするのだ」

男の手は血まみれで顔も龍の血で汚れていた。だが男の声は今までの緊張した真剣な調子から、ウキウキした調子に変わっていた。まるで酔ってでもいるようだ。

真の名？　ゼフィアスは考えた。二人だけの秘密の名前。誰にも言ってはならない名。

「喋らないなら自白剤を飲ませろ」

自白？　自白って？

誰かが何かをゼフィアスの口に押し込んだ。

「十分ほどで効果が出る」

「十分か？　あ、面白い余興がある」

男は言って小刀をゼフィアスの手の平に押し付け、手を無理に閉じさせた。

「名前を言え」

ああ……痛い。

「喋らないな。子供とはいえスレイヤー族か。切り刻む場所はいくらでもある。お前らもやれ。浅い傷にしておけ。死んだら元も子もない」

皆、祭りに浮かれているかのように楽しげにゼフィアスの周りに集まり、一人ひとりが小刀で小さな子供の体に思い思いの傷をつけた。

痛い、痛いよお。でも言えない！　僕は誇り高きスレイヤーズ、その中でもさらに由緒あるソラリスの血を引く男子。十二になれば戦場にも駆り出される！　こんなの傷のうちには入らない！

ああ、痛い……痛い！　いたい！　怖い！　助けて！　お父さん！　お母さん！

痛みが恐怖を呼び、ゼフィアスの心は萎えた。その彼の心に父の言葉が蘇る。

……戦場に行かなくても家族を守って戦って死ぬことだってあるのだ！　心して聞け！　それがスレイヤーズというものだ！

自白などするものか！　どうする⁉　どうすればいい？

ああ、そうだ！　忘れればいい。知らなければいいんだ。知らないことは話せない。ごめんね、ナユタ。僕には君を支えられなかった。あまりにも子供で弱すぎた。強くならなきゃいけなかった。強くなくちゃいけなかった。

真の名は個々の持つ本質を示すもの。本質を知るものがそれを支配する。信頼されて、心の奥に踏み込むことを許され得た名を奪われてはならない。龍との約束、龍との契約。覚えていてはいけない。忘れろ、忘れろ……ああ、ナユタ……。ごめん、ごめん……弱虫の僕を恨まないでもらえるだろうか？

——忘れていいよ。

——え？

——忘れていいんだ……でも……。いい。今は忘れろ！

そうして忘れたのだ。大切な、大切な名前を忘れるために全てを忘れた。

言葉すら失い、歩くことさえ忘れた。

岩が砕け散る音がした。狭いトンネルをどうやって抜けてきたのか、血にまみれた巨大な龍が飛び込んできた。

——ナユタ！　ああ……なんてことを‼

龍は手当たり次第にその場にいた人間たちをなぎ倒し踏み潰した。なのに誰も逃げもせず、ヤジを飛ばしながら笑って見ているのだった。大翼龍はそんな人間たちを容赦もせず次々に噛み殺した。

やがて動くものがいなくなると大翼龍はゼフィアスのそばに来た。ゼフィアスはなんの恐怖もなく自分と人間の血にまみれた龍を見つめた。龍はなんの恐れも抱いていないかのような子供を見た。龍と自分の血、そして涙にまみれた幼い顔。

——こんなことになってしまったか。私のナユタ。どこで間違った？　どうすればいいのだ？

自己暗示。俺は恐怖や怪我のために記憶を失ったのではない。自分で、自分自身で忘れることを選択したのだ。真の名、それは……忘れた名前。懐かしい名前。その名は……。

高師は人の気配に気づいた。いや、ヒトなどではない、何か別のもの……頭を上げてあたりを見回す。

それは死んだと思っていたアルバだった。頭はいつ転がり落ちてもおかしくないような状態、死んでいるのは確かだ。何かが死体を動かしていた。何者かがアルバの体に幽体エネルギーを注ぎ込み、命のない体を動かしているのだ。巨大な力、人間とは思えない幽体エネルギー。大翼龍？　だが、何か……違う？

その兄だったものは高師に襲いかかってきた。全てを抜き取られた高師の体には戦う力など残っていない。それでもなんとか床を這い、出口に向かおうとした。アルバは高師の口に何かを押し込もうとする。抗っても相手は死体とは思えないような力で高師を押さえつける。

そのとき、岩が砕け散る音がした。狭いトンネルをどうやって抜けてきたのか、自分自身の血にまみれた巨大な龍が飛び込んできた。

「マンゴー!!」

心話する力もなかった高師の危機をどう察したのかマンゴーが現れ、間一髪でアルバをくわえて高師から引き離した。そして二人の間に立ちふさがった。

──誰だ⁉　お前は⁉

そう問いはしたものの、馴染み深い幽体エネルギーをマンゴーは感じていた。知っているのだ。そんなバカなと思うと同時に、やはりそうかという想いが心を震撼させた。

──ムゲン、あなたか？　ナユタに教えたのは……あんな小さなナユタはまだ真実を知るべきでなかった。成長し自然に知るはずだった。彼のすべきことを……。

アルバではないものが心話で答えた。

──私に助言を求めるはずだった……そうあるべきだった……そうすれば私が力を得られた。なのに、彼は人間風情に助けを求めた。情けない！

──彼はあなたの邪悪さを感じ取った。私たちの意志で生まれた彼は！

――ドラゴンの目の意志で生まれたのだ！　そして私こそがカオスの名を継ぐもの！　私こそが龍族を導く者！　そういう約束だった！

――約束？　誰がそんな約束をした？　今のあなたに何が導ける？

マンゴーは悲しげに笑った。

勇敢で誇り高かったムゲン……いつの頃からか見かけなくなった。……そう、あの予期せぬことが起こった集会のあと……美しく力強かったムゲン、幽体エネルギーにさえもその彼の影は虚ろ。何か異様な物になり果て……隠れたのだ。ああ、そうだったのか。

――誰もあなたに従いはしない。力に取り憑かれたものの欲望に限りはない。あなたの成れの果てはカオス自身だ。皆、知っている！

――限りない力を欲して何が悪い？　勇敢な私！　私はドラゴンの目を得る！　もっと強くなるのだ！　全ての起源とその秘密を知るのだ！

――私たちは同意したはずだ！

――お前らが勝手にした。人間風情と共存するなど誇り高い大翼龍のすることではない！

――ムゲン！　あなたの部下に蹂躙され死んでいった、ナユタの無念を知って他の龍たちが黙っていると思うか⁉

――あれは私のしたことではない！　小賢しいニンゲンどもめが！

ムゲンは苦々しそうに言葉を絞り出した。

——裏切り者が裏切られたのか？　見下げていた人間と与《くみ》するとは皮肉なものだ。

——多少の計算違いは構わぬ！　高師を食って私がドラゴンの目とナユタの真の名を手に入れる！

マンゴー、ナユタを守れなかったマンゴー！　自分の子さえ守れなかったそのお前に高師は守れない。ドラゴンの目は今、私のものになる。カオスの力を手に入れ、私が龍族を、そして世界を制す！

そう言ってムゲン……アルバは高師に襲いかかってきた。幽体エネルギーが溢れ出しアルバの体は変容した。ボコボコと瘤が重なるように彼の体が大きく、さらに大きく膨れ上がり、高師に向かって伸びていった。

——ああ、憐れなり、愚かなムゲン。私が十何年も何も考えず、何もせずに高師のそばにいたとでも思うのか？　それが何かあなたには知りようもない。馬鹿げた大翼龍の誇りとともに私は今日、ここで死ぬのだから。あなたも……長くはない、ムゲン！　どこにいようと他の龍たちが必ずあなたを狩り出す!!

マンゴーは伸びてくるアルバの首を高師の直前で噛み切った。行き場のなくなった幽体エネルギーが炸裂した。閃光が走り、爆音が響いた。血しぶきが飛び散る。部屋全体が揺れ始め、高師は気を失った。

私の最愛の高師。私の愛するただ一人のニンゲン。数いる人間の中から私の愛するナユタが選んだ。あなたを見守るうちに気がついた。なぜ彼があなたを選んだのか。

彼のように私はあなたを愛した。なのに、こんなことになってしまった……私たちのせいで。許してほしいなどと乞い願うことすらできない。

ただ知っていてほしい。私がどんなに悔やんでいるか。何度となく避ける方法を探し、実行した。なのに結果は予期せぬ方に進んでしまう。いつも悪い方向へと向かってしまう。全て私のせい。大翼龍の浅知恵。起こるべきことを止めると、その力はより一層大きな波を引き起こす。私たちにはそれを予測する術がない。止める方法を知らない。

だから私はこの生命で今までの罪を償おう。そして今度は、今度こそは……。

今の私が願うことはただ一つ。幸せになってほしい、私の高師。誇り高き真の戦士。私たちのことは忘れていい。そして生きて誰よりも幸せになってほしい。

高師、私の最愛のヒト……。

待ちぼうけを食わされて、佐保はどこに怒りを持っていけばいいのかわからなかった。

十分が二十分になり、三十分になったとき、佐保は立ち上がって家に向かって小走りに歩きだした。

この私が待たされるなんて！　この私が待っているなんて!!

だが数分歩くと怒りは心配に変わった。ツェータは約束を破るような人間ではないのだ。もしかして万葉で何かあったのではないのか？　まだ帰ってきてないのでは？　そんなはずはない。ただの集会に行ったのだ。それに高師がいる。あの二人はいつもお互いに檄を飛ばし、助け合い、困難な任務も乗り越えてきた。

え？　佐保はしばし歩みを止めた。

高師に何かあった？　ああ！　ではツェータは⁉　佐保は、今度はセンターに向かって走りだした。

人が驚いて見ているのも構わず靴を脱ぎ、きれいなよそ行き姿で全速力で走った。


センターは大騒ぎだった。だが、混乱はしていない。人々は秩序立って行動している。ただ忙しいのだ。現状報告が佐保を待っていた。

ドラゴンフライから救援要請の連絡が入った。不動とハルナが星月と白夜で飛び立った。高師もツェータも怪我をしてマンゴーからの連絡は途絶えた。センターだけではなく保護地区の龍たちも激怒しているが理由はわからない。センターにいる者は皆、彼らを抑えるのに必死の努力をしている。授業は中止、ジュニアは自習。だがシグマが飛び出してどこかへ行ってしまった、と言う。

シグマは高師の危機を感知しているのではないか？　佐保は思った。

「一人で行ったの？」

「ヴィクターが追いかけていきました。サイトーも、多分。はっきりしませんが」

どこに行ったか気にはなったが、一人でないのなら大丈夫、と確信した。ヴィクターとサイトーにできないのなら、他に何かできる者はいない。

「シグマ、どこ行くんだ?」

サイトーは走りながら聞いた。

「笹原の森の鳥居」

「なぜだ?」

「わからないよ。でもマンゴーがそこ行けって」

三人で訳のわからないまま鳥居まで走った。

「で、どうするんだ?」

ヴィクターに聞かれたがシグマにもわからないのだ。なんとなく鳥居をくぐった。

あ!!!

一面が白くなって雪かと思ったが、よく見るとそれは群生して花開いているすずらんなのだった。

ああ、なんでこんなに眠いんだろう……眠っちゃだめ。すずらんは猛毒……。

——大丈夫、心配しないで。

そう言ったのはマンゴーだった。

——マンゴー。ああ、よかった。どうしたの? 何があったの? 先生、大丈夫?

マンゴーは少し躊躇した。

——高師はハルナに任せて、あなたは私を乗せて。立月の里に連れて行って!

——乗せるって……。

——立月の里の白い鳥居まで飛ぶの！　さあ！　ぐずぐずしてはいられない！

なんだか訳のわからぬままシグマは立月の里の鳥居を心に思い浮かべた。

突然、「無い目」が現れ、シグマは彼と一緒に満月の中を飛んでいるのだった。

——ああ、ナイトメア。来てくれたか。私をあなたの妹のところに連れて行って。

——マンゴー、無惨な姿だ。あまり長く保ちそうにないな。行こう、ドリームの眠る暗陰の滝壺。立月の里へ。

——鳥居夢《どりいむ》？　誰それ？

誰も答えないまま、滝のそばの白い鳥居に近づいた。ナイトメアはいつの間にかいなくなったが、それには構わずマンゴーは鳥居をくぐり、滝の中に飛び込んだ。満月の夜、その影がクラインの滝壺に映るとき、メビのウズができる……。


——ここどこ？　君、誰？

——私たち……私は死具魔《しぐま》。

薄暗い。蝋燭のような灯の中、白い髪のきれいに着飾った小さな女の子は言った。

——死具魔？　僕はシグマだよ。

——立月の里に生まれた白い髪の子供は皆、志具真と呼ばれ大切に育てられ、幽媒としての教育を受けてきた。人や龍や……生命体を導くために。

同じ音である志具真と死具魔のイメージがシグマに伝わる。それが、ただの音声ではない心話と言うものなのだから。

――でもあるとき、志具真が殺され、次の世代に引き継がれるべき知識を持った導師が死んだ。……それ以来、生まれる白い子は邪魔者になり死具魔と呼ばれ、生贄と称して殺されるようになった。可哀想な死具魔、可哀想な私……。

少女はそう言って涙を流した。

――志具真の血統をこの里にもたらしたドリームは私たちを哀れに思い、自分の体を苗床として生贄にされた私たちの幽体をかくまった。それぞれの想いの時が満ちるまで存在できるようにと。

悪いのだけど、とマンゴーが遮った。

――私には時間がない。ドリームと話がしたい。

少女はじっとマンゴーを見てから頷いた。あたりの様子が変わった。

――ここはドリームの領域。ここには時はない。話すといい。

マンゴーは少女に目礼してから言った。

――ドリーム、約束の時が来た。契約の時が。

――承知。

どこからか声が響いた。そしてシグマに向かって同じ声がささやいた。

――今日あなたはここに種を撒いた。それを今度、赤い鳥居をくぐってきたときに収穫するのだ。

――種？　種ってなんの？

笹原の森の白い鳥居の下でシグマは目が覚めた。

「大丈夫か？　何があった？　いきなり倒れた」

ヴィクターが言った。

「う～ん、よくわからない……。夢、見てたみたい」

……死具魔、かわいそうなシグマ。誰かがそう言った。大人になる前に気が触れ、殺される運命の子供。

「僕は……死具魔にはならない。死ぬためだけに生まれる、魔にはならない。僕は志具真になる。志が真となる未来のある子供になる！」

それは、シグマが持った他の誰の為でもない自分に対する責任感、初めての決意、だった。

眼輪

「高師は⁉」

万葉の隠れ家に入るなり不動とハルナは叫んだ。

「気を失っている。それも何度も……。俺はどうしていいかわからない」

「マンゴーは?」

バラバラ……ツェータは他に誰もいないのに、聞かれるのを恐れるように口の動きだけで答えた。

「高師をかばって吹き飛んじまった、とドラゴンフライが言った。天井、崩れてきて……。彼が来てくれなかったら俺たちもあそこから出られなかった」

そうしてそのときの状況を説明し始めた。

マンゴーが高師を感じられなくなったと言って、いきなり坑道に飛び込んだ。自分も続いたが、マンゴーが岩を崩しながら進むのでそれを避けながら行くのは困難極まりなく、高師のところに辿り着く前に爆発が起きた。周りで岩が崩れ、気がついたら岩と岩の間。なんとか自分を掘り出したが右も左もわからない。しばらくしてドラゴンフライが来たので、彼が岩をぶち抜いて高師を探し当てた、というのだった。

俺はこの有様、と言うツェータは全身、包帯だらけ。

「マンゴーがかばった高師の外傷は軽いが、目を覚ますたびに何が起こったのか気づいて気絶しちまうんだ。あいつの俺を見る目が言ってた。どうして助けたんだって。どうして死なせてくれなかったんだって。どうしていいのか、俺、本当にわからないよ……」と、途方に暮れたように言う。

「何、言ってるんだ! 寝ぼけるんじゃない!」

ハルナが叫んだ

「高師が誰かを一番必要としている今、このときに！　高師の一番の親友であるお前が同じように呆然となんかするな!!　どうせ高師は水も飲んでいないんだろう？　なんか買ってこい!!」

ツェータはわかった、と言って出ていった。不動も後を追ったが万葉保安庁に行く、と言っているのが聞こえた。

マンゴーが死んだ、これはとんでもない大事《おおごと》になってしまった。ハルナは大きくため息をついた。

ハルナは気付け薬を高師に嗅がせた。ゆっくり目を開ける高師。視点がハルナに合ったとき、ハルナはすかさず言った。

「気絶なんかするんじゃないよ！」

「マンゴーが死んだ！　死んじまった!!　なのに、なんで俺は生きてる⁉　なんで一緒に死なせてくれなかった⁉」

「何、情けないこと言ってんだ！　しっかりしろよ！」

「みすみす罠に飛び込んだのは俺だ！　その俺のせいで死んじまった！　俺は強い、とうぬぼれていた！　誰より鋭い、と驕っていた!!　そのちっぽけな誇りのせいで俺はあいつを殺しちまった！」

「それは違う！　マンゴーが言ったことは私も聞いた！」

「何が違う⁉　お前に何がわかる⁉」

わかるよ、とハルナは怒鳴るのをやめて静かに言った。

「私を守ろうとして死んでしまった人がいる。……盗賊に襲われたとき、私はすくんで動けなかった。お母さんが助けてくれた。私を抱えて駆けだした。でも、すぐ捕まってしまった。私が足手まといになった！　お母さんは私をかばって男と戦った。殴られても足蹴にされても、そいつの足を離さなかった。……逃げるのよ！　ハルナ！　生きるの！　……そう言った。顔も覚えてない。ずっと思っていた。なんで私が生きていて、お母さんが死んだのかって。弱虫で役立たずの私なんかじゃない、あの人が生きるべきだった‼」

必死に感情を抑えようとしていても、ハルナの目からは涙が溢れていた。

「でも坊さんが言った。『お前のせいじゃない、彼女はお前のために死んだんだ』って。『せい』と『ため』じゃあ雲泥の差があるんだって。『お前の母は自分の意志でお前を生かすことを選んだ。自分の命よりもお前を選んだ』

マンゴーは自分の命より高師の命を選んだんだ。なのに高師は助けてくれたツェータまで責めて、情けない、と思わないのか？」

「情けない、か？　いつも俺を見守ってくれた。ただ一人、俺を理解し支えてくれた。いつでも呼べば答えてくれた。この先どうやって生きていけというんだ？　俺にはもう何もない。俺は強くなんかない……」

何もない、と言うの？　ハルナはつぶやいた。

「坊さんはこうも言った。死ねば何も残らないと思うか？　って。『確かに死んだものは還らない。

肉体は土に還り、幽体もやがて消える。だが、人を救うために自分の命を捨てたほどの想いのエネルギーは、次のものへと移行する。お前の母の体の一部が草となって蘇る。虫となって、鳥となって生きる。あるいは龍に、再び人に。そしてそれぞれのものが、お前への想いを内包するのだ。それらがお前を見ている、声を聴く。お前は彼らの想いに恥ずかしくないように生きるべきだ』」

「…………」

「私は良い耳を持っていると、ばーちゃんが言った。私は彼らの声を聞こうと一生懸命耳を澄ませた。そうしたら聴こえてきた。草たちのつぶやき、虫たちのうごめき、龍のささやきが。私は叫ぶ、一生懸命生きている、と。そうすれば世界が耳となって私の声を聞く。草も虫も龍も、かつてあの人だった全てのものが私の想いを知る。世界のあちこちから手が伸びて私を支える」

ハルナは涙を拭って言った。

「高師、大翼龍のような強い幽体を持つ生き物が、マンゴーのように強い想いを持って死んでいった龍が、高師を置いて何も残さず消えたなんて思うんじゃない！」

「俺は……良い耳なんて持ってない。マンゴーの声も、もう聞こえない。俺はお前のように強くない……」

「何、言ってんだ⁉　スレイヤーのプライドはどうした？　高師は今までも何度もどん底から這い上がってきたんじゃないのか？　それを強い、と言うんだ。絶望を知らない人間が強いはずがない！　強くなれるはずがない！　苦難を乗り越えてこそ強くなる！」

激しく叱責したあとでハルナは優しく付け加えた。

「それに言ったろ？　高師がヘコんでいるときは私が支えてあげるって。泣きたければ泣けばいい。大人の高師が泣けないなら、子供のゼフィアスに戻って泣けばいい。今まで思いっきり泣いたことなんてなかったんだろう？　ずっと我慢していたんだろう？　だから今、泣けばいい。一緒に泣いてあげるよ」

ハルナの言葉が萎えた心にしみた。涙がこみ上げてきた。

一旦、何かが頬を濡らすのを感じると堰が崩れるように涙が溢れ出し、もう恥も外聞もなくなり泣きだした。子供が母親に抱きついて泣くように、ハルナの胸の中で声を限りに泣いた。

どのくらいたったかわからない。疲れ果て、悲鳴のような泣き声がすすり泣きに変わり、それからようやく泣き止んだ高師にハルナは可哀想な高師、と言って白く変わった彼の髪にキスした。

「泣き止んでよかった、干物になってしまうかと思ったよ。水も飲んでないのによく涙が出るものだ」

「涙は枯れ果てた。水分を補給してもっと泣いてやる」

涙には癒やしの力がある。弱々しいがいつもの高師の言いように、ハルナは微笑んで彼を強く抱きしめた。まだ涙の乾かないそのまぶたにキスをした。

「ツェータが何か買ってきてくれたよ。見てくるね」

少ししてお盆に色々盛って戻ってきた。ツェータが所在なさそうについてきた。何か言いたそうだったが、その前に高師が頭を下げた。

「助けてくれてありがとう。あそこで死んでいたらマンゴーの死が無駄になった」

ツェータはうつむいた。流れる涙を見られたくなかったのだ。

「これは何？　何、買ってきたの？」

「ぶどうモドキ。今、ぶどうの季節じゃないから売ってなくって。それがあったから買った。ぶどう味の……ぶどうモドキ」

大粒ぶどうのようなそれにハルナが楊枝を刺すと、包んでいた皮がつるりとむけた。なにかゴムのような皮だ。

「何これ？」と言って、ハルナはそれを自分の口に放り込んだ。

「あ、甘い。……本当だ。ぶどうモドキ」

それからもう一つの皮に楊枝を刺した。同じようにつるりとむけた。それを高師の口元に運んだ。

彼はそれを食べて、

「甘い。……本当だ。ぶどうモドキだ」と言ってからハルナの言ったことをただ繰り返したことに気づいて、他に言いようがない、と付け加えた。

ツェータも食べてみてから何か言おうとしてやめた。

「オレンジ味のオレンジもどきも買った」

万葉小島から抜け出してきてから初めて、ツェータは微笑んだ。

夜中に高師は起きて、食べたものをみな、上げてしまった。

昼と夜とじゃ頭に浮かぶことが違う、と言ってハルナは高師を抱きしめた。白くなった古傷から血が滲み出すと、それを拭いてやった。残っているとは思わなかった涙が再び頬を伝いだすと、それも拭ってやった。高師の体を抱いて揺すり、子守唄を歌った。髪にキスした。数日、同じようなことが続いたが、それでも高師は少しずつ落ち着いていった。

動けるようになった高師は万葉の実家に行った。立ち上がるだけでめまいがしたが、兄のことを家族に伝えないわけにはいかない。

出迎えたのは昔、高師たちの面倒を見てくれた乳母。子供らが大きくなってからは料理人としてソラリス家に仕えていた。彼女は何も言えず高師を抱きしめて泣いた。まだ彼女がいるのは驚きだった。他の使用人は誰も残っていないようだった。聞けば執事を務める夫と二人だけが残った、他にどこも行くところがない、と言った。

「これからは良くなる。父に会いたい。彼が会いたくないと言ったら、アルバートのことだ、と言ってくれ」

乳母は驚いたように大きく目を見開いたが、はい、と言って奥に消えた。薄暗い入り口の広間を見

回していると、すぐに母親が現れた。会う前から涙を流していて言葉もなく高師を抱きしめた。しばらく泣いてから、

「アルバートのことを知っているって、なぜ？　こんなに痩せて……一体、何があったの？」

震える声を絞り出して聞いた。高師の髪については何も言わなかった。

「父に伝える。あとで彼から聞いてくれ」

とても、長男は裏切り者で挙げ句の果て死んだ、とは言えなかった。

乳母が戻ってきて父が書斎で待っている、と言ったので、高師はまだ泣いている母親をそっと体から離して書斎に向かった。

「あいつはどう死んだ」

それが父親の第一声だった。彼もサイキック、当然、長男が死んだのは知っているだろうが、はっきりわかれば話しやすい。

「まず言っておくけど、俺が殺したわけじゃない」

父親は肩をすくめた。

「お前のやり方じゃない。お前だったらあいつを晒し者にするだろう」

「裏切り者、と気づいていたのか？」

「まさか⁉　知っていたら足を折ってでも止めた！　私はそこまで堕ちてない！」

「悪かったね」

高師は素直に謝った。

「疑ってはいた。でもまさか、と……自分の息子が裏切り者だと思いたい親などいない。話してくれ、包み隠さず。言葉を飾る必要もない」


高師の話を父親は黙って聞いていた。話が終わると、

「あいつはあいつなりに必死だったのだろう」と言った。そして、

「アルバがお前をそこまで憎んでいたとはな、おまけにマイケルまで巻き込むつもりだったのか。信じたくはないが、どこで間違ったのか……」と、肩を落とした。

「お前が正しかった。笑いたければ笑え。ウチの有様は見ての通りだ」

どうにかメンツを保つことだけはしているようだが、古びたカーテンや張り替えが必要な椅子に実情は伺えた。

「笑うつもりはない。大陸に行ったとき気づかされた。俺を捜すためにどんな大金をつぎ込んだか、どんなツテを頼ったか……。俺は種子島を母に譲るべきかと悩んだ。だが……いずれアルバに渡るなら、あいつはせっかくの祖父の遺産を無駄にするだけだと思った。第一、祖母が俺にあの島を譲ったのは、祖父の大翼龍たちへの深い愛情のためだ。俺なら彼の思いを引き継ぐだろうと信じて。その信頼を裏切るつもりはなかった。誰が次の跡継ぎとなるのかは知らないが、母や妹のことは心配しない

でいい。彼らが種子島に来るなら俺が面倒見る」

イレインのことも知ったか、と言って父親は高師をじっと見た。高師は頷いた。

「お前の……、家族のため、と思ってやった。やっと回復して大陸で新しい人生を楽しんでいるお前に、また辛い思いはさせたくなかった」

「アルバ以外の誰が知ってる？」

「あいつだけだ、私が教えたのは。イレインは……お前が大陸に渡ったあと、しばらくして何を思ったのか祖母に会いに行って……そこで発病した。彼女を種子島から直接、静養所に送った。お前のあとに彼女までも、と思うと妻にも言えなかった。私は……家長として決断した。イレインは家を出てどこかで幸せに暮らしている、と思った方がいい、と」

「……アルバのことを皆に伝えるのは任せる。俺からはとても言えない」

他に言うことは思いつかず、別れを言って高師は父のいる部屋をあとにした。父親は高師を止めなかった。

広間で待っていた母と言葉を交わし、抱擁を何度も交わした。

食事は？　せめてお茶でも、という母の誘いを断って高師は家をあとにした。父に会うときは精一杯の虚勢を張っていたが、もうダメ、倒れそうだった。どこからかツェータが現れ、高師は馬車に乗せられた。

「お前、種子島に帰らなくていいのか？　佐保が待っているだろうに」

「実は彼女は二日前に来て、さっき帰った。お前を心配していた。でも俺に任せる、と言った。さすがにハルナに任せるとは言えないようだった」

まあ、まだ思い切れないのだろうが俺は気長に待つさ、とツェータは付け加えた。

「プランBやCはどうした？」

高師は茶化して言ったが、着替えもそこそこに布団にもぐり込んだ。

数日後、種子島に戻った。

ツェータはドラゴンフライで飛んだが、高師とハルナは船で帰った。

シグマがギドラと一緒に出迎えてくれた。ギドラはすっかり大きくなって、人を乗せては飛べないものの飛ぶことはできるようになった、と自慢した。

今日はシグマを乗せて走ってきたのだという。

「飛ぶように速いよ」とシグマ。

それから高師をじっと見て、何を言おうか考えているようだった。そして、

「先生の頭、僕とおそろいになったね」と、ちょっと嬉しそうだった。

「お前のはプラチナブロンドだ。俺のは……白髪……」

ああ、情けない。

「真っ白できれいだよ」とハルナは微笑んだ。

「色んな色にきれいに染まるよ。今度、赤く染めてあげる。シグマと三人で真っ赤な髪で歩こう！」

「きっと親子に見えるね！」と勢いよく言ってから、遠くからだったら、とシグマは遠慮がちに付け加えた。

シグマの親？　そんな歳じゃない……と高師は思ったが、考えてみればそれが全く不可能という歳の差でもなかった。やれやれ……。

「私はシグマの親になれる歳じゃないな、どう考えてもさ。先生の連れ子かな？」

とハルナは笑ってから、先生、どこかに隠し子なんていないよね、と真顔で聞いた。

「そんなモンいない！　第一、いたらどうした！」

「いてもいいんだけど、はっきり知っておきたい」

「全く、押しかけてこようというやつが、勝手なことを言うな」

身勝手さは高師も同じだったが、そういうことは彼の頭にはなかった。

三人三様、言いたいことを言い、考えたいことを考えて、白夜の待っている龍発着場に向かった。

発着場で高師は白夜を見て驚いた。ギドラと同様、彼女も成長していた。大きさはそう変わってはいないが逞しさが違う。実のところ、短距離とはいえ大人の二人乗りは心配していたのだ。

「立派になったたな」と高師は言った。

白夜は人間が鼻をすするような音を立てた。

——哀れな姿だ、高師。

それを聞いて高師は肩を落とした。そんな彼を見て白夜は驚いたようだった。

——冗談のつもりで言ったんだよ。言い返す、と思った。

冗談になってない、と高師は思ったが、白夜が冗談を言おうとするようになったのも驚きだった。成長したのは体だけではないのだ。

シグマはギドラに乗って走っていくと言い、他の二人は白夜に乗って高師の山の家に向かった。


「高師がドラゴンの目を持っているんだよね？」

飛び始めてからハルナが聞いた。高師はハッとした。

「どこまで知ってるんだ、お前は？」

「どこまでって……全部がなんだかわからないから、なんとも。でもマンゴーが昔、あそこで見たことは知っている。何が起こったかも知っている」

ああ、マンゴーはハルナに伝えたのか……。マンゴーがハルナに何を託したかったのかは知りようもないが、彼女に話したことについては高師ももう不思議には思わなかった。

「龍たちは皆、知っているのか？」

白夜に聞いた。

——あの場で何が起こったかを知っているものは少なくない。でも高師の頭の中までは知らない。マンゴーの想いまでもは知らない。マンゴーは高師に幸せになってほしい、と願って死んだ。龍族の問題を人間に押し付けることになったのを後悔して死んだ。

だが全ての龍たちが同じように考えるわけではない。ナユタだってあんなことになるとは思っていなかっただろうが、結果として高師はドラゴンの目を手に入れた。私たちの滅亡への道さえもを変えられる力を。

「でも」とハルナが口を挟んだ。

「ドラゴンの目を発動するためにはナユタの真の名が必要なんだろう？　そして高師はその名を覚えてないいんだよね」

「だが俺はナユタを思い出した。真の名はただ一つ。彼を正確に思い出せば名前も自ずと現れる。……でもマンゴーはそんなことは忘れて幸せになれ、と言ってくれた。龍族の問題は龍族が自分たちで解決すべきだと。マンゴーは俺に選択肢をくれたんだ。昔、いやもおうもなく押し付けられた運命のようなもの。それを今の俺は選ぶことができる。

とは言っても、ムゲンは俺を放っておきはしないだろうな。俺を食えば、俺の中のドラゴンの目もナユタの真の名もあいつのものになる」

――それを心配する必要はない。ナユタと高師をかどわかしたのは人間でも、黒幕はムゲンとわかった。私たちは彼を許しはしない。マンゴーの望んだ通り、高師は自由だ。

「ムゲンとは何なのだ？　マンゴーも知っていた」

――詳しくは知らない。私が生まれる前の話だ。笹原の森に昔から住んでいる龍たちに聞いてみた。

彼は大翼龍の勇者、ナユタの後見人の一人と言った。

「ナユタの後見人⁉」

ナユタを見守り導くはずの後見人が、幼い仔龍に大きな責任と巨大な力を持って生まれたことを告げたのか？

「逃げ出したいけど逃げ出せない。龍族の未来が僕にかかっている」

その意味がようやくわかった。ナユタは、全龍族の滅亡への道を変えるために生まれてきたのだ。絶大な力を持つドラゴンの目と共に。その責任と力の重圧に幼いナユタは恐怖したのだろう。誰かに助けを求めたかったのだろう。だが頼りとすべき後見人、ムゲンになにか邪悪なものを感じ、同族の大翼龍を頼る代わりにニンゲンに心の拠り所を求めたのだ。そして俺が彼の不安に沈んだ心に応えた……。

――ある集会で会ったのが最後。連絡も途絶えた、と言っていた。それ以上は聞き出せなかった。

だがムゲンが裏切り者だったとわかった。彼は私たちが必ず見つけ出し、殺す。これは皆の意志だ。

だったら……と高師は思った。マンゴーの言った通り、龍族の思惑など無視して生きて何が悪い？今までの全ての問題はナユタの目を食わされたことから始まった。いや、違う。その前からだ……彼と誓いを交わしたことから始まった。互いを支え合う、と誓った。あれはムゲンの意志ではなかった……俺たちの意志だった。ナユタにはナユタの、俺には俺の理由があった。それを龍たちのせいだ、と言うのは、彼らの絶滅の危機の元凶が人間だ、と言うのと同じだ。人間のいなかった古代においても、龍族は滅亡したではないか。

責任の転嫁をし続ける限り、何かを解決することなどできない。

……だが、俺に何が言える？　俺は誓いを守れなかった。弱すぎた。強くならなければいけない……気絶寸前まで訓練を強いる自分の中にある強迫観念、その理由がわかった……。ナユタの目が喉を通る感覚が突如蘇って、高師は再び吐き気に襲われた。ぐっとこらえる。

自分の腕に置かれたハルナの手に力がこもったのを感じた。

龍族の滅亡への道を変えられる力を持つ目だ。彼らが期待するのも無理はないのだ。訳のわからない龍や人間に追い回されるなんてことはもう終わりにしたい。だが……伝説のドラゴンの目、その力が言い伝え通りだったら、意識して発動しなくても影響は避けられないのではないか？　早く開眼させた方がいいのではないのか？　思考は堂々巡り。

ああ、誰か教えてくれ。どうすればいい？　誰か命令してくれ。俺はそれにただ従う……だがそうするには高師は気位が高すぎた。負けず嫌いで完璧主義で好奇心に満ち溢れていた。

高師の思考をハルナの言葉が遮った。

「ねえ、高師。その目を使って空を飛ぶ、とかできるのかな？」

「何、言ってんだ。お前は白夜が乗せてくれるだろうが？」

「そうじゃなくって、自分で飛ぶんだ。違うよね、自分で飛ぶのって」

終わりの言葉は白夜に向けられたものだ。白夜は無言で同意した。

「馬鹿言うな。何ができるのかすらわからない、伝説のドラゴンの目だ。どう使えばいいのかもわからない。変なことしたら、どんな結果になるかわからない」

「だから、ちょっとずつ試してみるんだ」

ハルナらしいが考えがなさすぎる、と高師は思った。

「一番最初の男はな、一番最初の女にそそのかされて楽園を追い出されたんだ！　変な誘惑するんじゃない」

「知ってるよ、その話。でも永遠に生きたって、生きてることも知らないような馬鹿なままじゃ生きてる意味ないよ。ただの人形だ。第一、全知全能の創造主が美味しそうな実をつけてる木を植えて、食べるな、なんて、それこそ誘惑じゃないか？」と、ハルナはふてぶてしい。

「そうじゃないよ！　そいつは自分の作った無知な生き物が、自分自身で生きることができるか、その価値があるか試したんだ。女のおかげで怠惰な男は生きる喜びを知ったんだ。感謝しろ！」

喜びだけでなく、悲しみも苦しみも知った。

食べる苦労も年取る心配もなく裸の女を追い回して、食っちゃ寝、食っちゃ寝。すごく魅力的な生活だ、と高師はにんまりした。が、同じ女と永遠に暮らすなんて、できるんだろうか？　おまけに浮気もできない。恥もなければ誇りもない。いいんだか、悪いんだか……ハルナの言い分にも一理あるのかもしれない。

高師は自分の前に座っているハルナを見た。自分の腕の中に彼女は今いる。

「もう一度、あの巻物を読みたいんだ。どうするかの結論を出すために。見たものを確かめ、見逃したものを見つけ、解釈を深めたい。三人で読むべきものなのだ、あれは。読むの、協力してもらえると……嬉しい」

「もちろん、協力する」

「ありがとう。……ともかく、俺の決心がつくまでこの話は他言無用だ」

「誰にも言わないよ」

白夜もわかった、と言った。

山の家に到着した。たいして待つ間もなくシグマも来た。ギドラは本当に飛ぶように速く走るようだ。

しばらく離れていたのに家も庭もきれいだった。高師を迎えるために皆で掃除したのだ、とシグマは言った。来る途中で差し入れ貰った、と言ってお弁当を持ってきたので、皆でそれを食べてくつろいだ。シグマにも高師は巻物の件を話した。彼は先生のお手伝いは喜んでする、と言い、本当に嬉しそうだった。

数日後、皆が高師の家に集まった。

「三度目の正直、もう一度、巻物を読む。三人で輪になって手をつなぐ。今度はハルナ、お前が読め。

心の耳を澄ませ、目を凝らし、何も聞き逃すな、見落とすな。常に言葉を掛け合い、情報を交換する。いいな？」

「了解」

前回、大げさすぎたと思い、白夜を監視役に頼む以外は誰も呼ぶつもりはなかった。しかし乗りかかった船と言って、まだ怪我の治りもしないのにツェータはもちろん、尾長島で罠を張って待っていた連中の後始末で忙しい不動と橋立以外は全員が集まった。高師はお食事会じゃない、と顔をしかめたが、前回来られなかった沖津と、仲間はずれにするなと言って山川が宴会でも開くようなごちそうを持って現れた。

「では始める」

水に雫が一つ落ちた。波紋とともに音が広がる。響け、届け、世界の隅々へ……そんなふうに聞こえる。

水の中で何かが目覚めた。小さな海龍たち。あっという間に数が増え、水は彼らで溢れた。しばらくして水が冷たくなりザワザワとどよめいた。海龍たちが争っているようだった。龍たちは次第に大きくなり数は減っていった。

戦いは続いた。長いこと続いた。そしてただ一頭の巨大な龍が残った。いつの戦いで失ったものか一つ目の龍だった。絶大な力を持つ、ただ独り残った龍。誰もいない。何もない。力も知恵も得たが、無の海が広がるばかりの世界に残った。

「海色の石だ。あれがドラゴンの目なのか？」

高師がつぶやいた。

「そうだ。すべての生命を食い尽くし最後に残った古代巨大海龍カオスの目が、ドラゴンの目と呼ばれるものだ。彼に食われて滅びた最古の龍族、古代海龍が残した貴石はない。しかしその力はみなわと呼ばれ、有るものがあるべき姿である、癒やしの力であった、と言われている」

ハルナの言葉は、まるで巻物の世界に同調しているかのように淀みない。

みなわ……？　高師の心にその言葉が鳴り響いた。

「みなわ！　水輪じゃないか！　そしてドラゴンの目⁉　この二つを組み合わせたのが眼輪だ‼」

「ヒトが龍文字を真似たのだ。誰かが垣間見たのだろう。私たちが見たように」

⁉　そうだ、ずっと見てきた。巻物の最初に現れる水輪、そしてドラゴンの目。龍文字だったのか。生命が集結した力と本来の姿となる力。それが眼輪か？　高師の頭に様々な考えが浮かんでは消えた。確証が欲しかった。

「意味は⁉　どういう意味があるんだ⁉」

「使う者が意味を与える。言葉とは、文字とはそういうものだ」

あたりはますます寒く、空気は冷たくなり水も凍った。巨大な龍も凍りついた。静寂のみが世界を支配した。長い夜。

しかし永遠と思われた時がたったあとで、氷が溶けだした。巨大龍も溶けた。腐っていった。しかし巨大龍の目は、力と知識の集まった一つの目は腐ることなく残り、自らの重さで水の中に沈んでいった。

その動きで陸ができた。山や谷が現れ、水は溜まり、流れ、湖や川となった。

遠くから舟がやってきた。誰も乗っていない。三人でそれに乗った。前方にシグマが座り、行く方向に目を凝らした。高師は真ん中に座り、周りを注意深く見回す。ハルナは後ろで竿を取った。持っていた鈴を鳴らす。出航の合図だ。舟は水の流れに乗った。

腐っていた巨大龍が動きだしたのが見えた。

いや、そうではない。彼の体から無数の小さな地龍が這い出してきたのだ。

禁を犯すな、犯させるな、そうつぶやきながら散っていった。あるものは陸に残り、あるものは水に入った。火の中で暖を取っているものもいた。空を飛ぶものたちも現れた。世界は龍で溢れた。

振ってもいないのにハルナの鈴が音を立てた。全ての龍が聞き耳を立てた。

舟の中の三人もあたりを見回した。その緊張の収まらぬうちに、再び鈴の音、それと共に声なき声があたりを満たした。舟の動きがにぶった。

禁が犯された！　なんてことを！　同じ過ちを繰り返すとは⁉　殺せ！　禁を犯したものを殺すのだ！　毒が広がる前に、過去の失敗を繰り返す前に、殺せ。殺せ！

翼龍たちは空を覆って争いだした。

遅すぎる！　遅すぎた！　止まらない！　人のせいだ！　あれが始まりだ。あれが誘い水だったのだ！　気が狂った！

「人を食って気が狂ったのか？」

「増えすぎて餌が減った。飢えを凌ぐために人を食い始めた。そのうち好んで人肉を食うようになるものが現れた。頭を食った。脳を食らった。龍の中で何かが変わった。仲間の龍族まで襲いだした。気づいたのだ。互いを食らうと、食らった相手の力を手に入れることができることに。力を求め、力を得た。あやつらはまるで古代の最後の巨大海龍のように、ただ一頭になるまで共食いをやめない」

しばらくすると翼龍たちは大きくなり、大翼龍の心話は高師にもシグマにもはっきりと聴こえてきた。

——私たちは絶滅してしまう!!　どうすればいいのだ？

——みなわを呼ぼう。有るものがあるべき姿となる、癒やしの水輪。

龍たちはどよめいた。龍族全体の、破滅への道を変えるには莫大な力が必要だった。

だが、みなわを呼ぶ……？

——それはドラゴンの目と同じ過去の力、対の力！　危険過ぎる！

——呼ぶだけだ。ただ黙って滅びのときを待つわけにはいかない。

生きるものが生き続けようとすることが、この世界を今ある形にした。みなわを呼び、古代海龍に問う。どうするべきかを。彼らは今の我々と同じ問題に直面した。彼らの知恵を借りるだけだ。

――霧散した過去の力を呼び戻すには膨大なエネルギーと犠牲が必要だ。同意がなければ何もできない。皆を集めなくては。

六種の龍族が集まり輪になった。そして彼らは、以前、巻物を読んだときのように、そのまま高く上がって満月のように空に浮かんだ。

この集会の結果を見極めなければならない、高師たちは聞き耳を立てた。だが不安気なつぶやきばかりで他は何も聞こえない。三人がそれを見上げているうちに、あたりの様子は変わっていった。大翼龍たちが集まってきている。

――それでは私が依代になろう。

美しく力に満ちた龍がそう言った。

舟が停まった。水の流れはそのままに、舟だけが停まった。

――ムゲン、頼む。

あれがムゲン？　違う。俺が万葉小島で出くわした力とは違う。高師は戸惑った。

――あなたにならら任せられる。

「だめだ！　やめろ！」高師は叫んだ。なにかいけないことが起こるのだ。今、起ころうとしているのだ。止めなければ！　高師は舟から跳び降りようとした。

「あれは過去の話だ。もう起こってしまったこと。止めることはできない」

ハルナが、高師を竿で遮った。

龍たちがムゲンを囲んで、何か儀式のようなものが始まった。

その輪から遠く離れて、小さな龍たちが集まっていた。心配そうに寄り添っていた。


長い時間が経ったように思えた。どうしようもない重圧感が帳のように降りてきた。シグマはハルナにしがみついて、不安気に高師を見上げた。

知っている、この力。高師は緊張した。これこそがアルバに取り憑いたムゲンの幽体。同じだ。みなわの力を呼ぶ依代となったはずのムゲンに、何かが起きて彼は変貌した。何が起きた？　ナユタの後見人に選ばれたほどの龍に、何が起きる？

その巨大な圧迫感が赤黒い霧のようなものとして視覚化しあたりを覆うと、巻物の世界は異様な静けさに包まれた。

小龍たちは逃げていった。しかし大翼龍たちはその場でまだ儀式を続けていた。

彼らはそのまま深くなる一方の霧に包まれ、やがて一緒に消えた。それとともに、あたりを包んでいた重圧感も払拭された。


沈黙の中を舟は再び速度を上げ、滑るように黒い水面を下っていく。

「赤い鳥居が近づいてくる」

ハルナが言った。言われてみれば確かに朱色の鳥居がある。今まで気づかなかったのが不思議だ。

しかしくぐろうとしたとき、シグマは言った。

「白い鳥居だよ。滝が近いよ」

高師はちらりと後ろを見たが赤い鳥居はない。くぐったのは白い鳥居だ。

白い鳥居は幽体の出入り口か……では赤い鳥居は肉体が通るためのもの？　立月ではそれらは重なって存在するようだ……。

ともかく滝が迫ってくる。高師は舟を降りる準備をしたが、ハルナは言った。

「慌てなくていい。そのまま乗っていろ。だが振り落とされるな、しっかり掴まれ」

舟は水と一緒に落ちることなく滝を離れ、静かに滝壺に着水した。

「暗陰の滝壺だよ。飛び込むの？」

「満月の影が映っていない」

ハルナは舟を岸につけた。

「どうするの？　すずらんが咲き出したよ。危ないんじゃないの？」

「すずらんは猛毒だけど花の香りだけでは死なない。すずらんの香水、売っているのに無差別大量殺人だよ、そうだったら。群れたすずらんの中で眠るのは危ない、と言ったんだ。知らない間に口の中に入ると危険だ」

「つまらぬ心配するな。俺たちの実体はここにはない」

「人がいるよ」

その人影は高師たちに気づいたふうもなく、すずらんで覆われた地面に紙を広げ、何かを書いていた。男は顔を上げた。

「あ、ＶＶに似てる。同じ髪、同じ目だ」

「俺の推測ではあの男はクレセントの冒険家だ。サミュエルとかいう名だった」

「彼がこの巻物を書いたんだね？」

「そういうことなのだろう。どうやったかは不明だ。龍族の話は三百年ほど前から始まり、三十年くらい前で終わっている。幽体に時は存在しないから、呼び寄せたのか呼び寄せられたのか、わからない。彼も幽媒だったんだな」

最後に残っていたすずらんも消え始め、上も下も巻物の模様へと変わっていった。サミュエルは筆をしまい、書いていた紙を巻いて立ち上がった。精根尽き果てた、という様子だ。

模様のあちこちがまるで一本の道のように抜けている。サミュエルはそれに沿って歩き、やがて消えた。

「彼は書くのをやめた。この巻物はこれで終わりってことだな」

「完とか書いてないの？」

シグマが聞いた。

「そんな都合よく書いてあるものか？」

皆で上下を含めて周りを見回した。どこを見ても同じ模様、上も下もなくなってきた。道はまだある。それが消えてなくならないうちに、と三人は歩き始めた。最後に鈴の音を聞いたような気がした。

高師は現実に戻った。以前、経験したどうしようもない倦怠感はなかった。だが疲れた。過去に起こった異様な出来事を突きつけられたのだから当然かもしれない。しかしながら、不思議にも微かな満足感もあった。自分の身に降り掛かった過去の災いの源を知った。災いと同様、それも龍たちが起こした無慈悲なものではあったが、それを知ったことで何をすべきか、何ができるかを考えることができる。

……今はそれで良しとしよう。

「どうした？　返事しろ！　大丈夫か？　何がわかった⁉」

高師は、ツェータの声がしばらく前から聞こえていたことに気がついた。

目の前にはハルナとシグマ。彼らもたった今、目が覚めたというふうだ。高師は二人の手を固く握った。同じ力で二人が握り返してくる。

「今度はどのくらいかかった？」誰に問う、というふうもなく聞いた。

「四時間弱、というところだ」沖津が答えた。

「そうか。喉が渇いた。腹も減った」

「宴会の支度してきてよかったろ」山川が、そら見たことかというように言った。

シグマの顔がぱっと輝くのを見て高師は微笑んだ。そのままハルナに目をやると、彼女もまた微笑みを返してきた。
大きく深呼吸をしてから、高師は周りにいる人々の顔を一人ひとり注意深く見た。好奇心に溢れた、未知を恐れぬ力強い、そして信頼に値する顔ばかりだった。

完

著者プロフィール

時輪 成（ときわ なる）

東京生まれ。

シドニーで暮らした日々の方が東京にいた時間より長くなった、と気付いたある日、ふと墨の文字が目に留まりました。読み上げアプリにChatGPT、AIの発達で人はもう読むことも書くこともなくなる、物に寿命があるように文字にも寿命があるのだろう、と思いを巡らせながら書いたのが本書です。

文字を「読む」ことも「書く」こともなくなる人間は、一歩、大翼龍に近づくのです。

龍《ドラゴン》のささやき

2024年３月15日　初版第１刷発行

著　者　時輪 成
発行者　瓜谷 綱延
発行所　株式会社文芸社
〒160-0022　東京都新宿区新宿1－10－1
電話　03-5369-3060（代表）
03-5369-2299（販売）

印刷所　株式会社フクイン

ISBN978-4-286-24840-0